Biblografische Information der Deutschen Nationalbiblothek:
Die Deutsche Nationalbiblothek verzeichnet diese Publikation
in der Deutschen Nationalbibliografie, detailierte biografische
Daten sind im Internet über dnb.dnb.de abrufbar.

TWENTYSIX-Der Self-Publishing-Verlag
Eine Kooperation zwischen der verlagsgruppe Random House
und
BoD-Books on Demand

© Tim Wett 2020

Herstellung und Verlag:
BoD-Books on Demand, Norderstedt

ISBN: 978-3-740 770 792

Tod im Lockdown

Tim Wett

Li Wenliang posthum gewidmet

Die Handlung und die handelnden Personen sind frei erfunden. Etwaige Ähnlichkeiten sind rein zufällig.

20.2.2020

Im Briefkasten lagen zwei Briefe, darunter auch das lang erwartete Schreiben von der Berliner Senatsgesundheitsverwaltung in einem schlichten Umschlag aus grauem Recyclingpapier. Dilara Fatimi öffnete ihn sofort. Sie hoffte darin die angekündigte Stellenzusage zu finden. Sie las das Schreiben zweimal. Sie konnte nicht glauben, was dort stand. Zunächst dachte sie an einen verfrühten Aprilscherz. Am 1. April, so zumindest hatte sie es mit der Personalsachbearbeiterin telefonisch vereinbart, sollte und wollte sie anfangen, als Ärztin im Gesundheitsamt Steglitz-Zehlendorf zu arbeiten. Hier stand zwar als Einstellungsdatum der 1. April, aber im Gesundheitsamt Marzahn-Hellersdorf. Sie zwang sich, ruhig zu bleiben. Nach einer Weile, die sie ratlos vor den Briefkästen gestanden hatte, ging sie langsam die Treppe hoch.

In ihrer winzigen Wohnung setzte sie sich erst einmal. Dann wählte die Nummer der Sachbearbeiterin, die sie in ihrem Smartphone gespeichert hatte. Das musste umgehend geklärt werden. Besetzt-Zeichen! Sie atmete tief durch und ging ins Bad. Lang und nachdenklich betrachtete sie ihr Gesicht im Spiegel. Fahl! Abgespannt! Die Augen und Wangen etwas eingefallen. Fast wie vor ihrer Flucht aus Aleppo in Syrien. Das war aber schon über vier Jahre her. Danach hatte sie in Deutschland langsam wieder etwas an Gewicht zugenommen. Sie hatte in den letzten Monaten hart für die bevorstehende Abschlussprüfung in dem theoretischen Weiterbildungskurs zur Fachärztin für Öffentliches Gesundheitswesen gelernt.

Und zu wenig geschlafen, wie sie sich selbstkritisch eingestand.

Nach der dramatischen Flucht aus Syrien wollte sie unbedingt in Deutschland bleiben. Hier fühlte sie sich sicherer als in ihrem vom Bürgerkrieg zerstörten Heimatland. Aber nachfragen durfte sie trotzdem mal. Schließlich hatte sie mündlich mit der Personalsachbearbeiterin etwas Anderes verabredet. Sie wählte wieder deren Nummer. Wieder besetzt! Sie nahm sich vor, es in der nächsten Stunde noch dreimal zu versuchen. Beim letzten Versuch klappte es. Die Antworten der Sacharbeiterin wirkten sehr kühl und abweisend.

„Sie haben nur eine schriftliche Zusage auf eine Anstellung zum 1.April bei der Berliner Senatsgesundheitsverwaltung. Wir setzen die neuen Mitarbeiter immer da ein, wo der größte Bedarf ist. Das ist zurzeit nun mal Marzahn-Hellersdorf. Später können sie sich dann gezielt auf Ausschreibungen aus einem bestimmten Bezirk bewerben. Aber bitte bedenken sie, dass das Land Berlin die Kosten für ihre theoretische Weiterbildung an der Akademie für Öffentliches Gesundheitswesen in Düsseldorf bezahlt und nicht irgendein Bezirk. Also fangen sie doch erst einmal in Hellersdorf an zu arbeiten. Dann kann man sehen, was sich tun lässt," beendete sie das Telefonat in etwas freundlicherem Ton.

Marzahn-Hellersdorf! Janusz-Korczak-Straße! Sie hatte, seitdem sie in Berlin lebte, sich überwiegend in den westlichen Stadtbezirken, vor allem in Schöneberg, Charlottenburg und auch Kreuzberg aufgehalten. In Marzahn-Hellersdorf war sie noch nie gewesen. Jedenfalls nicht bewusst. Da musste der Stadtplan her. Aha, der Bezirk lag ganz im Nordosten von Berlin. Und die Janusz-Korczak-Straße lag in Hellersdorf, fast am Ende von Berlin, schon halb in Brandenburg... Aber da gab es zumindest ganz in der Nähe eine U-Bahnstation. Sie beschloss, am Wochenende dorthin zu fahren und sich einmal umzusehen.

Sa 22.2.2020

Am Freitagabend war sie im ICE von Düsseldorf nach Berlin gefahren. Am Samstag hatte sie fast bis Mittag geschlafen, weil sie so erschöpft und müde war. Sie hatte daher die Fahrt nach Hellersdorf auf Sonntag verschoben. Etwas frierend stand sie vor dem Ausgang der U-Bahn-Haltestelle Hellersdorf. Sie blickte sich um. Ein großer Platz. Fast menschenleer. Zumindest um diese Zeit. 10 Uhr morgens am Sonntag.

Nur moderne Gebäude, ohne jedes Flair. An einem größeren Gebäude stand Alice-Salomon-Hochschule. Na ja, jedenfalls bin ich hier nicht ganz aus der Welt. Sie ging los, um die Janusz-Korczak-Straße zu suchen. Überall moderne Gebäude. Ein großes Einkaufszentrum und viele Geschäfte. Dann war sie schon in der richtigen Straße. Das Gesundheitsamt befand sich in einem sehr schlichten Gebäude mit Dienststellen von mehreren Behörden. Irgendwie hatte die ganze Gegend keine richtige Atmosphäre, aber alles machte einen ordentlichen Eindruck. Vielleicht wirkt es freundlicher, wenn hier in der Woche mehr Menschen sind, versuchte sie sich einzureden.

Jedenfalls war das Gesundheitsamt mit öffentlichen Verkehrsmitteln in etwa 40 Minuten zu erreichen.

Mi 1.4.2020

Zum Arbeitsanfang im Gesundheitsamt in Marzahn-Hellersdorf wurde Frau Fatimi nur sehr kurz durch die Leiterin, Frau Dr. Haupt begrüßt. „Ich- das heißt, wir alle hier im Amt freuen uns sehr, dass sie endlich da sind. Bei vielen Aufgaben, die wir wegen der Corona-Pandemie aktuell zu bewältigen haben, freuen wir uns ganz besonders über Verstärkung. Sie werden es hoffentlich verstehen, dass wir heute keine große Begrüßungsrunde machen können. Die meisten Mitarbeiter sind gerade dabei, Corona-verdächtige Personen nachzuverfolgen oder Quarantäne Maßnahmen etc. zu überwachen. Ich gehe davon aus, dass sie die anderen Mitarbeiterinnen bald auch so kennenlernen werden. Wir hatten uns schon in dem Vorgespräch bekannt gemacht. Am besten sie beginnen gleich mit der Arbeit, denn hier wird jeder dringend gebraucht. Beim Einarbeiten hilft ihnen Frau Meier. Sie ist am längsten hier im Amt und kennt sich daher bestens aus. Bei Fragen dürfen sie sich gern an mich wenden. Ich wünsche ihnen trotz der augenblicklich schwierigen Umstände einen guten Start."

In den nächsten Tag machte Frau Meier Frau Fatimi mit den üblichen Arbeitsabläufen bekannt. Das meiste waren Verwaltungsarbeiten. Sie bekam ein eigenes Büro. Anfänglich bestand ihre Aufgabe vor allem darin, Kontaktpersonen von Corona-positiv Getesteten ausfindig zu machen und zu einem

Test in einer der speziellen Corona-Untersuchungsstellen in Berlin auffordern. Dazu war viel Papierarbeit nötig, denn die Erfassungsprogramme für die PCs funktionierten noch nicht richtig. Der Bundesgesundheitsminister hatte öffentlich schnelle Abhilfe versprochen. Nach Ostern, so hatte es die Senatsverwaltung angekündigt, sollten zudem Medizinstudenten von der Charité auf Honorarbasis für Verstärkung bei der Suche nach Kontaktpersonen sorgen.

Di 7.4.2020

In der ersten Aprilwoche stieg die Anzahl der Corona-Neuinfektionen bundesweit, so auch in Berlin deutlich an. Daher gab es immer mehr Fälle nachzuverfolgen. Und auch viele Menschen, die besorgt im Amt anriefen, was sie bei Verdacht auf eine Corona-Infektion machen sollten. Dies war insoweit ärgerlich, als in allen Medien die Untersuchungsstellen genannt worden waren. Zudem fehlten im Gesundheitsamt - auch nach ihrem Arbeitsbeginn- noch immer mindestens zwei Ärzte. Die Leiterin hatte bei ihrer Begrüßung so etwas angedeutet. Der ärztliche Dienst war chronisch unterbesetzt.

Jetzt verstand Frau Fatimi, warum sie von der Gesundheitsverwaltung hierhergeschickt worden war und so freundlich begrüßt worden war. Einige ihrer Kolleginnen sprachen angesichts der jetzt deutlich erhöhten Anforderungen in der Corona-Pandemie von Überlastung, eine andere wegen der fast täglich neuen Herausforderungen sogar von Chaos. Das konnte sie überhaupt nicht verstehen. Chaos? Was Chaos wirklich bedeutet, hatte sie vor wenigen Jahren im syrischen Bürgerkrieg in ihrer Heimatstadt Aleppo erlebt. Und überlebt.

Nach einem Angriff des syrischen Militärs mit von Hubschraubern abgeworfenen Fassbomben brannte in den engen Gassen von al-Dschudaide alles- auch Menschen. Kinder. Direkt vor dem Haus, in dem sie wohnte. Während sie die Treppe runterrannte, brach neben ihr nach einer heftigen Explosion die rechte Wand weg und stürzte mit Getöse in die Tiefe. Sie wurde durch die Druckwelle auf die Treppe geschleudert… Etwas später konnte sie sich wieder hochrappeln. Sie spürte am Hinterkopf etwas klebrig Feuchtes. Blut! Sie war gegen die noch stehende Wand gestoßen. Als sie nach der Wunde tastete, merkte sie, dass ihre Hand von einer dicken Schicht aus Schutt und Staub bedeckt war. Mittendurch mäanderte ein rotes Rinnsal. Erschreckt zog sie die Hand zurück. Als Ärztin wusste sie, dass Wunden möglichst sauber bleiben sollten. Sonst bestand die Gefahr einer schweren Wundinfektion. Und es gab hier in diesem Stadtteil von Aleppo fast kein Verbandsmaterial mehr. Desinfektionsmittel und Antibiotika schon gar nicht…

Langsam bemächtigte sich eine unheimliche Angst ihrer. Der Puls raste, sie hyperventilierte. Sie versuchte, ruhiger zu atmen. Nachdem sie dies – wie es ihr schien über mehrere Minuten- erfolglos probiert hatte, entschloss sie sich die Treppe langsam hinunterzugehen. Sie zitterte am ganzen Körper. Die Beine fühlten sich kraftlos und die Knie butterweich an.

Die Treppe war aus Beton. Dennoch bewegte sie sich leicht unter jedem ihrer Schritte. Selbst wenn sie stillstand, waren noch einige Zeit Vibrationen zu spüren. Die Treppe hing an der Wand, die stehen geblieben war. Dort waren mehrere längere Risse zu erkennen… Festhalten! Aber wo? Das Treppengeländer war mit der rechten Wand in die Tiefe gestürzt. Also ganz vorsichtig weiter nach unten…

Endlich war sie auf der Straße angekommen. Sie wollte ihre kleine Tochter Mara suchen. Aber sie konnte nur Staubwolken erkennen. An vielen Stellen loderten Feuer. Menschen mit Brandverletzungen liefen verstört umher. Andere lagen am Boden und wimmerten. Verzweifelt versuchten die wenigen unverletzt Gebliebenen, die Feuer zu löschen. Immer wieder kam es zu Detonationen, wenn in den brennenden Autos die Tanks explodierten. Eine war so heftig, dass sie wieder zu Boden geworfen wurde. Über ihr zerbarsten Fensterscheiben. Instinktiv versuchte sie, sich vor den umherfliegenden Splittern zu schützen. Sie hielt sich die Hände vor die Augen und Stirn. Einige scharfe Glassplitter trafen trotzdem ihr Gesicht. Drangen in ihre Haut ein. Sie fühlte stechende Schmerzen. Der Staub von den Händen rieselte in ihre Augen. Unwillkürlich fing sie an zu weinen. Die Augen brannten. Wegen des starken Tränenflusses konnte nicht richtig sehen. Alles war verschleiert, unscharf. In der Schlucht aus zerstörten Häusern waberte ein scharfer, ekeliger Geruch nach verbranntem Fleisch. Menschenfleisch! Geschrei drang an ihr Ohr. Leute liefen wehklagend, völlig verstört, ziellos durcheinander. Überall lagen Leichenteile herum. Ein Augenpaar aus einem abgerissenen Kopf schaute sie fragend, anklagend an. Daneben lagen abgetrennte Arme, Beine und Füße. In einer großen Blutlache.

Ihr wurde übel. Sie musste sich übergeben. Schnell raffte sie sich wieder auf. Sie musste unbedingt ihre kleine Tochter finden. Kurz vor dem Fassbombenangriff war sie zum Spielen mit Nachbarskindern auf die Straße gegangen. Wo war sie jetzt? Dilara rief verzweifelt immer wieder ihren Namen. Antwort erhielt sie keine. Sie hörte nur von Ferne Explosionen. Um sie herum nur lautes, klagendes Schreien und schmerzgeplagtes Stöhnen und Ächzen. Immer wieder schrie sie den Namen ihrer Tochter Mara! Überall flackerten kleinere Brände. Verstaubte, blutende und verschreckte Menschen irrten ziellos umher. Sie reagierten nicht auf Ansprache, sondern sahen sie nur mit hohlen, geröteten Augen fragend an. Überall lagen Schutt und Trümmer. Wie sollte sie in diesem Wirrwarr ihre kleine Tochter finden?

Ihr Herz raste. Pochende Schmerzen am Hinterkopf. Und kein Lebens-zeichen von Mara! Sie hatte Angst, wahnsinnig zu werden. Da! Das war doch der Schuh von Mara! Aber nur Maras rechter Schuh lag dort. Mutterseelenallein zwischen den Trümmern des Nachbarhauses. Verzweifelt begann sie die Trümmer zur Seite zu räumen. Drei Frauen kamen ihr zur Hilfe. Als sie gemeinsam mit äußerster Kraftanstrengung eine schwere Betonplatte hochgestemmt hatten, sah Dilara ihre Tochter. Leblos. Mit geschlossenen Augen. Auf Rufen keine Reaktion! Sofort kroch sie unter die Platte, um Mara hervorzuziehen. Sie versuchte gleichzeitig, mit dem Rücken die Platte abzustützen. Sie spürte den rohen, kratzigen Beton direkt auf ihrer Haut. Der Rücken schmerzte stark unter der Belastung. Da versagten ihr die Kräfte. Sie konnte trotz Unterstützung durch die anderen Frauen die schwere Betonplatte nicht mehr hochhalten. Sie stürzte krachend zu Boden. Und auf Mara! Auch sie selbst war unter der tonnenschweren Platte gefangen. Mit dem Gesicht im Schutt. Ein feiner Glassplitter stach in ihre Stirn. Das Blut lief ihr in die Augen. Alles war dunkel. Sie hörte die Schreie der anderen Frauen. Wie von Ferne. Dreck rieselte ihr in die Augen bei dem Versuch sie zu öffnen. Die Augenlider brannten. Sie lag lebendig begraben unter einer mächtigen Betonplatte. Neben ihrer leblosen vierjährigen Tochter. Mara gab keinen Laut von sich. Es kostete sie größte Anstrengung, um den Kopf ein wenig zu drehen, um sie sehen zu können. Die herunterstürzende Platte hatte ihren Brustkorb zertrümmert. Dilara machte sich schwerste Vorwürfe, dass sie die Platte nicht mehr hatte halten können und diese auf Mara niedergekracht war. Möglicherweise war sie erst dadurch getötet worden. Sie fing an, stumm zu weinen.

Sie fragte sich unentwegt, ob Mara vorher noch am Leben gewesen war. Tief in ihren Inneren spürte sie, dass diese Frage sie ihr ganzes Leben lang quälen würde. Warum lebte sie weiter? Mara war das Wichtigste in ihrem Leben. Sie war alles, was ihr geblieben war. War sie jetzt verantwortlich für ihren Tod? Vor über einem Jahr war schon ihr Mann Ahmed bei Kämpfen in al-Dschudaide ums Leben gekommen war. Hinterrücks erschossen. Sie lebte... Nein, jetzt lag sie gefangen unter einer großen Betonplatte. Alles war dunkel. Hier konnte sie auch sterben. Sie war bereit dazu.

Erst Tage später setzte ihre Erinnerung wieder ein.

Das schrille Klingeln ihres Telefons holte sie aus den Erinnerungen an die schrecklichen Kriegsereignisse zurück. „Hier ist Haupt. Frau Fatimi, wir müssen auch über Ostern wegen der Corona-Krise einen Notdienst im Amt aufrechterhalten. Ich dachte, dass sie sich daran beteiligen. Ich muss das jetzt irgendwie regeln. Wann könnten sie denn?"

„Och, ich habe über Ostern nichts Besonderes vor. Man kann ja zurzeit in Berlin sowieso aufgrund der weitgehenden Beschränkungen des Senats wegen der Corona Pandemie nichts machen".

„Damit sie ein bisschen rauskommen und sich bewegen, können sie über die Feiertage für ein paar Stunden hierherkommen."

„An welchen Tagen denn genau?"

„Also, sie haben doch im Gegensatz zu den Kollegen keine Angehörigen hier in Berlin... Hm. Also ich dachte dann an alle Tage, Karfreitag bis Ostermontag."

Frau Fatimi schluckte hörbar am Telefon.

„Sie müssen versuchen, das auch positiv zu sehen. Wie ich schon sagte, etwas Abwechslung von allein zu Hause. Und vor allem erwerben sie sich dadurch Lorbeeren bei den Kollegen."

Auf diese Lorbeeren konnte sie verzichten. Aber wenn sie ehrlich zu sich war, wusste sie nicht, was sie Ostern allein tun sollte. Und es konnte nicht schaden, im Amt gleich zu Anfang einen guten Eindruck zu machen. Sowieso war in Berlin – wie es auf Deutsch hieß- alles heruntergefahren. Das hatte sie alles schon einmal erlebt.

Nur hatte man es in Syrien eindeutiger, nämlich als Ausgangssperre bezeichnet. Dort kannte die Regierung keine Zurückhaltung gegenüber der Bevölkerung. Sie versuchte daher keine Wortspielchen, sondern bezeichnete ihre rücksichtslosen Anordnungen unmissverständlich. Es war letztendlich nichts Anderes als brutales Kriegsrecht. Und bei Nichteinhalten der Verordnungen wurde scharf geschossen.

Was hatten der amerikanische oder französische Präsident gesagt? Die Menschen wären im Krieg gegen das Corona-Virus. Trump hatte die Bevölkerung der USA zum Kampf gegen das Virus aufgerufen. In diesem Kampf werde es Tote geben. Es wurden viel mehr, als er je gedacht hatte. Die Realität war jetzt auch in Deutschland Furcht einflößend. Überall Beschränkungen der Freiheitsrechte. War das nicht so ähnlich wie Kriegsrecht?

Ein Wortungetüm dachte sie. Was kann in einem Krieg gerecht sein? Gibt es einen Krieg für eine gerechte Sache? Die Politiker behaupteten es immer, besonders wenn sie siegreich gewesen waren. Sie hatte den Bürgerkrieg in Syrien hautnah miterlebt. Für dieses noch immer andauernde Desaster wird es nie eine Rechtfertigung geben.

Und gibt es denn überhaupt einen Krieg gegen die Natur? Viren waren wie die Menschen ein Bestandteil der Natur. Schon lange vernichteten Menschen natürliche Landschaften mit ihren Wäldern, Mooren und Tieren, um mehr Lebensraum für sich zu schaffen. Vergifteten die Atmosphäre. War dies ein Krieg gegen die Natur? Jedenfalls waren die Menschen für Zerstörung der Natur verantwortlich. Sie hatten in ihrer Illusion, über die Natur erhaben zu sein, versucht, es sich bequem und ohne Rücksichtnahme darin einzurichten. Letztendlich war es ein Krieg gegen sich selbst, denn die Menschen vernichteten für sie lebenswichtige Ressourcen.

Auf die Folgen wie die Klimakatastrophe waren sie nicht vorbereitet. Manche bestritten immer noch, dass sie im Wesentlichen auf menschliches Handeln zurückzuführen ist. So der amerikanische und brasilianische Präsident. Auch wurde gemutmaßt, dass das Corona-Virus aus einem chinesischen Labor stammt. Aber Viren sind Teil der Natur. Und je tiefer der Mensch in die Natur eindringt, desto höher die Wahrscheinlichkeit, dass er sich mit einem neuartigen Virus „infiziert." Auch das HIV-Virus war von Affen und Ebola von Fledermäusen auf den Menschen „übergesprungen".

Die Virus-Pandemie wird von den meisten als massive Bedrohung der eigenen Gesundheit oder gar Existenz erlebt. Sie hatte im syrischen Bürgerkrieg unzählige Bedrohungssituationen erlebt. Sie rufen Angst, wahnsinnige Angst hervor. Sie musste jetzt ganz schnell mit ihrer Arbeit weitermachen, sonst würden ihre Gedanken wieder in Richtung der schrecklichen Erinnerungen driften. Dagegen konnte sie sich kaum wehren, denn diese lauerten ständig im Hintergrund. Wenn sie in ihr Bewusstsein drangen, überwältigten diese sie. Sich zu schützen, ist die einzige Möglichkeit im Krieg wie auch in einer Virus-Pandemie. Deswegen sind Schutzmaßnahmen auch jetzt so wichtig.

Eiligst nahm sie sich die nächste Meldung über einen Corona-Fall vor. Per Telefon kontrollierte sie, dass der Betroffene die vom Gesundheitsamt ausgesprochene häusliche Quarantäne einhielt. Da der Betreffende sich sofort meldete, hatte sie keine Zweifel daran.

Am Nachmittag rief Frau Dr. Haupt noch einmal an. Sie teilte ihr mit, dass sie trotz der Corona-Pandemie morgen eine Begehung in einem Altenheim machen solle. Sie deutete an, es hätte massive Beschwerden an höherer Stelle mit Hinweis auf eine möglicherweise vertuschte Häufung von Todesfällen während des Lockdowns gegeben. Daher wäre dort eine Kontrolle noch vor Ostern erforderlich.

Bisher hatte Frau Fatimi ein Altenheim erst zweimal kurz von innen gesehen, denn sie hatte nur in Krankenhäusern gearbeitet. Sie war daher gespannt, was sie dort sehen würde. In Syrien gab es keine Altenheime. Dort war es üblich, dass sich die Großfamilie um die älteren und kranken Familienangehörigen kümmerte. Sie hatte gelernt, dass es feste Familienverbände in Deutschland kaum noch gab. In ihrer Straße wurde voriges Jahr ein sogenanntes Mehrgenerationenhaus eingeweiht. Es gab eine große Feier und sogar jemand vom Bezirksamt hielt eine Rede. Es war ein gefördertes Modellprojekt. Viele pflegebedürftige Alte wurden in Deutschland in Heime abgeschoben.

Mi 8.4.2020

Heute stand ihre erste Begehung eines Altenheims auf dem Programm. In Corona-Zeiten war die Einhaltung der Hygiene-Richtlinien noch wichtiger als sonst. Frau Fatimi hatte von Frau Dr. Haupt eine Liste von weiteren Punkten, die sie kontrollieren sollte, bekommen. Dabei handelte es sich auch um die behördlichen Anordnungen im Rahmen der Corona-Pandemie. Frau Dr. Haupt hatte Frau Meister zu ihrer Unterstützung abgeordnet. Frau Meister hatte von allen Mitarbeiterinnen im Amt die längsten Erfahrungen in Hygiene-Begehungen. Daher sprach Frau Fatimi mit ihr das Vorgehen und die Aufgabenverteilung eingehend und genau ab. Diese sah unter anderem vor, dass Frau Fatimi stichprobenartig einige Zimmer der Bewohner inspiziert.

Dafür wählte sie das dritte Stockwerk aus. In dem ersten Zimmer wohnte eine ältere, extrem schwerhörige Frau. Sie konnte überdies mit ihrem Hörgerät nicht richtig umgehen. Nach mehreren Versuchen gab Frau Fatimi es auf, so etwas wie eine Kommunikation in Gang zu bringen. Sie hatte gehofft, dass jemand vom Pflegepersonal sie begleitet und ihr die notwendigen Informationen gibt. So war es gestern mit der Heimleitung telefonisch vereinbart worden. Aber heute war eine Pflegerin ausgefallen. Daher konnte sie niemand begleiten. Die Amtsärztin prüfte kurz das kleine Bad. Dort gab es keine Beanstandungen. Die Bewohnerin summte von sich hin und machte einen zufriedenen Eindruck. Daher verabschiedete sich die Amtsärztin und ging das nächste Zimmer.

Die nächste Bewohnerin war eine sehr agile und gepflegte ältere Dame, die offensichtlich schon auf sie gewartet hatte. Sie stellte sich gleich als Frau Dr. Gedenk vor und bot ihr an, Platz zu nehmen. „Sie sind neu hier. Ich bin schon 91 Jahre alt - also sehr alt. Da habe ich schon sehr viel erlebt. Früher in der DDR hatte ich eine ähnliche Funktion wie sie. Vieles wiederholt sich. Vieles wird auch schlicht vergessen! Jetzt wird so getan, als ob die Corona-Epidemie etwas ganz Neues wäre. Ist sie aber nicht! Ich kann mich noch genau die große Influenza-Pandemie 1968/69 erinnern. Die wurde Hongkong-Grippe genannt, weil dort das H3N2-Influenza-Virus zum ersten Mal aufgetreten war. Wenn sie sich jetzt die Berichterstattung über Corona anschauen, wird die Hongkong-Grippe nur ganz selten noch erwähnt. Einfach vergessen, obwohl damals weltweit etwa zwei Millionen Menschen starben. So genau wie heute wurden die Todesfälle nicht erfasst - in Deutschland gab es etwa 50.000 Todesfälle im Westen und mindestens 10.000 im Osten."

„Schon vorher hatte ich als ganz junge Ärztin eine Grippe-Pandemie erlebt. Die sogenannte asiatische Grippe 1957/58 hatte mein Interesse für die Infektiologie geweckt. Dieses Gebiet hat mich mein Leben lang beschäftigt. Auch jetzt noch. Für mich sind Infektionen die klassischen Erkrankungen. Bei der asiatischen Grippe waren mindestens genauso viele Todesopfer zu beklagen wie bei der Hongkong-Grippe, in Deutschland über 30.000."

„Jetzt werden die strengen Maßnahmen damit begründet, dass Corona ein neues, bisher nicht bekanntes Virus ist. Es sei besonders gefährlich, weil sich erst nach einem Kontakt- also einer Infektion mit dem Virus eine Immunität bilden könnte. Das H2N2- und das H3N2-Virus waren 1957 bzw. 1968 auch jeweils neu. Im Winter 1969/70 wurden aber trotzdem Schulen nur geschlossen, wenn dort mehrere Grippe-Fälle aufgetreten waren. In den Betrieben wurde die Produktion ebenfalls nur heruntergefahren bei hohem Krankenstand."

„Allgemeine präventive Gesundheitsvorsorgemaßnahmen haben die Politiker 1968/69 trotz der chaotischen Zustände in den Krankenhäusern nicht für nötig gehalten. Damals gab es Berichte darüber, dass überall Notbetten aufgestellt werden mussten. Die Kranken lagen auf Fluren und in Badezimmern. In West-Berlin konnten die vielen Toten nicht schnell genug bestattet werden. Die Särge wurden daher zeitweise in den Gewächshäusern des Gartenbauamts Wedding oder in der Wilmersdorfer Bezirksgärtnerei gelagert. In Ost-Berlin lagen die Leichen gestapelt in einer Turnhalle."

„Woher ich das so genau weiß? Erstens war ich wie viele andere Ärzte und Krankenschwestern selbst auch erkrankt und lag am Jahreswechsel mit hohem Fieber im Bett. 1970, also nach der Grippewelle war ich dann maßgeblich an der Ausarbeitung des „Führungsdokument zur Grippebekämpfung" des DDR-Ministerrats beteiligt. Es war eine Art „Nationaler Pandemieplan". Ähnliche Vorschläge hat die WHO erst 1999 gemacht. Und der erste Pandemieplan wurde in der Bundesrepublik 2005 nach dem DDR-Vorbild aus 1970 erstellt," sagte sie nicht ohne einen gewissen Stolz.

„Warum damals in West-Deutschland von politischer Seite kein Handlungs-bedarf für einen Pandemieplan gesehen wurde, kann ich nur vermuten. Es war die Zeit der ersten großen Koalition und der aufkommenden Studenten-unruhen. Und des Höhepunkts des Vietnam-Kriegs. Es gab also genug andere politische Themen. Vielleicht waren auch die Millionen Toten aus dem zweiten Weltkrieg noch nicht vergessen. Einige Tausend Grippetote wurden deshalb möglicherweise als nicht besonders dramatisch angesehen."

Frau Fatimi hatte die ganze Zeit hoch aufmerksam zugehört. Die von Frau Dr. Gedenk aufgezählten Fakten waren für sie neu. „Wenn Sie sich so gut auskennen, gab es denn noch weitere Pandemien seit 1969?"

"Natürlich, Virus-Pandemien sind wiederkehrende Naturereignisse. Wegen der schnellen Mutationen der Viren kommen Impfstoffe für die erste Welle immer zu spät. Eigentlich gibt es jedes Jahr im Winter eine Grippewelle. Nicht selten sind auch neben Influenzaviren auch Corona-Viren die Auslöser. Wenn die Mutationen nur gering sind, kann ein Impfstoff, der gegen einen vorangegangenen Virustyp entwickelt worden ist, den Verlauf mildern. Aber es hat in der letzten Zeit auch neuartige Viren gegeben bei wie SARS 2003. Das war auch ein Corona-Virus, also sozusagen der Vorläufer zu dem jetzigen. Der Ausbruch war aber auf Ostasien begrenzt. Schwere Grippewellen, die auch Europa betrafen, gab es 1995/96 mit etwa 30.000 Toten, 2012/13 und zuletzt

2017/18 mit etwa 25.000 Toten in Deutschland. Alle sind bei der Politik und der Bevölkerung schon in Vergessenheit geraten. Meist wird auch vergessen, dass die zweite Welle verheerender ist als die erste."

„Das ist alles neu für mich, hoch interessant und sehr spannend. Ich würde mich gern noch einmal länger mit Ihnen unterhalten."

„Ja, dann kommen sie doch in den nächsten Tagen noch einfach einmal vorbei. Ich würde mich sehr über ihren Besuch freuen."

„Das geht leider nicht. Mein Dienstplan ist übervoll. Und dann ist da noch etwas Formales. Wir sind doch hier im ehemaligen Preußen..."

„Wohl wahr" seufzte Frau Dr. Gedenk. „Hier gibt es für alles eine Regel. War schon vor Virus-Pandemie so. Zubettgehzeiten, Essenszeiten. Seit dem Corona-Lockdown gibt es für jeden Heimbewohner einen Extraplan. Alle Gemeinschaftsräume und die Cafeteria wurden geschlossen. Ich muss jetzt in meinem Zimmer bleiben und hier die Mahlzeiten einnehmen. Früher sah man sich wenigstens beim Essen. Da hatte man ein bisschen Gesellschaft. Konnte miteinander reden. Jetzt alles verboten! Auf den Fluren oder im Garten darf ich nur zu bestimmten Zeiten spazieren gehen – einzeln mit Mundschutz. Damit man sich nicht mit dem Virus ansteckt! Lesen kann ich nicht mehr richtig wegen einer trockenen Makuladegeneration. So bleibt fast nur noch das Fernsehen. An manchen Abenden muss ich lange suchen, bis ich etwas finde, was nicht mit Corona zu tun hat. Es ist einfach zu viel- auch wenn es mich sehr interessiert. Trostlos, diese erzwungene Einsamkeit! Dabei wohnen hier über 100 ältere Menschen. Jetzt ist alles verboten. Und wer ist dafür verantwortlich? Die Politik! Was hat sich der Berliner Senat dabei nur gedacht? Wir alten Leute haben doch auch noch Interessen. Und Rechte! Die haben die Politiker vergessen!" fügte sie mit Nachdruck hinzu.

„Das Formale, das ich Ihnen noch sagen wollte: Ich darf sie nur aus dienstlichem Anlass besuchen- auch wenn ich gern mehr von Ihrem Wissen erfahren und auch Ihre Lebensgeschichte genauer kennenlernen würde. Ansonsten sind Besuche in Altenheimen während des Lockdowns nicht erlaubt."

Sie sah, wie die alte Ärztin anfing, leise zu weinen. „Wir in den Heimen werden einfach vergessen!"

Die Amtsärztin wandte sich schnell ab, weil sie die Situation unerträglich und auch für sich selbst als sehr belastend empfand. „Vielleicht finde ich doch noch einmal eine Gelegenheit," log sie schnell. Nur raus hier!

Auf dem Flur suchte sie nach einem Stuhl. Als sie endlich einen gefunden hatte, überlegte sie lange, wie lange sie diese Arbeit noch durchhalten könne. Ihre Gedanken kreisten. Sie wollte hier in Berlin bleiben. Auch wenn sie zurzeit durch die Virusepidemie und die Maßnahmen der Regierung und des Senats auch persönlich stark verunsichert war. Wie sollte das weitergehen? Wo auf der Welt gab es noch einen sicheren Platz? Ihr Arbeitsplatz war nicht gefährdet. Arbeit hatte sie mehr als sie bewältigen konnte... Aber wie lange dauert die Pandemie noch? Gibt es eine zweite Welle? Und was kommt danach? Alle, mit denen sie sprach, stellten sich diese bangen Fragen...

Einstweilen mussten diese aber unbeantwortet bleiben. Jeden Abend wurde im Fernsehen von irgendwelchen Experten darüber diskutiert. Mehr Klarheit brachte ihr dies nicht. Nur die Verunsicherung wuchs. Düstere Zukunftsvisionen plagten sie immer häufiger, so dass sie nachts oft kaum Schlaf fand.

Sie versuchte sich zu konzentrieren. Sie klopfte an die nächste Tür. Sie hörte keine Antwort und öffnete trotzdem. Auf dem Bett lag halbangezogen eine alte Frau, die röchelte. Frau Fatimi versuchte, die Frau zu wecken. Gelblicher, zähflüssiger, blasiger Speichel lief ihr aus dem Mund. Als sie sich herunterbeugte, hörte sie ein leichtes Rasseln der Lunge. Erschreckt wich sie zurück und klingelte nach der Pflegerin. Keiner kam. Sie klingelte noch einmal.

Die Zeit schien sich endlos zu dehnen. Nichts passierte. Sie hatte nur ihre Aktentasche mit dem Laptop dabei. Aber sie wollte helfen. Sie versuchte, die alte Frau auf die Seite zu legen, damit sie besser atmen konnte. Da hörte die Frau ganz auf zu atmen. Nach einer Ewigkeit kam eine korpulente Pflegerin. „Wir müssen die Frau sofort intubieren" rief Frau Fatimi ihr zu.

„Können Sie das?" kam als kühle Antwort zurück.

„Ja! Das habe während meiner Ausbildung in Notfallmedizin gelernt."

„Wir sind hier im Heim nicht auf solche Situationen vorbereitet. Wir haben kein Intubationsbesteck! Bei den alten Leuten macht das doch auch keinen Sinn mehr! Wir lassen sie in Ruhe sterben... Auf mehr sind wir nicht eingerichtet."

Frau Fatimi sah sie verzweifelt an. „Aber wir müssen doch etwas tun."

„Können wir nicht mehr! Vor dem Tod kann man sich nicht schützen." Nach einer Art Schweigeminute ergänzte die Pflegerin: „Hier im Heim sind in den letzten Wochen mehrere Menschen gestorben. Die Bewohner wissen bei Aufnahme, dass das Heim die letzte Station in ihrem Leben sein wird. Viele wollen auch gar keine Behandlung im Krankenhaus mehr. Sondern nur in Ruhe sterben."

Frau Fatimi wurde ganz mulmig bei der Vorstellung, dass das Heim mit dem vielversprechenden Namen „Seniorenresidenz an den Gärten der Welt" in Wirklichkeit ein großes Sterbehaus war. Sie musste sich setzen. In den blumigen Beschreibungen, die in dem Schaukasten am Heimeingang zu lesen waren, klang das ganz anders. Auch die vielen bunten Bilder mit lächelnden älteren Menschen vermittelten ein positives anderes Bild. Nach einigem Nachdenken musste sie sich eingestehen, dass die Pflegerin mit ihrer nüchternen abgeklärten Sicht der Dinge recht hatte. Ihre trockenen, zunächst herzlos erscheinenden Äußerungen waren wahrscheinlich durch die fast tägliche Auseinandersetzung mit dem Thema Sterben und Tod geprägt. Vielleicht war sie dadurch auch etwas emotional abgestumpft. Bei ihr selbst drangen in entsprechenden Situationen immer wieder die traumatischen Erfahrungen aus al-Dschudaide in Aleppo während des Bürgerkriegs ins Bewusstsein. Die totale Hilflosigkeit und Hektik bei der Suche nach ihrer Tochter nach dem Fassbombenangriff. Auch damals konnte sie nicht helfen…

Als die Amtsärztin sich wieder einigermaßen gefangen hatte, bemerkte sie, dass die Pflegerin die Hand der alten Frau hielt und ab und zu streichelte. Wahrscheinlich hatte sie das schon eine ganze Weile gemacht. Nur hatte sie dies nicht bemerkt, weil sie in ihren Gedanken abgelenkt war. Bei ihrer Tochter konnte sie auch nichts mehr tun…

Frau Fatimi versuchte jetzt, wieder ihre Rolle als Ärztin zu übernehmen. Sie fühlte an den Halsschlagadern der alten Frau. Kein Puls mehr. Sie hob die Augenlider an. Sie blickte in fahle, trübe, tote Augen. Starr auf irgendeinen Punkt im Jenseits gerichtet…

„Na, da müssen wir wohl einen Totenschein ausstellen" sagte sie resigniert. Sie wunderte sich über ihren eigenen, sehr geschäftsmäßig wirkenden Ton. „Haben sie schon einen Corona-Test gemacht? Den brauche ich dafür!"

„Nein, so etwas können wir hier im Heim nicht. Das wird hier nur gemacht, wenn ein Arzt das bei einem vom ihm betreuenden Bewohner anordnet. Dann macht es aber die begleitende Sprechstundenhilfe oder der Arzt selbst. Wir sind

Altenpflegerinnen und keine Krankenschwestern" antwortete die Pflegerin trotzig.

„Ich muss noch einige andere Zimmer ansehen. Danach kann ich das mit dem Totenschein machen," sagte Frau Fatimi rasch. Schon wieder floh sie. Auf dem Flur blieb sie an die Wand gestützt einige Zeit stehen. Sie überlegte, ob sie die Amtsarzt-Begehung abbrechen konnte. Sie spürte, dass sie nicht mehr weiterkonnte. Da kam ihr die Idee, jetzt erst einmal ganz formal mit der Heimleitung zu sprechen. Hinterher konnte sie weitermachen. Zumindest hoffte sie das.

Das Büro der Heimleitung der „Seniorenresidenz an den Gärten der Welt" lag im Erdgeschoss nahe dem Eingang. Frau Fatimi betrachtete noch einmal genauer und sehr nachdenklich die Bilder in dem Schaukasten. Sie hatten so gar nichts mit der aktuellen Realität zu tun. Da sah man ältere lachende Menschen, die auf einer Terrasse saßen, im Tagesraum gemeinsam spielten. Oder fröhlich Hand in Hand spazieren gingen in exotischen Gärten... Jetzt mussten die Heimbewohner in ihren Zimmern bleiben. Allein essen. Gemeinsame Aktivitäten waren verboten. Und sie war hier, um diese behördlichen Anordnungen zu überprüfen. Ihr fröstelte.

Die Heimleitung, Frau Helfa begrüßte sie freundlich. „Sie sind neu hier als Amtsärztin in Marzahn. Darf ich fragen, wo sie herkommen, Frau Fatimi?"

Schon wieder diese Frage! Allmählich fand sie diese Frage lästig. Sie zeigte, dass sie immer noch als Fremde wahrgenommen wurde, obwohl sie sich bemühte, gutes Deutsch zu sprechen. Daher antwortete sie: „Ich lebe schon länger in Berlin. Die Senatsverwaltung hat mich hierher-geschickt, weil am hiesigen Gesundheitsamt am meisten Ärzte fehlen… Ursprünglich komme ich aus Syrien. Aber ich habe mich hier schon gut eingelebt. Da ich wie übrigens viele in Syrien Christin bin, habe ich nicht so allzu große Anpassungsschwierigkeiten gehabt. Die Kultur und auch die Mentalität der Christen in Syrien unterscheidet sich nicht so sehr – wie immer angenommen wird- von der in Deutschland. Also kein Kulturschock.

Aber… Marzahn-Hellersdorf ist für mich wirklich ganz neu. Es scheint ein Stadtteil zu sein, der erst in den letzten Jahrzehnten gebaut wurde."

„Da haben sie recht. Unser Haus wurde 1987 gebaut und dann 2003 noch einmal komplett saniert in Hinblick auf die Erfordernisse eines Alten- und Pflegeheims. Sie haben sich jetzt einen aktuellen Eindruck verschaffen können. In Corona-Zeiten ist natürlich vieles nicht so wie es sein sollte. Oh, ich hätte besser sagen sollte: sein könnte. Selbstverständlich halten wir uns hier an alle von der Senatsverwaltung vorgegebene Bestimmungen. Ich hoffe, dass sie sich davon überzeugen konnten…".

„Für das Gesundheitsamt ist vor allem von Wichtigkeit, wie viele Todesfälle es hier in den letzten vier Wochen gab."

„Drei."

„Wurde bei denen ein Corona-Test durchgeführt?"

„Nein, die sind an Herz-Kreislaufversagen gestorben. So steht es auch auf dem Totenschein. Die behandelnden Ärzte hielten einen Test nicht für notwendig, da in allen drei Fällen keine Lungenentzündung vorlag."

„Hm, da hätte ich dann doch noch ein paar Fragen. Wie sie vielleicht schon mitbekommen haben, ist gerade eine der Bewohnerinnen gestorben. In meinem Beisein! Dazu habe noch Fragen: Wann holen sie einen Notarzt? Zum Beispiel für eine Intubation."

„Also ehrlich gesagt, fast nie. Das Durchschnittsalter unserer Bewohner lag letztes Jahr bei 85,7 Jahre. Da stellt sich meist nicht die Frage nach einer Notfall-Einweisung in ein Krankenhaus, sondern eher nach möglichen palliativmedizinähnlichen Maßnahmen. Also Sterbebegleitung. Die allermeisten unserer Bewohner haben auch in ihrer Patientenverfügung oder Vorsorgevollmachten festgelegt, dass bei ihnen keine intensivmedizinischen Maßnahmen mehr erfolgen sollen. Wir fordern alle zukünftigen Bewohner auf, entsprechende Dokumente bei Einzug vorzulegen. Denn nur sie bringen Klarheit." Sie deutete auf einen halb geöffneten Aktenschrank. Dort stand eine Reihe von Ordner mit den persönlichen Angaben der Bewohner.

„Und was machen sie bei Dementen?"

„Ja, das ist in der Tat schwierig. Aber wir haben hier die Regel, keine schwer dementen Menschen als Heimbewohner aufzunehmen. Dafür gibt es ein anderes Heim in unserem

Verbund, das auch baulich speziell auf schwer Demente ausgerichtet ist..."

„Sie gehen also davon aus, dass die Ihnen vorliegenden Patientenverfügungen oder Vorsorgevollmachten rechtskräftig gültig sind?" hakte Frau Fatimi nach. Sie konnte sie bei ihren Fragen auf das gerade in der theoretischen Fortbildung in Düsseldorf erworbene Wissen zurückgreifen. Sie hoffte, dass es etwas Eindruck bei der Heimleiterin machte. Diese schien sehr selbstgefällig zu sein.

„Oh, ich sehe, dass sie gut über die Rechtslage in Deutschland informiert sind. Ja, denn wir achten darauf, dass zu dem Zeitpunkt der Abfassung dieser Erklärungen noch Geschäftsfähigkeit bestand bzw. keine Betreuung vorlag."

„Prüfen Sie die Geschäftsfähigkeit selbst?"

„Ja, das brauchen wir ja auch für den Abschluss des Heimbewohnervertrages. Der ist natürlich nur gültig, wenn die zukünftigen Bewohner bei der Unterzeichnung noch geschäftsfähig sind:"

„Jetzt noch eine ganz andere Frage. Sie haben selbst auf die Schwierigkeiten hingewiesen, die sich durch den Corona-Lockdown ergeben. Was halten Sie denn von den Testen auf den Corona-Virus bei allen Bewohnern?"

„Ach, wissen Sie, das ist doch alles Theorie. Die Gesundheitsverwaltung mag das zwar wünschen, aber bisher gibt es gar nicht genügend Testmöglichkeiten. Wir handhaben es in etwa so wie es vom Robert-Koch Institut oder der Charité empfohlen wird: bei jedem mit einem entsprechenden Verdacht. Also bei Husten, Fieber usw... Dann geben wir den betreuenden Hausärzten Bescheid und fordern sie auf, einen Test durchzuführen oder zu veranlassen..."

„Aber da verstreichen doch Tage!"

„Ja, aber die Testergebnisse erhalten wir doch auch erst nach ein paar Tagen! So lange schotten wir die betreffenden Bewohner, soweit es geht, vollständig ab."

„Hm, und wie ist das mit ihrem Personal? Sind wenigstens die alle schon getestet? Sie wissen doch, dass ihre alten Bewohner eine Hochrisiko-Gruppe sind!"

Die Antwort kam sehr zögerlich. „Frau Fatimi, ich weiß, dass sie bzw. das Gesundheitsamt anderes von uns erwarten... Aber auch in Deutschland wachsen die Bäume nicht in den Himmel. Das heißt, auch hier klappt nicht alles. Wie schon gesagt, es gibt zu wenig Testmöglichkeiten. Und wenn, dann müssten meine Mitarbeiter dort erst hinfahren. Die nächste Untersuchungsstelle ist im Evangelischen Krankenhaus Herzberge. Das dauert manchmal Stunden. Wir haben hier wie in fast allen Alten- und Pflegeheimen eine äußerst knappe Personalbesetzung. Da können wir uns längere Arbeitsausfälle überhaupt nicht leisten- auch für Testuntersuchungen nicht! Da hätten mit der Flüchtlingswelle ruhig mehr Pflegekräfte aus Syrien nach Deutschland kommen können."

Frau Fatimi bemühte sich, diese Anspielung zu überhören. Sie war voll ausgebildete Ärztin! Mit einer deutschen

Approbation! „Frau Helfa, eine letzte Frage: Haben sie gar keine Angst, dass irgendjemand vom Pflegepersonal ungewollt den Virus in das Heim einschleppt und dann viele Bewohner ansteckt?"

Frau Helfa zögerte. Dann begann sie plötzlich zu schluchzen. Sie verbarg ihr Gesicht mit den Händen. Von ihrem überheblich wirkenden geschäftsmäßigen Verhalten war nichts mehr zu bemerken. Ihre scheinbar selbstbewusste Fassade war völlig zusammengebrochen. „Sie wissen ja gar nicht, wie es mir geht! Natürlich habe ich davor Angst. Vor allem auch vor der Katastrophe, die dann kommt: Pflegepersonal krank und keiner mehr da, der dann die wahrscheinlich sehr zahlreichen kranken Bewohner versorgen kann. Ich kann nachts kaum noch schlafen, weil ich als Heimleitung letztendlich verantwortlich bin. Ich habe ständig Alpträume... Sie wissen ja gar nicht, wie schwer es ist, Schutzkleidung, Masken oder Desinfektionsmittel für das Personal zu besorgen. Wir haben von allem zu wenig. Die Politiker reden viel und diskutieren jeden Abend im Fernsehen, aber unternehmen diesbezüglich nichts. Das verunsichert mich und auch meine Mitarbeiter immer mehr, auch die Expertenrunden im Fernsehen mit den verschiedenen Meinungen. Da weiß man am Ende überhaupt nicht mehr, was richtig ist." Sie hielt inne.

Nach einer Weile sagte sie fast wieder gewohnt geschäftsmäßig: „Zu Ihrer Frage: Ja, ich habe Angst, sogar sehr große Angst, dass der Virus hier ins Heim eingeschleppt wird. Das einzige, was mir bleibt, ist die Schotten vollkommen dicht zu machen. Sie und ihre Mitarbeiterin sind die ersten Fremden, die seit zwei Wochen das Heim betreten durften. Sie kommen schließlich von der Aufsichtsbehörde. Da kann ich ihnen den Zutritt nicht verwehren. Aber Hilfe erwarte ich von ihnen auch nicht!" Sie stand auf, um zu signalisieren, dass aus ihrer Sicht das Gespräch beendet war.

Frau Fatimi war froh, dass Frau Helfa die Unterredung abgebrochen hatte. Sie wusste, dass sie zu vielen der von Frau Helfa angeschnittenen Fragen wie z.B. Schutzkleidung keine Antwort hatte. Ihren Bericht über das Heim würde sie in Ruhe an den Ostertagen schreiben, wenn sie ohnehin im Amt sein musste. Ein bisschen Abstand wäre sicherlich hilfreich, um die Zustände in der „Seniorenresidenz an den Gärten der Welt" möglichst objektiv zu beschreiben.

Sie beschloss, um einen möglichst objektiven Eindruck zu erhalten, sich auch noch die vierte Etage anzuschauen. Sie klopfte an die dritte Tür. „Ich bin die Amtsärztin. Gerade in den Zeiten der Corona-Pandemie ist es wichtig, dass die Hygieneregeln eingehalten. Deswegen möchte ich mir ihr Zimmer kurz anschauen."

„Ich heiße Klara Wohlgemuth. Sie können sich hier gern umschauen. Aber ich würde gern auch noch ein bisschen mit ihnen reden. Ich bin hier seit drei Wochen total isoliert. Ich kann das Zimmer kaum verlassen. Seit einem Schlaganfall vor 2 Jahren lebe ich jetzt hier. Aber so etwas habe ich mein ganzes Leben noch nicht erlebt. Und ich bin schon 84 Jahre alt. Ich darf nicht mehr in die Tagesräume im Erdgeschoss. Die Cafeteria ist geschlossen. Essen nur hier auf dem Zimmer."

„Durch meine Lähmungen kann ich nur noch ganz kurze Strecken ohne Unterstützung laufen. Früher kam immer nachmittags eine ehrenamtliche Helferin, mit der bin ich in den Garten oder in die Cafeteria gegangen. Die darf nicht mehr kommen. Ich bin total isoliert. Als es hier einen Corona-Verdachtsfall unter den Pflegern gab, durfte ich noch nicht einmal mehr mit dem Rollstuhl auf den Flur. Der ist fast immer menschenleer. Niemand mit dem ich mal sprechen kann. Ach, entschuldigen sie, Frau Doktor, dass ich so viel geredet habe. Aber sie sind seit über 3 Wochen der einzige Mensch, mit dem ich das kann. Ich muss es ihnen hoch anrechnen, dass sie mir überhaupt zuhören. Macht sonst keiner. Die Pflegekräfte haben keine Zeit dafür und Besuch von meinen Angehörigen darf ich nicht mehr empfangen. Das ist wie Einzelhaft!"

„Erzählen sie ruhig weiter, Frau Wohlgemuth. Ich mache dann anschließend kurz meine Hygienekontrollen."

„Mein Alltag sieht seit einigen Wochen noch öder aus als sonst. Es ist nur noch deprimierend. Im Fernsehen wird ständig etwas von Corona gefaselt. Wir Alten sollen vor dem Corona-Virus geschützt werden – aber niemand hat mich gefragt, ob ich das auch will. Ich will lieber sterben, als noch länger eingesperrt zu sein. Das Eingesperrt Sein hier ist menschenunwürdig. Erst vor ein paar Wochen habe ich in der Tagesschau gesehen, dass das Bundesverfassungsgericht Selbstmord bei schwerer Krankheit erlaubt hat. Jeder könne selbst darüber bestimmen. Ich denke schon manchmal darüber nach. So kann es nicht weitergehen. Mag sein, dass ich zur Hochrisikogruppe gehöre. Aber was denken sich die

Politiker eigentlich dabei, wenn sie uns Alten wegsperren? Das hier ist kein Schutz, sondern eine Qual. Dafür tragen die die Verantwortung! Die haben vergessen, uns zu fragen. Ich möchte selbst darüber bestimmen, wann und wie oft ich hier raus kann. Selbst wenn ich dann sterbe! So will ich nicht weiterleben!"

Frau Wohlgemuth hatte sich in Rage geredet. Jetzt weinte sie. Frau Fatimi hatte Angst, dass sie erneut einen Schlaganfall bekommen würde. Rasch prüfte sie den Puls der alten Dame. 110/min unregelmäßig. Sie versuchte Frau Wohlgemuth zu beruhigen, in dem sie ihre Hand hielt. Dazu brauchte lange. Sie sprach mit ihr noch über viele Themen, vor allem über die Enkelkinder. Nach etwa 30 Minuten hatte sie den Eindruck, dass die alte Frau wieder ruhiger geworden war.

„Vielen Dank, dass sie mir solange zugehört haben, Frau Doktor! Meine Sorge bleibt, dass die Politiker uns vergessen, wenn die Epidemie vorbei ist und hier bleibt alles so eingeschränkt. Bitte vergessen sie mich nicht," sagte Frau Wohlgemuth zum Abschied flehend.

Für ihre erste Begehung in einem Altenheim hatte sie viel zu lange gebraucht. Frau Meister hatte ihr längst eine SMS geschrieben, dass sie schon ins Gesundheitsamt zurückgefahren war. Frau Fatimi zweifelte an sich. Sie würde diese Arbeit nicht schaffen. Aber sie wollte unbedingt erfahren, was die Altenheimbewohner wussten und vor allem dachten. Es war sehr aufschlussreich für sie. Da würde sie wohl noch viele Überstunden machen...

Abends dachte sie zuhause lange über ihren Besuch in der „Seniorenresidenz an den Gärten der Welt" nach. Jedes der Gespräche hatte sie als außerordentlich belastend erlebt, vor allem die Schilderungen der beiden alten Damen über ihre aktuelle Lebenssituation. Eine der Begründungen der Politiker für den Lockdown war, dass die Risikogruppen, insbesondere die Alten geschützt werden müssten. Heute hatte sie den Eindruck gewonnen, dass viele von Ihnen dies nicht für den Preis eigener weitreichender Einschränkungen gar nicht wollten. Sie fühlten sich isoliert, auch hinsichtlich jeder Entscheidung ausgegrenzt. Sie wollten selbst bestimmen über ihr Leben.

Da war sie mit den Gedanken bei dem Grundproblem der Quarantäne. Wer isoliert werden sollte, bestimmten Andere. Und nicht der Betreffende. Darüber hatten sie in der Weiterbildung in Düsseldorf lange und kontrovers diskutiert. Jetzt gehörte sie zu denen, die über Andere entscheiden müssen. Die ersten Tage als Ärztin im Gesundheitsamt empfand sie als extrem herausfordernd. Sie fragte sich, ob sie diese Arbeit lange durchhalten kann.

„Wir haben wegen des Corona-Lockdowns außergewöhnliche Zeiten" versuchte sie sich zu trösten. Um von den deprimierenden Gedanken fortzukommen, beschloss sie im Internet nachzukucken, ob die Angaben über die Pandemien, über die die alte Amtsärztin aus der DDR berichtet hatte, stimmten. Bei dem Studium der entsprechenden Internetseiten bewunderte sie zunehmend das Gedächtnis der alten Dame. Ihre Angaben waren präzise und richtig gewesen. Aber im öffentlichen Bewusstsein waren die Pandemien weitestgehend in Vergessenheit geraten. Es wurde fast immer nur die spanische Grippe 1918/19 erwähnt. Damals am Ende des ersten Weltkriegs waren die hygienischen Verhältnisse sicherlich viel schlechter als jetzt. Außerdem waren viele Menschen durch die Mangelernährung oder Kriegsfolgeschäden geschwächt. Dies könnte eine Erklärung für die damalige hohe Sterblichkeit gewesen sein.

Manche Historiker behaupteten, die spanische Grippe hätte gravierende und langfristige Auswirkungen auf die Weltpolitik gehabt, weil der amerikanische Präsident Woodrow Wilson auch dran erkrankt war, genau zu der Zeit der Friedensverhandlungen in Versailles. Deswegen sei er bei wichtigen Besprechungen nicht dabei gewesen. Dies hätte zu den harten Friedensbedingungen für Deutschland nach dem 1. Weltkrieg geführt.

Die letzte große Grippewelle in Deutschland war erst 2017/18 gewesen. Damals waren über 25.000 Grippetote zu beklagen. Nach der Statistik des Robert-Koch Instituts gab es im Februar/März 2018 eine deutliche Übersterblichkeit. Zu der Zeit war sie schon in Deutschland gewesen! Sie konnte sich nicht daran erinnern, dass es damals einen Lockdown mit Schulschließungen und Kontaktbeschränkungen gegeben hätte. Schon alles vergessen?

Nein, eins wusste sie ganz genau. Es hatte 2018 keine Anordnung durch die Regierung gegeben, auf Intensivstationen Betten für Grippe-Patienten freizuhalten und gegebenenfalls auch Operationen zu verschieben. In dem

Krankenhaus, in dem sie gearbeitet hatte, nicht und auch in anderen Kliniken nicht. Auch hatte sie damals, um ihre Deutschkenntnisse weiter zu verbessern, jeden Abend Tagesschau und Heute angesehen. Da gab es kaum Berichte über tausende Grippetote. Und schon gar nicht monatelang jeden Abend ein Grippe-Extra nach der Tagesschau. Keine endlosen Expertenrunden!

Warum hatten 2018 die Politiker und die Öffentlichkeit ganz anders reagiert?

Gab es ein anderes die Medien und die öffentliche Meinung beherrschendes Thema? Ja, wenn sie sich richtig erinnerte, gab es nach der Bundestagswahl keine klaren Mehrheiten. Die ersten Koalitionsverhandlungen zwischen der CDU/CSU und den kleinen Parteien waren gescheitert. Nach langem Hin und her hat sich dann die SPD entgegen ihrer ursprünglichen Ablehnung doch bereit erklärt, eine neue große Koalition einzugehen. Das müsste in dieser Zeit gewesen sein.

Bei genauerer Betrachtung fiel ihr, dass die Politiker 2020 zunächst auch gar nicht anders reagiert haben. Die Ereignisse in China erschienen weit weg. Auch war SARS auf Südostasien begrenzt geblieben. Warum sollte das jetzt anders sein? Der Bundesgesundheitsminister behauptete noch Anfang Februar im Fernsehen: „Deutschland ist für einen etwaigen Anstieg der Corona-Virusinfektionen gut gerüstet. Für diese Situation jetzt haben wir Intensivstationen, ausreichend Isolierstationen und -zimmer und die Ausstattung, die wir brauchen." Und der Präsident des Robert Koch-Institutes konnte sich Ausgangssperren und ähnliches in Deutschland noch nicht vorstellen.

Dabei gab es schon einen offiziellen "Nationalen Pandemieplan II von 2014". Darauf hatte Frau Dr. Gedenk sie schon hingewiesen. In ihrem Kurs für das öffentliche Gesundheitswesen in Düsseldorf war er Lerngegenstand. Hatten die politisch Verantwortlichen den Plan vergessen?

Die vorgesehenen Maßnahmen bezogen sich zwar auf eine Grippe-Pandemie, aber konnten auch bei einer anderen Virusepidemie angewendet werden. Trotzdem gab es Anfang März noch Fußballspiele in großen Stadien...

Also alle verhielten sich nicht anders als bei der letzten Grippewelle. Sie taten nichts für ihren Schutz. Frau Fatimi musste sich eingestehen, sie auch nicht. Sie war mit Kolleginnen aus dem Kurs noch in der Düsseldorfer Altstadt gewesen. Dort ist abends immer Gedränge...

Also, gab es etwas, das sich in den letzten zwei Jahren geändert hatte?

Lag es am Umgang mit dem Tod? Sie selbst hatte im Bürgerkrieg in Aleppo etliche Menschen leidvoll sterben sehen. Sie konnte sich daher kein Bild davon machen, wie Deutsche, die seit 70 Jahren in Frieden und Wohlstand lebten, mit dem Tod umgingen. Die wenigen Älteren, die sie heute in dem Heim gesprochen hatte, schienen nicht mehr besonders am Leben zu hängen. Vielleicht lag dies auch an ihren aktuellen Lebensumständen.

Aber wie gingen die Deutschen allgemein mit dem Thema Tod um? In ihrer Zeit als Ärztin im Krankenhaus hatte sie den Eindruck, sie vermieden das Thema - bis zuletzt. Also bis jemand wirklich starb. Es wurde kaum vorher darüber gesprochen. Oft hatten die Angehörigen nicht mit dem Betreffenden darüber gesprochen, ob er auf einer Intensivstation behandelt werden wollte. Sie hatte selbst erlebt, dass Angehörige über die Auslegung der Regelungen in Patientenverfügungen erbittert stritten.

Das Thema Sterben wurde in den Medien fast nur auf eine für sie seltsame Weise behandelt: Im deutschen Fernsehen starben jeden Abend mindestens ein Dutzend Menschen. Denn überall wurden Krimis gezeigt. Der Täter konnte meist erst nach der dritten Leiche dingfest gemacht werden. Und in den Action-Filmen oder PC-Games konnte man oft die Anzahl der durch die Luft gewirbelten Menschen, die dann hart auf dem Boden aufschlugen, gar nicht schnell genug zählen. Nur die Action-Helden erhoben sich wieder, alle anderen waren tot. So gesehen war Sterben und Tod ein alltägliches mediales Ereignis.

Aber eben nur virtuell, das Corona-Virus war real. Das zeigten die chaotischen Zustände in den Krankenhäusern und dem Krematorium in Wuhan in den heimlich aufgenommenen Videos von Li Zehua, die Dutzenden von Särgen auf Militärlastern, die frühmorgens durch die menschenleere Stadt Bergamo in Norditalien fuhren, die Kühl-Container für die Leichen auf den Krankenhaus-Parkplätzen in New York...

War es die Macht dieser Bilder, die zu der veränderten Haltung in der Öffentlichkeit und den drastischen Maßnahmen der Regierungen vieler Länder geführt hatte? Wohl eher nicht, denn diese wurden in Deutschland beschlossen, bevor in Bergamo die Armeelaster mit den Särgen durch die Nacht fuhren.

Aber vielleicht das Vorbild China, das in Wuhan die Virusausbreitung eindrucksvoll stoppen konnte und das von der WHO deswegen gelobt wurde? Viele andere Länder hatten auch ähnlich drastische Maßnahmen beschlossen wie China. In totalitär oder autoritär regierten Staaten waren die Menschen an repressiven Maßnahmen der Behörden gewöhnt, aber in Westeuropa?

China war in den letzten Jahren immer mehr in den Fokus der medialen Berichterstattung geraten, v.a. wegen seiner enormen wirtschaftlichen Erfolge. Diese führten aber auch zu Konflikten wie dem von dem amerikanischen Präsidenten Trump forcierten Handelskrieg. Jetzt machte er China sogar für die Corona-Pandemie verantwortlich. Er sprach nur noch von dem „China-Virus." Dabei sind Virus-Pandemien, wie die Geschichte zeigt, wiederkehrende Naturereignisse.

Bei genauerer Betrachtung waren die Chinesen auch gar nicht so erfolgreich gewesen. 2003 konnten sie die Ausbreitung des Corona-Virus, der SARS verursachte, stoppen. Jetzt war ihnen dies nicht gelungen. Das neue Corona-Virus breitete sich weltweit zu einer Pandemie aus. Dies war vielleicht nicht so für alle erkennbar, da jetzt ein neuer Name für die Erkrankung verwendet wurde: COVID-19. Die bessere Bewältigung der neuen Corona-Epidemie in China war also ein Stück weit Propaganda.

Etwas anderes war ihr klar geworden, seitdem sie in Berlin wohnte: der Einfluss der christlichen Religionen und damit die Hoffnung auf eine Art Weiterleben nach dem Tod waren deutlich geringer als in ihrem Heimatland. Also, war hier in Deutschland und auch in anderen Ländern der westlichen Welt jetzt die Maxime: das Leben solange auskosten wie es nur ging... und den Tod möglichst lange hinausschieben? Und deswegen auch über 80-Jährige mehrere Wochen maschinell zu beatmen?

Überall wurden neue Beatmungsgeräte bestellt, auch durch die Bundesregierung. Die Bundeskanzlerin hatte die verordneten Beschränkungen auch damit begründet, das Gesundheitswesen nicht zu überlasten. Dies war in einigen anderen Länder bereits geschehen. War die Notwendigkeit einer Beatmung das Neue? Das Angstmachende?

War es die Furcht, möglicherweise selbst keine Luft mehr zu bekommen, letztendlich der Anlass, rigorose Maßnahmen wie Kontaktverbote zu erlassen? Aber wussten diejenigen, die mehr Beatmungsgeräte forderten, was eine Beatmung durch eine Maschine für den Betroffenen bedeutete?

Als bei dem Versuch Mara zu retten die schwere Betonplatte auf sie gestürzt war, hatte sie selbst fast nicht mehr atmen können. Sie musste ganz bewusst ihre Atemmuskulatur immer wieder stark anspannen. Da sie auf dem Bauch lag, schmerzte bald sowohl ihr Brustkorb als auch ihr Rücken stark.

Die rohe Oberfläche des Betons bohrte sich in die Haut. Trotz aller Anstrengungen bekam sie fast keine Luft mehr, aber zunehmend Panik. Schließlich war sie bewusstlos geworden.

Auch hatte sie schon Patienten an akuter Atemnot sterben sehen. Dies war schrecklich, weil sie als Ärztin nichts dagegen unternehmen konnte. Sie hatte sich in dieser Situation als Versagerin gefühlt. Als besonders dramatisch wird ihr zeitlebens ein Patient mit amyotropher Lateralsklerose, einer Nervenerkrankung, in Erinnerung bleiben. Er war vor ihren Augen qualvoll langsam bei vollem Bewusstsein erstickt. Sie war völlig hin und hergerissen, denn sie wollte unbedingt helfen, aber der Patient hatte eine Beatmung strikt abgelehnt. Er wollte nicht, wie er es nannte, mehrmals in der Minute mit Überdruck aufgepumpt werden.

Da sie einige Zeit auf einer Intensivstation gearbeitet hatte, hatte sie eine Vorstellung davon, was es für die Betreffenden bedeutet, maschinell beatmet zu werden. Die Patienten müssen intubiert und dann während der Beatmung narkotisiert werden. Durch eine Beatmung besteht ein deutlich erhöhtes Risiko an Infektionen mit Bakterien. Diese sind gerade bei alten Menschen oft die Todesursache. Das war jedem Mediziner bekannt.

Während ihrer Zeit im Krankenhaus hatte sie auch gelernt, dass es bei einer längeren Beatmung sehr schwierig ist, Patienten von der Beatmungsmaschine wieder zu „entwöhnen". Nicht selten kam es zu bleibenden Lungenschädigungen nach längerer Beatmung. Davon betroffen waren vor allem diejenigen, die invasiv, also mit höheren

Drücken beatmet worden waren. Und noch eins hatte sie bemerkt: sehr viele ältere Patienten waren nach der langen Narkosezeit erheblich verwirrt und konnten allenfalls begrenzt kooperieren, zum Beispiel bei pflegerischen Maßnahmen. Ihr damaliger Chefarzt hatte gesagt, dass dann sehr häufig die kognitive Leistungsfähigkeit dauerhaft vermindert blieb.

Ob diese medizinischen Tatsachen bei den Entscheidern in der Regierung und sonst wo bekannt waren? Ob sie diese neben der Frage von ausreichend Pflegepersonal in ihre Überlegung eingeschlossen hatten?

Fragen über Fragen. Ihre Gedanken fanden kein Ende. Irgendwann entschied sie für sich, dass aus medizinischer Sicht der wesentliche Unterschied zwischen einer Influenza-Infektion und COVID-19 darin bestand, dass Grippeviren vor allem die oberen Luftwege befiel und das neue Corona-Virus die unteren Luftwege. Daher war bei Grippe nur selten eine Beatmung erforderlich.

Nachdem sie endlich glaubte, eine medizinisch plausible Erklärung für den Unterschied zwischen Grippe- und Corona-Pandemie gefunden zu haben, schlief sie dann doch irgendwann ein...

9.4.2020 (Gründonnerstag)

Frau Fatimi war sehr müde. Sie hatte die Nacht kaum geschlafen. Sie war froh, dass sie keine Patienten mehr behandeln musste, sondern im Gesundheitsamt „Detektiv-

arbeit" leistete. Sie sollte Corona-Infizierte finden, die Ansteckungswege aufklären und Kontaktpersonen ausfindig machen. Auf ihrem Schreibtisch lag ein FAX mit der Kennzeichnung *dringend*.
Überschrift:
Landhaus Wohnresidenz überprüfen.

Sehr geehrte Amtsärzte/innen,
ich schreibe Ihnen diese mail aus Neuseeland, weil ich hier wegen der strengen Quarantäne-Bestimmungen der hiesigen Regierung noch nicht nach Deutschland zurückkehren konnte. Ich mache mir wegen Corona große Sorgen um meine 87-jährige Großtante, Frau Elsa Todt, die in der Landhaus Wohnresidenz an der Wuhle in Biesdorf lebt. Ich habe in den letzten Tagen mehrfach versucht, in dem Heim jemanden zu erreichen. Meine Großtante antwortet nicht auf Anrufe. Sie ist schwerhörig und kann schlecht mit ihrem Handy umgehe. Aber auch vom Pflegepersonal geht keiner ans Telefon. Daher mache ich mir Sorgen und möchte sie dringend bitten, zu überprüfen, ob in dem Heim alles in Ordnung ist.
Mit freundlichen Grüßen Lisa Richter.

Frau Fatimi überlegte. Sie sollte, wenn möglich alle bekannt gewordenen Corona-Fälle noch vor Ostern bearbeiten. Denn es war bei der aktuellen Infektionslage zu erwarten, dass nach Ostern neue und auch viele Nachmeldungen ausgewertet werden müssten. Sie würde es heute kaum schaffen, alle Verdachtsfälle nachzuverfolgen. Zeit für einen Heimbesuch hatte sie also keine. Zur Sicherheit fragte sie kurz bei Frau Dr.

Haupt nach. Auch diese war der Meinung, dass es wichtiger sei, den aktuellen Corona-Fällen nachzugehen. Ihre Aufgabe sei es schließlich, die Ausbreitung zu stoppen.

Also machte sie sich wieder die Nachverfolgung von Kontaktpersonen einer COVID-19 Patientin. Immer wieder konnte sie zu ihrer Graphik einen neuen Ast hinzufügen. Nach einer Weile sah die Übersicht ähnlich aus wie ein umgedrehter Stammbaum. Bei einigen Patienten musste sie viele Verästelungen hinzufügen. Denn viele hielten sich nicht streng an die Kontaktbeschränkungen. Als besonders schwierig erwies die Nachfrage, wenn irgendwelche Geschäfte aufgesucht worden waren. Am schwierigsten aber war, dass die Befragten sich nicht mehr genau erinnern konnten, wann sie wen wo gesehen hatten. Frau Fatimi sollte Kontaktpersonen in den letzten 7 Tagen ausfindig machen. Da wurden bestimmt einige vergessen.

10.4.2020 (Karfreitag)

Auf dem Alice-Salomon-Platz morgens um 10 Uhr gähnende Leere. Der weite menschenleere Platz wirkte irgendwie unheimlich. Und trotz der Weite beklemmend.

Aber eigentlich ungefährlich, denn wenn ihr keiner begegnete, konnte sie nicht infiziert werden. Das Unheimliche und Gefährliche bei einer Viruspandemie war, dass potentiell jeder Mensch den Virus verbreiten konnte, auch wenn er selbst keine Symptome hatte. Je länger sie darüber nachdachte, desto ängstlicher wurde sie. Der Virus war unsichtbar und lauerte möglicherweise schon hinter der nächsten Ecke.

Im Büro angekommen, stellte Frau Fatimi fest, dass es schon eine Antwort auf die Frage, was sich verändern wird nach der Corona-Krise, gibt: Wahrscheinlich würden viel mehr Menschen ganz überwiegend im Home-Office arbeiten. Sie hoffte, dass sie auch dazu gehören würde, denn die Fahrt nach Hellersdorf dauerte doch ziemlich lang. Aber ehe sich dies bei Behörden umsetzen ließ, würde wahrscheinlich noch sehr lange dauern. Außerdem ließen sich viele ihrer Tätigkeiten doch nicht vom Home-Office aus erledigen, dachte sie traurig.

Sie hatte heute vier neu gemeldete Fälle zu bearbeiten. Das dürfte nicht allzu lange dauern, denn heute waren fast alle Berliner zuhause. Erst wollte sie sich einen Kaffee holen. Aber der Kaffeeautomat im Erdgeschoss war über Ostern abgestellt worden...

Sie musste noch ihren Bericht über die Hygiene-Begehung in der „Seniorenresidenz" schreiben. Es war ihr erster Bericht. Schwerwiegende Hygienemängel hatte sie nicht festgestellt. Auch hatte sie keinen Hinweis darauf gefunden, dass dort Todesfälle vertuscht worden waren. Aber konnte sie da sicher sein? Sie hatte den Angaben der Heimleiterin, dass es nur drei in den letzten vier Wochen gewesen waren, vertraut. Die Altenpflegerin hatte von mehreren Toten gesprochen...Sie hätte genauer nachfragen müssen. Das hatte sie vergessen.

12.4.2020 (Ostern)

Als sie abends nach Hause kam, begegnete Frau Fatimi auf der Treppe einem ärztlichen Bekannten, einem Intensivmediziner. Er wohnte zwei Stockwerke über ihr. „Guten Tag, ich muss jetzt zur Arbeit. Blöder Job. Ostern arbeiten. Harte Zeiten wegen Corona. Na ja, wegen der vielen Beschränkungen kann man sowieso an Ostern nichts machen. So bekomme ich jedenfalls den tariflichen Feiertagszuschlag. Wir sind nämlich Helden. Nicht nur Alltags, sondern auch an Ostern," grinste er.

„Ich komme gerade von der Arbeit. Ich habe ganzen Tag im Gesundheitsamt versuchte, Kontaktpersonen von Corona-Patienten zu identifizieren und nachzuverfolgen."

„Tja, die Mitarbeiter in den Gesundheitsämtern wurden jetzt endlich einmal aus ihrem Beamtenschlaf geweckt und mussten erkennen, was es heißt, Arzt zu sein. Menschen nicht nur zu verwalten, sondern ihnen zu helfen. Also mal etwas Sinnvolles zu tun. Tschüss, ich muss los, den Patienten intensiv helfen." Er grinste immer noch.

Sie blieb auf der Treppe stehen. Der Tag war anstrengend gewesen. Viel Zeit am Bildschirm. Sie war müde und wunderte sie sich, dass sie diese Bemerkungen nicht als beleidigend empfunden hatte. Sie war neu im Gesundheitsamt. Sie bemühte sich nach Kräften, ihre Arbeit gut zu machen. Für sie war es mehr als nur ein Job. Eine Chance, endlich wieder Fuß zu fassen im normalen Leben. Deshalb hatte sie sich nach der

Flucht aus Syrien bemüht, schnell und gut Deutsch zu lernen. Eine Heldin war sie aber nicht.

Di 14.4.2020

Gleich bei Arbeitsantritt nach Ostern fand Frau Fatimi in ihrem Postfach eine mail von ihrer Chefin, Frau Dr. Haupt. Versehen mit einem Ausrufungs-zeichen: Bitte unbedingt überprüfen! Angehängt war eine weitergeleitete mail:

Sehr geehrte Amtsärztin Dr. Haupt, ich kann meinen Großonkel in der Landhaus Wohnresidenz an der Wuhle seit Tagen nicht erreichen. Da ich der einzige nähere Angehörige bin, bin ich sehr besorgt. Ich habe über Ostern mehrfach vergeblich versucht, telefonisch in der Wohnresidenz jemanden zu erreichen, der mir Auskunft geben kann über seinen Gesundheitszustand. Ich wohne in Bayern. Aufgrund der aktuellen Reisebeschränkungen sind keine Fahrten nach Berlin für mich möglich. Auch habe ich gehört, dass in Berlin Besuche von Angehörigen in Altenheimen verboten sind. Da ich seit 4 Wochen nichts mehr von meinem Großonkel gehört habe, mache ich mir angesichts des hohen Alters (85) wegen einer möglichen Corona-Infektion natürlich Sorgen. Sie haben als Amtsärztin die Möglichkeit und Pflicht, Heime zu kontrollieren. Ich möchte sie daher bitten, umgehend die Landhaus Wohnresidenz zu überprüfen.
Mit freundlichen Grüßen
Dr. Tobias Winkelhuber
Rechtsanwalt in der Sozietät Dr. Streithans, Dr. Winkelhuber und Partner

Spezialgebiete: Erbrecht, Familienrecht
Rindermarkt 90
80331 München

Frau Fatimi, sie hatten doch vor Ostern schon eine mail bezüglich des gleichen Heims? Wenn ja, fahren sie bitte noch heute dahin. Ich will unbedingt Ärger vermeiden, denn die mail klingt nicht freundlich. Nehmen sie Frau Meister mit.
Haupt

Es war das gleiche Heim. Also musste sie hinfahren. Missmutig dachte sie: Und die andere Arbeit bleibt liegen, bloß weil irgendein Anwalt aus München eine mail geschrieben hat.

Frau Meister kannte die Adresse des Heims: Landhausring 15. Ah, daher der Name. Sie gab die Adresse in das Navi ein. Sie fuhren eine Weile durch Plattenbauten aus der Endzeit der DDR und vorbei an etlichen Supermärkten aus der Nach-DDR-Zeit. Beide architektonisch eher einfallslos. An einer Ampel mussten sie rechts abbiegen. Bald sahen sie die S- und U-Haltestelle Wuhletal vor sich. Diese erkannte Frau Fatimi als die Haltstelle, an der sie umsteigen musste. Rechts war eine größere Grünfläche und im Hintergrund war ein größeres Gebäude mit einer Kuppel zu sehen. Die mächtige Kuppel wurde gekrönt durch ein kleines spitzes Türmchen.

Frau Meister reduzierte das Tempo. Sie bogen nach rechts ab in ein Rondell mit kaum gepflegtem Grün. Dahinter liefen die beiden Ziegelsteinmauern auf ein Tor zu. Rechts stand eine Art Wachpostenhäuschen. Man konnte aber ohne Weiteres durchfahren. „Dies war früher einmal ein großes psychiatrisches Krankenhaus mit fast 1000 Betten," erklärte Frau Meister. Sie fuhren eine Art Allee mit hohen Bäumen.

In den Kronen zeigten sich die ersten kleinen zarten grünen Blättchen. Rechts kam jetzt eine Wiese, über die in ein kleines Bachtal blicken konnte. „Wuhletal!" dachte Frau Fatimi.

„Wir sind gleich da! Hier links, das Gebäude mit der Kuppel und dem Türmchen war bis vor wenigen Jahren das Hauptgebäude des Griesinger-Krankenhauses. In diesem Neorenaissance-Stil gibt es in Berlin eine Reihe von Gebäuden, vor allem Kliniken. Die hat alle ein Stadtbaurat, Herr Blankenstein entworfen. Diese hier wurde 1893 eröffnet."

„Sie kennen sich ja bestens hier aus," stellte Frau Fatimi fest. Frau Meister erklärte ihr, dass sie in Marzahn aufgewachsen war. „Dann können sie mir vielleicht noch kurz etwas mehr erklären. In Syrien gab es um die Zeit fast keine Kliniken."

„Gern, also Frauen und Männer waren in getrennten Gebäuden untergebracht. Die Klinik lag damals weit außerhalb von Berlin. Sie war nach außen durch eine Mauer gesichert und weitgehend auf Selbstversorgung ausgerichtet. So gab es ein eignes Versorgungssystem (Trinkwasser mit Wasserturm, Abwasser, Kesselhaus für die Heizung), Werkstätten, eine Kirche und eine eigene Landwirtschaft mit Tieren. Da haben teilweise auch Kranke gearbeitet. Die Häuser waren durch ein unterirdisches Tunnelsystem für die Versorgung verbunden. Als das Krankenhaus bei einem

Luftangriff im 2. Weltkrieg beschädigt wurde, sind die Gänge wahrscheinlich verschüttet worden." Sie bog rechts ab.

„Das hier ist der Landhausring. Die Landhäuser wurden vor etwa 10 Jahren an Privatleute verkauft. Die psychiatrische Klinik war damals verkleinert worden. Einige Jahre ist sie dann später ganz in einen Neubau nach Kaulsdorf umgezogen. Was früher in den Landhäusern war, weiß ich nicht so genau. Ich glaube, dass dort die Kranken mit Tuberkulose oder anderen Infektionen wie Syphilis isoliert wurden. Es gibt auch Gerüchte, dass dort die Isolierzellen für gewalttätige psychiatrisch Kranke waren."

„Da vorne ist Nummer 15." Sie hielt an. Die Häuser stand in einem kleinen Wäldchen. Nach dem Aussteigen bemerkte Frau Fatimi, dass alle Landhäuser in dem gleichen Baustil erbaut worden waren. „Die Häuser sind ungefähr 100 Jahre alt, aber innen komplett saniert" sagte Frau Meister, als ob sie ihre Gedanken erraten hätte.

Frau Fatimi schaute sich um. Eine sehr großflächige Parkanlage! In Deutschland wurden also schon vor über 125 Jahren große Krankenhäuser für psychisch kranke Menschen gebaut. So etwas gibt es in Syrien noch heute fast gar nicht. Psychisch Kranke und auch Behinderte werden in dem Großfamilienverband betreut und versorgt. Also doch erhebliche Unter-schiede in den Traditionen und der Mentalität musste sie sich eingestehen...

„Kommen sie" rief Frau Meister. Das Landhaus 15 war rundum eingezäunt. Hinter dem Haus konnte man in ein Tal sehen. Das

Tor war offen. Aber die Haustür war verschlossen. Frau Meister suchte nach einer Klingel. Sie drückte den Knopf. Nichts passierte. Sie klingelte noch einmal lang und energisch. Nichts in dem Haus regte sich. „Versteh ich nicht. Hier wohnen doch acht Leute. Jetzt müssten auch mindestens zwei Pflegekräfte anwesend sein." Sie lauschte noch einmal.

Nur ein leichtes Rauschen des Waldes war zu hören. Frau Meister klopfte mehr mehrmals laut an die verschlossene Tür. "Da stimmt doch etwas nicht. Denn spazieren gehen dürfen die Bewohner wegen der Corona-Beschränkungen nicht! Es gibt nur noch eine Möglichkeit. Alle sitzen bei dem schönen Wetter auf der Terrasse. Das war auch schon so, als ich zur Abnahme des Hauses hier war." Sie deutete auf die Südostseite des Hauses. Gemeinsam gingen sie um das Haus herum.

Frau Fatimi fiel auf, dass das Grundstück unerwartet steil zu einem Bach abfiel. Durch den Niveauunterschied stand die große Holzterrasse auf Balken. Im Halbdunkel unter der Terrasse konnte man eine Tür und drei Fenster erkennen. Sie gingen die breite Treppe hoch. Die ganze Terrasse war leer. Nur zwei Korbsessel standen dort verloren auf über 80 Quadrat-metern. Sie schauten sich an und gingen zu der Glastür, die auf die Terrasse führte. Frau Meister rüttelte kräftig daran. Auch verschlossen.

Zunehmend befiel beide ein ungutes Gefühl. Alles wirkte unheimlich still. Frau Fatimi blickte an der Hausfront hoch. Im ersten Stock standen alle vier Fenster schräg offen. Eine kleine Tür an der Seite ließ sich mit aller Kraft, die Frau Meister aufbringen konnte, einen Spalt weit öffnen. „In Krimis haben die Polizisten immer eine starke Taschenlampe dabei," meinte Frau Meister sarkastisch. Sie versuchte hinein zu schauen. „Soweit ich etwas sehen kann, sind hier nur Gartenmöbel gestapelt. Und jede Menge Unrat."

„Unter der Terrasse habe ich noch eine kleine Tür gesehen" sagte Frau Fatimi und rannte schon los. Auch verschlossen. Als sich Frau Meister, die eine ganz andere Gewichtsklasse war als die zierliche Frau Fatimi, gegen die Tür fallen ließ, gab diese etwas nach. Frau Meister trat noch zweimal kräftig zu und sie sprang auf. „Ich habe mal einen Selbstverteidigungskurs besucht" fügte sie zur Erklärung hinzu. Sie wartete. Sie nahm eine abwartende Abwehrhaltung ein. Es kam aber keiner aus der jetzt offenen Tür gestürmt. „Braucht man manchmal, wenn sie an das Klientel denken, mit dem wir häufig umgehen müssen."

„Hm. Und ich denke, dass wir nicht gewaltsam in das Haus eindringen sollten. Sonst gibt es vielleicht juristischen Ärger- Hausfriedensbruch oder so. Der heute die mail geschrieben hat und Frau Haupt ultimativ aufgefordert hat, das Landhaus zu inspizieren, ist Anwalt. Da muss man immer aufpassen," sagte Frau Fatimi.

„Sie haben recht. Ich rufe die Polizei."

Frau Fatimi sah sich um. Das abschüssige Grundstück war- wie das heute so heißt- im Wesentlichen naturbelassen. Nur das Laub der hohen Bäume lag auf dem Boden. Keine Beete, keine Blumen, nicht einmal in Kübeln. Auch auf der Terrasse standen keine. Dadurch wirkte diese leer und wegen ihrer

Größe irgendwie unheimlich. Bei genauerer Betrachtung fiel auf, dass die Bodenbretter der Terrasse ebenso wie die Geländer dringend einen neuen Anstrich benötigten. Überall bröckelte die Farbe. Sie war auch nicht mehr weiß, schon leicht fahl hellgrau. Aber der Blick durch die Bäume in das Bachtal und die gegenüber liegenden Wiesen war sehr eindrucksvoll. So etwas hätte sie in Berlin nicht erwartet.

Sie hörte vor dem Haus ein Auto scharf bremsen. Kurz danach Rufe. „Wir sind hinter dem Haus" rief Frau Meister. Da kamen zwei weiblichen Polizeibeamte um das Haus herum. An ihren Uniformen prangten die Namensschilder: „Muth" und „Herter." Frau Meister übernahm es, den beiden den Sachverhalt kurz zu erklären. Beide holten ihre großen Taschenlampen heraus und gingen auf die Tür zu. Frau Meister und Frau Fatimi folgten ihnen.

Die erste der Polizistinnen stieß die Kellertür auf und leuchtete hinein. Es war nur ein Kellerflur mit einem älteren Fahrrad zu sehen. Es hatte einen Platten. Rechts und links gingen Türen zu den Kellerräumen ab. Systematisch gingen die Polizistinnen Raum für Raum durch. Eine links, die andere rechts. Sie fanden nur Kellerräume. In einem Raum waren alte Möbel überein gestapelt. Sie waren von einer dicken Staubschicht bedeckt. Überall Spinnweben. Also hier war schon länger keiner mehr gewesen. In dem anderen Keller standen zwei Kühltruhen. Daneben waren mehrere Kästen mit Mineralwasserflaschen aufgestapelt.

Nachdem sie in allen Kellerräumen nichts Auffälliges gefunden hatten, richteten beide Polizistinnen ihre

Taschenlampen die Treppe am Ende des Ganges hoch. Oben war eine Tür zu sehen. Rechts an der Treppe war ein Lichtschalter. Er funktionierte. Die größere Polizistin, Frau Herter ging hoch und versuchte die Tür zu öffnen. Es war eine Stahltür. Verschlossen. „Wahrscheinlich ist sie aus Feuerschutzgründen nachträglich eingebaut worden. Mist, so kommen wir da nicht rein."

„Wir sollten es mit der Haustür versuchen" schlug ihre kleinere Kollegin, Frau Muth vor. Die Frauen gingen im Gänsemarsch um das Haus herum. „Sehr ruhig hier. „Wenn wir mit dem Polizeiauto sonst irgendwo mit Blaulicht vorfahren, gibt es immer irgendwelche Gaffer, manchmal auch nur hinter einer Gardine." Sie schaute sich um. Vor ihr lag ein kleines Wäldchen. Rechts und links in dem großen Bogen des Landhausrings lagen mehr oder weniger durch Hecken versteckt, noch mehrere Häuser in dem gleichen Stil. „Schon auffällig. Wirklich abgelegen, mitten in Berlin" murmelte sie. „Und diese Stille, schon fast beängstigend."

„Wir sind hier auch auf dem Gelände einer ehemaligen psychiatrischen Klinik. Gleich kommen hier die Geister der vergessenen Psychos aus ihren Verstecken... Und stürzen sich mit grausigem Gebrüll auf dich," frotzelte die andere.

„Blödsinn, im Keller gab es doch auch keine Leichen."

„Aber die Geister der Verstorbenen kann man nicht sehen, die können sich überall verstecken."

„Du kannst mir keine Angst machen. Das hier ist doch kein Friedhof. Richtig Angst macht mir nur das Corona-Virus. Das kann man auch nicht sehen. Jeder kann also ansteckend sein."

Die größere Polizistin rüttelte an der Tür und rief laut: „Hier ist die Polizei, bitte öffnen sie die Tür." Keine Reaktion oder Antwort. Sie versuchte es noch einmal, lauter. Wieder nichts. Nur weiterhin ein leichtes Waldesrauschen. Jetzt versuchte sie die Eingangstür mit Gewalt zu öffnen. Sie trat zweimal kräftig dagegen. Die Tür gab nicht nach.

Frau Fatimi war ein Kästchen etwa 40 Zentimeter neben der Tür aufgefallen. „Schauen Sie doch mal in das Kästchen," rief sie der Polizistin zu. Diese entdeckte jetzt auch den kleinen grauen Kasten, der mit einer Klappe verschlossen war.

„Manche Menschen verstecken ihren Haustürschlüssel unter der Fußmatte. Leichtsinnig. Mal sehen, was wir hier finden." Sie öffnete die Klappe. Dahinter fand sie eine Tastatur mit Zahlen und ein kleines Display. „Hm, elektronisch gesichert. Damit kein Unbefugter reinkommt."

„Oder vielleicht keiner der schon zu verwirrten Bewohner heraus kann."

"Mit welcher Zahl versuchen wir es denn zuerst?".

„Eins, zwei, drei, vier" schlug lachend die kleinere Polizeibeamtin vor.

„Sehr geistreich!"

„Ja, aber du hattest es doch vorhin mit den Geistern!"

„Da tut sich nichts. Noch einen Vorschlag?"

„Null, null, null, null!"

Ein Klicken zeigte an, dass die Tür entriegelt war. „Passt, Woher wusstest du das?"

„Alles nur Psychologie!" spottete die kleine Polizistin. „Wir haben doch in unserer Fortbildung gelernt, dass die einfachsten Lösungen oft die richtigen sind. Und viermal die Null ist einfacher als 1,2,3 und 4. Das kann sich sogar ein Dementer merken. Und wenn du genau hinsiehst, fällt dir auf, dass die Zahlen 1 bis 9 in drei Dreireihen angeordnet sind und die Null darunter als einzelne Taste. Das können dann auch die Bewohner finden, die sehbehindert sind."

„Geeenial!"

„Nee, ich habe eine 93-jährige Oma. Die ist zwar ganz lieb, aber sie kann Vieles einfach nicht mehr. Vergisst viel, sieht schlecht und so weiter. Da sucht man nach einfachen Lösungen."

„Na, jetzt kucken wir doch einfach mal, was uns da drin erwartet." Sie öffnete die Tür. Ein schwer definierbarer Geruch drang aus dem Haus. Etwas muffig, abgestanden, moderig... und irgendwie ekelig. Die Heiterkeit der beiden verflog sofort. „Das verheißt nichts Gutes."

Schnell suchten die Polizistinnen systematisch die Räume im Erdgeschoß ab. Der große Tagesraum war menschenleer. Der Speiseraum ebenfalls. Die Küche auch. In dem Raum hinter der Küche fanden sie auf dem Bett liegend eine deutlich übergewichtige Frau mittleren Alters. Sie reagierte nicht auf Ansprache. „Frau Doktor, schnell."

Frau Fatimi stürzte herbei. Die Frau schwitzte extrem. Ihre Hände waren deutlich überwärmt. Fieber, stellte sie sachlich fest. Schnell machte sie ein kurzen Check-Up: Sie atmete schwer. Puls 120/ Minute. Da fing die Frau an, kräftig zu husten. Sie konnte gerade noch rechtzeitig zur Seite treten. „Schnell, rufen Sie den Notarzt! Dringender Verdacht auf eine Pneumonie bei Corona!!"

Sie merkte noch, wie die anderen blitzschnell den Raum verließen. Sie hatten alle keine Schutzkleidung, nur einen Mundschutz. Handschuhe hatte sie auch keine. Sie hatte nicht mit etwas gerechnet. „In Notfallsituationen darf man einfach nicht überhastet handeln. Das ist oft verhängnisvoll. Sondern man muss Ruhe bewahren und überlegt handeln", sagte so laut, dass die anderen, die an der Tür standen, es hören konnte. Aber sagte sie es mehr zu sich selbst. Wieder versagt! Wie in damals in al-Dschudaide, als sie die Betonplatte sofort hochheben wollte, um ihre Mara zu retten. Vielleicht wäre alles anders verlaufen, wenn sie ein bisschen länger auf weitere Hilfe gewartet hätte. Hätte!

Gerade hatte sie sich möglicherweise mit dem Corona-Virus infiziert. Dann müsste sie in Quarantäne. Durfte nicht arbeiten. Und wäre schon nach wenigen Tagen im Dienst ausgefallen. Würde ihren Job im Gesundheitsamt verlieren. Ihre Gedanken rasten. Wieder alle nur negativ. Es gab aber auch zurzeit nichts, auf das sie sich wirklich freuen konnte.

Ihre nihilistischen Gedanken wurden unterbrochen durch die Sirene des Notarztwagens, die sie schon in der Ferne hörte. Sie rief den anderen zu, sie sollten noch schnell in den Zimmern im oberen Stockwerk nachsehen. Sie hörte die anderen die Treppe hochrennen und Türen aufstoßen. Dann hörte sie laute Aufschreie, fast zeitgleich von allen dreien. Frau Meister kam die Treppe heruntergestürzt.

„Da liegt in jedem Apartment noch eine. Ob tot oder lebendig kann ich nicht sagen. Aber es roch so komisch muffig. Kucken Sie doch mal nach!"

Sie lief die Treppe hoch. Die kleinere Polizistin, Frau Muth stand an die Wand gestützt neben einer Tür. Sie erbrach sich mehrmals kurz hintereinander. Als Frau Fatimi sich der anderen Polizistin zuwandte, hörte sie qualvolle Würgegeräusche hinter sich. Die größere Polizeibeamte, Frau Herter war kreidebleich und starrte sie mit weit geöffneten Augen an. Sie drohte zu kollabieren. Frau Fatimi drückte sie sanft in eine sitzende Position am Boden.

Im syrischen Bürgerkrieg hatte sie schon viele schreckliche Szenen erlebt. Etliche Leichen gesehen. Auf der Straße, im Dreck, unter herabgestürzten Trümmern. Voller Staub, in großen Blutlachen. Aber dies hier war auch neu für sie. In welches der Zimmer sie auch schaute, es lag dort eine reglose Person im Bett, ordentlich mit einer Decke zugedeckt. Fast wie aufgebahrt. Und es lag ein leicht muffig-süßlicher Verwesungsgeruch in der Luft. Zum Glück waren die Fenster halb schräg geöffnet. Langsam ging sie in das hinterste Zimmer auf der linken Seite des Flurs. Der Unterkiefer des

Menschen, der dort mit etwas erhöhtem Oberkörper lag, fiel leicht herunter. Ein Todeszeichen. Die Haut war fahl. Augen geschlossen. Keine Auf- und Ab-Bewegungen des Brustkorbs. Sie hielt die Hand vor den Mund. Keine Luftströmung. Sie suchte nach dem Puls der Halsschlagadern. Sie fand keinen. Also, hier lag eine Leiche.

Schnell ging sie in das nächste Apartment. Sie wollte sich vor Ankunft des Notarztwagens vergewissern, ob es hier im ersten Stock noch weitere Personen gab, die intensivmedizinisch versorgt werden müssten. Auch hier auf Ansprache keine Reaktion. Glasige, starre Augen blickten sie stumpf an, als sie sich über die Person beugte und die Lider anhob. Schnell schloss sie mit der Hand die Augen wieder. Auch hier kein Atemzug oder Puls. Noch, eine Tote...

Unten hörte sie schon das Klacken, das beim Auseinanderklappen der Trage für den Transport im Rettungswagen entstand. Da sie ohnehin nach ihrem nur kursorischem medizinischen Mini-Check-up der dicken Frau dem Notarzt keine wegweisenden Informationen geben konnte, entschloss sie sich oben schnell weiterzumachen.

In dem nächsten Zimmer hing ein Arm neben der Bettdecke herunter. Sie sah violett-bläuliche Flecken an der Seite des Körpers. Totenflecke. Schnell weiter. Auch noch die anderen kurz anschauen!

Als sie in der Tür zum ersten Apartment links stand, meinte sie ein leises Röcheln zu vernehmen. Unten wurde von den Rettungswagenfahrern die dicke Frau auf die Trage gehievt.

Das war mit vielen Geräuschen verbunden. Hörbar war es eine schwere Aufgabe. Übergewichtige hatten es nicht nur schwer, sie machten es auch anderen manchmal schwer.

Sie ging weiter in das Zimmer hinein und lauschte. Keine Atemgeräusche. Schnell zog sie die Bettdecke weg. Dort lag ein ausgemergelter menschlicher Körper. Die Rippen traten deutlich hervor. Sie legte ihre Hände auf den Brustkorb. Keine Atembewegungen. Sie hielt ihr Ohr vor den Mund. Kein Geräusch. Sie musste sich getäuscht haben. Beim Blick ins Gesicht erschrak sie. Eingefallene Backen. Deutlich sichtbare Schädelknochen. Extrem dünne, glasige, fast durchsichtige Haut mit vielen feinen Falten. Darunter waren die Blutgefäße und die Reste der Gesichtsmuskeln zu sehen. Zwei gelbliche Haarsträhnen fielen beidseits herunter. Und die Augen! Stumpf, fahl. Sie sahen vertrocknet aus. Dieser Mensch war auch tot. Sie schaute kurz nach unten. Er war wohl einmal ein weibliches Wesen gewesen. Nur pro forma fasste sie noch an den Hals, um den Carotispuls zu prüfen. Eine Bewegung des Kehlkopfes? Vor Schreck sprang sie zurück. Sie atmete tief durch. Ein Reflex? Sie dachte nach. Ihr wurde heiß. Zögernd trat sie wieder an das Bett heran. Leicht zitternd prüfte sie noch einmal den Puls in den Halsschlagadern. Sie meinte ein leichtes Pulsieren zu spüren. „Ich fange an zu spinnen," dachte sie. Mit der einen Hand fühlte sie den Puls der Frau und mit der anderen ihren eigenen. Es war genau der gleiche Pulsschlag.

Sie hatte ihren eigenen Herzschlag gefühlt. Ihr Puls raste. Vor Angst und Aufregung. Bald kann ich meinen Sinnen nicht mehr trauen, dachte sie. Aber die Frau hier im Bett war eindeutig tot. Um ihre Zweifel zu zerstreuen, drehte sie den ausgezehrten Körper auf die Seite. Das ging ganz leicht. Die kachektische Frau wog höchstens noch 40 kg. Schwach rotviolette bis blaugraue Verfärbungen waren am Rücken mit einer schmetterlingsförmigen Aussparung zwischen den Schulterblättern sehen. Die Dornvorsätze der Lenden- und Brustwirbel stachen wie eine Kette von Höckern hervor.

Immer noch leicht zitternd suchte sie sich ein Stuhl. „Ich muss mich erst einmal beruhigen." Wahrscheinlich habe ich selbst durch den Druck meiner Finger den Kehlkopf bewegt. Sie versuchte, bewusst langsam zu atmen. Sie schloss die Augen und fühlte ihren eigenen Puls. Plötzlich stand ein großer Mann vor ihr. Er hatte eine dicke rote Jacke an. Sie hatte sein Hereinkommen nicht bemerkt. Der Notarzt! Er beugte sich zu ihr runter und fragte freundlich: „Sie sehen so blass aus. Wie geht es Ihnen, Frau Kollegin?"

Sie rappelte sich hoch: „Ach, ganz normal!"

Leicht prüfend schaute der Notarzt sie an. „Frau Kollegin, ich wollte nur, bevor wir gleich in die Klinik sausen, kurz fragen, ob sie hier oben noch jemand gefunden haben, der unserer Hilfe bedarf?"

„Nein, nein. Ich habe zwar noch nicht alle Zimmer genauer angesehen. Aber die, die ich mir angesehen habe, waren alle schon mindestens 24 Stunden tot. Die Totenstarre ist schon vorbei. Eine Tragödie!"

„Hm, grauenvoll, aber ich muss jetzt wirklich losfahren. Tschüss."

Jedenfalls hatte er sich nicht auch noch mit freundlichen kollegialen Grüßen verabschiedet, dachte sie mürrisch. Einige Zeit überlegte sie, warum sie so abweisend reagiert hatte. Im Wesentlichen ärgerte sie sich über sich selbst. Sie spürte, dass sie kaum noch die psychische Kraft hatte, die verbleibenden Zimmer zu inspizieren. Eigentlich konnte sie hier nichts mehr falsch machen. Die Heimbewohner waren schon länger tot.

„Schnell noch die anderen ansehen, damit ich nichts übersehe. Was wäre, wenn ich den Notarzt vorschnell weggeschickt hätte?" Sie tastete sie sich unsicher an der Wand entlang in das erste Zimmer auf der rechten Seite. Auch hier auf laute Ansprache keine Reaktion. Zögernd näherte sie sich dem Bett. Unter der Bettdecke zeichnete sich eine beachtliche Wölbung ab. Also, eine übergewichtige Person. Wahrscheinlich mit vielen Risikofahren dachte sie. Hier untersuchte sie zuerst den Hals. Kein tastbarer Puls. Sie öffnete die Augenlider. Keine Lichtreaktion. Weite Pupillen... Auch dieser Mensch war tot.

In dem zweiten Raum auf der rechten Flurseite stand das Bett neben dem Fenster. Sie schaute heraus. Bei den anderen Zimmern hat sie nicht darauf geachtet. Hier hatte sie einen schönen Blick durch die Bäume ins Bachtal. Ein ruhiger, friedlicher Ort zum Sterben sinnierte sie. Wieder suchte sie nach dem Puls: Nichts. Auch keine Luftbewegung vor dem weit geöffneten Mund, in dem schief eine Zahnprothese hing. Wie in einem Gruselfilm! Als sie den Mund schließen wollte, klappte der Unterkiefer vollends runter. Die Prothese fiel auf den Boden. An ihr klebte eingetrockneter gelblicher Speichel. Vorsichtig hob Frau Fatimi sie auf und legte sie auf das Nachttischchen. Sie ging ins Bad und wusch sich sofort und lange die Hände. Irgendwo hatte sie gelesen, dass die Viruslast, also die Anzahl der Viren im Speichel am höchsten ist.

Wenn die Heimbewohner an COVID-19 gestorben waren, befanden sich an der Prothese sicherlich viele Corona-Viren. Reflexartig begann sie, sich noch einmal sehr lange und gründlich die Hände zu waschen.

Desinfektionsmittel gab es hier nicht!

Noch zwei Zimmer dachte sie. Das schaffe ich noch. Aus dem nächsten Zimmer drang ein unangenehmer stechender ekelerregender Geruch. Sie schob ihren Mundschutz hoch über die Nase. Es nützte nichts. Als sie sich dem Bett näherte, sah sie, dass diese Leiche in einem riesigen Haufen von gelbgrünlich bis hellbräunlichen Kot lag. Auf der Bettdecke und dem Bettlaken hatte sich darum ein großer gelblicher See gebildet. Er war fast gänzlich eingetrocknet. Jetzt kannte sie den Ursprung des Gestanks. Als sie genauer hinsah, bemerkte sie, dass auch der Teppichboden vor dem Bett „etwas abbekommen" hatte. Sie bemühte sich, nicht hineinzutreten, in dem sie sich breitbeinig vor das Bett stellte.

Fast schon routinemäßig führte sie ihre Untersuchung durch: Lichtreaktion der Augen. Pupillenweite. Halsschlagadern.

Brustkorb. Alles negativ. Auch dieser Mensch lebte nicht mehr.

Das letzte Zimmer war leer. Es war zwar ansprechend eingerichtet, aber im Bett lag niemand. Zur Sicherheit schaute sie auch noch in das Bad. Auch hier war kein Mensch. Geschafft, dachte sie. Jetzt habe ich es doch noch vollbracht, alle Heimbewohner zu inspizieren.

Und wie geht es jetzt weiter? Was passiert mit den sieben Leichen?

Bedächtig ging sie die Treppe herunter. In dem Tagesraum saßen Frau Meister, Frau Herter und Frau Muth an einem größeren Tisch. Sie schauten nur kurz auf. Fragend, aber keine fragte etwas. Alle waren stumm mit der Abfassung ihrer Berichte befasst. So schien es zumindest. Wahrscheinlich hingen sie ihren dunklen Gedanken nach. Auch sie würde einen Bericht schreiben müssen. Davor graute ihr. Was sollte sie angesichts von sieben Toten berichten? Egal, was sie schrieb, dem Rechtsanwalt aus München würde es nicht gefallen. Aber sie konnte sich bemühen, alles vorschriftsmäßig korrekt zu machen.

„Haben sie schon die Kriminalpolizei benachrichtigt?" fragte sie deshalb die Polizistinnen.

„Selbstverständlich und auch gleich die Gerichtsmedizin," antwortete Frau Herter kurz.

„Und sieben Leichenwagen?" ging es Frau Fatimi durch den Kopf. Die dürften nicht so einfach zu organisieren sein. Dabei kamen ihr die unheimlich und bedrohlich wirkenden Bilder der vielen Särge auf Militärlastern, die nachts durch Bergamo fuhren, in den Sinn. Und die Kühl-Container in New York. Jetzt also auch hier in Berlin. Sie versuchte die düsteren Gedanken abzuschütteln.

Die anderen saßen dumpf schweigend da. Sie griff zu ihrem Smartphone und rief Frau Dr. Haupt an, um ihr einen ersten Überblick zu geben. „In den Betten lagen nur Tote. Die sind schon länger tot. Es bestand fast keine Totenstarre mehr."

Frau Dr. Haupt versprach, baldmöglichst zu ihrer Unterstützung zu kommen. Draußen hörte sie laute Geräusche, dann kräftiges Klopfen an der Tür. Frau Meister stand auf, um zu öffnen. Da standen Fernsehreporter mit Kamera und Mikrophon bewaffnet. Die Polizistinnen reagierten blitzschnell, sprangen auf, rannten zur Tür. Sie stellten sich den Reporter in den Weg. „Abgesperrt. Dieses Haus ist vorläufig abgesperrt," sagte Frau Herter und baute sich vor den Fernsehleuten auf. „Bis zur kriminaltechnischen Untersuchung!"

„Können sie uns etwas zu den Toten sagen?" versuchte es einer der Reporter dennoch.

„Wir geben keine Auskünfte bis zum Abschluss der Untersuchung!" antwortete die Polizistin barsch. Sie hatte bemerkt, dass gerade ein weiteres Fernsehteam in den Landhausring einbog. Und dahinter noch ein Auto. „Vor einer Stunde war es hier noch still, so dass einem der Begriff

Waldfrieden einfiel. Jetzt kamen immer mehr Reporter, Gaffer etc." dachte Frau Herter abschätzig.

Endlich bog der Transporter der Kriminaltechniker um die Ecke. Diese hatten Mühe, sich mit ihren Gerätschaften einen Weg durch die Menschengruppe zu bahnen. Die Polizistinnen nutzten die Gelegenheit, um aus ihrem Fahrzeug das Material zum Absperren zu holen. Sie drängten die Wartenden zurück und markierten den ganzen Zaun des Landhauses als Absperrung.

Frau Muth erstattete den Kriminaltechnikern einen kurzen Lagebericht. Diese teilen sich dann die Arbeit auf. Zwei die linken Zimmer, zwei die rechten. Sie zogen sich ihre weißen Schutzanzüge an und gingen nach oben. Frau Fatimi sah den Overall-Schutzanzügen fast neidisch hinterher.

Frau Fatimi, Frau Meister und die Polizistinnen saßen am Tisch, starrten betroffen auf die Tischplatte und hingen weiter ihren Gedanken nach. Keine sagte etwas. Das Erlebte war zu schrecklich. Sie würden Zeit brauchen, um es psychisch zu verarbeiten.

Nach etwa einer halben Stunde kamen die Gerichtsmediziner. „Dr. Fleischhacker" stellte sich der größere mit Goldrandbrille vor. Nach dem kurzen Bericht von Frau Fatimi sagte er: „Dann will ich mir mal die Bettlägerigen, äh…die Totenlager anschauen".

Ein zynisches Wortspiel dachte sie. Aber vielleicht war es tatsächlich so, dass jemand die Schwerkranken hier gelagert hatte, statt Hilfe zu holen. Jetzt waren sie gestorben. Ein Lager mit sieben Toten.

Zum ersten Mal kam ihr der Gedanke, dass hier alles nicht mit rechten Dingen zuging. Möglicherweise lag ein sogar schweres Verbrechen vor. Man konnte doch sieben Schwerkranke nicht einfach vergessen. Und sterben lassen. Das war zumindest unterlassene Hilfeleistung. Bisher hatte sie nur die medizinischen Aspekte gesehen. Dies war auch naheliegend angesichts ihrer ersten akuten Lageeinschätzung. Sie musste von lebensbedrohlich Erkrankten ausgehen. Sie waren aber schon vor ihrem Eintreffen tot. Ärztliche Hilfe hatten sie offensichtlich nicht erhalten.

Einige von ihnen wirkten ausgetrocknet. Als nicht nur keine ärztliche Hilfe, sondern auch keine pflegerische Unterstützung. Das war grob fahrlässig. Wo war das zuständige Pflegepersonal geblieben??

Erst jetzt kam ihr die dicke Frau, die sie unten gefunden hatten, wieder in den Sinn. Lebte sie noch? Wenn sie überlebte, könnte sie vielleicht nähere Angaben machen. Aber viel Hoffnung diesbezüglich hatte Frau Fatimi nicht. Komatöse Patienten hatten meist eine länger andauernde Gedächtnislücke. Sie konnten sich oft nicht an die Ereignisse vor Eintritt der Bewusstlosigkeit erinnern. Das wusste sie aus klinischer Erfahrung. Aber warum lag sie als einzige unten? Sie schien auch deutlich jünger zu sein als die anderen. Hatte sie eine Funktion in dem Landhaus? Wohnresidenz? Jetzt eher ein Sterbelager, dachte sie resigniert.

Nach kurzer Überlegung ging Frau Fatimi in das Zimmer, in dem sie die dicke Frau gefunden hatten. Jetzt war die Hektik vorüber. Sie konnte sich in Ruhe umschauen. Ihr fiel sofort ein Schreibtisch mit einem PC auf. Daneben ein geschlossener Schrank. Als sie ihn öffnete, sah eine ganze Reihe von Aktenordnern. Alle wohlbeschriftet. Offensichtlich mit den Namen der verstorbenen Heimbewohner. Als sie anfangen wollte, in die Ordner zu schauen, kam Frau Dr. Haupt.

Diese wollte erst einmal einen genaueren Bericht. „Schrecklich" „Fruchtbar", „Beklemmend" „Unglaublich" warf sie jeweils kurz ein. Am Schluss lautete ihr Urteil: „Ungeheuerlich, das muss strafrechtlich verfolgt werden. Ich spreche einmal mit den Kriminalbeamten. Irgendeiner muss die Anzeige machen. Im Zweifelsfall wir."

Frau Fatimi dachte insgeheim, sie meinte bestimmt mich. Aber ich habe so etwas noch nie gemacht! Lange schaute sie aus dem Fenster und versuchte, sich zu konzentrieren. Gerade als sie wieder in die Ordner schauen wollte, kam einer der Kripobeamten die Treppe herunter. Er rief noch von der Treppe aus: „Nichts anrühren. Alles Beweismaterial!"

„Das heißt, sie gehen von einer Straftat aus," stellte Frau Dr. Haupt kühl fest.

„Ja. Aber erst darf ich mich vorstellen. Polizeihauptkommissar Fänger."

„Haupt, ich bin die Leiterin des Gesundheitsamtes Marzahn-Hellersdorf. Und das hier ist meine junge Kollegin, Frau Fatimi. Sie hatte den Auftrag, dieses Heim, äh... diese Residenz aufzusuchen. Wir hatten zwei Meldungen, die angaben, keinen Kontakt mehr zu einzelnen Bewohnern zu bekommen bzw. überhaupt jemanden hier zu erreichen. Wir wissen jetzt warum. Wie wollen sie weiter vorgehen, Herr Fänger?"

„Also erst einmal warte ich die vorläufigen Ergebnisse der Kriminaltechnik und der Gerichtsmedizin ab. In der Zeit wollte ich schon einmal einen Blick in die Ordner werfen." Er deutete auf den Aktenschrank. „Mit Handschuhen natürlich, um keine Fingerabdrücke zu machen," grinste er. Ernster fügte er hinzu: „Haben sie denn keine Handschuhe und Schutzanzüge?"

„Die sind uns immer wieder versprochen worden! Wir haben keine, obwohl wir an vorderster Front gegen die Corona-Pandemie kämpfen. Dabei gehen wir ein hohes persönliches Risiko ein. Diesbezüglich ist mein Vertrauen in die Politiker verloren gegangen. Immer wieder nur Versprechungen..." sagte Frau Dr. Haupt ärgerlich. „Brauchen sie uns noch? Wir können ihnen unseren Bericht auch zumailen. Wir waren schon viel zu lange in diesem unheimlichen Landhaus."

„Ja, wir wollen alle Leichen in der Gerichtsmedizin obduzieren lassen. Da brauchen wir für jeden Leichnam noch einen Totenschein!"

„Wieso können das die Gerichtsmediziner nicht übernehmen?"

„Das muss jemand machen, der nichts mit der Gerichtsmedizin zu tun. Sonst könnten die ihre eigenen Morde vertuschen oder heimlich Leichen zerstückeln und beseitigen," sagte er bedeutungsvoll. Als er die verdutzten

Gesichter der Amtsärztinnen sah, begann er schallend zu lachen. „Lesen sie keine Krimis? Ich empfehle Simon Beckett: Leichenblässe. Da treibt so ein Psychopath sein Unwesen in der Gerichtsmedizin... Also im Ernst, das ist wieder so eine von den unzähligen unverständlichen Vorschriften. Die Leichenschau ist grundsätzlich an dem Ort vorzunehmen, an dem die Leiche aufgefunden wurde. Sie sollte von dem Arzt vorgenommen werden, der den Tod zuerst festgestellt hat. Daher möchte ich sie bitten, die Totenscheine auszustellen." Dabei blickte er Frau Fatimi freundlich an. Frau Dr. Haupt nickte zustimmend.

Frau Fatimi schauderte bei dem Gedanken, sich noch einmal mit den Toten im oberen Stockwerk beschäftigen zu müssen. „Aber ich weiß doch nicht einmal die Namen der Toten!"

„Hm, das klären wir gleich." Er deutete auf die Ordner.

„Ja, aber wie weiß ich denn, welcher Name zu welcher Leiche gehört?"

„Hm, da haben sie recht. Wissen sie wenigstens das Geschlecht? Das muss stimmen. Sonst machen wir uns lächerlich."

„Wenn ich ehrlich bin, habe ich vorhin in der Hektik nicht genau darauf geachtet. Ich habe alle nur kurz angekuckt, weil der Notarzt gerufen worden war wegen einer noch lebenden Frau. Ich wollte eigentlich nur klären, ob es hier noch weitere Notfallpatienten gibt, die er hätte mitnehmen können. Deshalb habe ich die Leichen da oben nur flüchtig untersucht"

„Zur Feststellung des eingetretenen Todes braucht es aber nach dem Gesetz mehr: sichere Todeszeichen wie Totenflecke, Totenstarre, Fäulnis oder mit dem Leben nicht zu vereinbarende Körperzerstörung. Außerdem ist die Bestimmung des Todeszeitpunkts, soweit keine zuverlässigen Zeugenaussagen vorliegen, anhand des Abfalls der Körperkerntemperatur (tiefe Rektaltemperatur 8 cm oberhalb des Schließmuskels) vorzunehmen. Das habe ich alles nicht gemacht. Sie wissen ja gar nicht, wie hektisch hier alles war!"

„Hm, dann füllen sie doch einfach eine vorläufige Todesbescheinigung aus," sagte der Kripobeamte und fingerte einen Stapel Formulare aus seiner Jackettasche. „Die habe ich immer dabei! Allzeit bereit." Ein Grinsen konnte er sich gerade noch verkneifen. „Kommt häufiger vor, dass ich mir unbekannte Tote anschauen muss."

„Also ich kucke jetzt mal nach, ob wir nicht so etwas wie ein Bild von den einzelnen Bewohnern finden. Die meisten Heime haben irgendwo Bilder von ihren Insassen für den Fall, dass sie gesucht werden müssen, z.B. wenn sie verwirrt sind und sich verlaufen haben. Die Polizei ist immer ganz dankbar, wenn sie nicht nur nach einem Namen suchen muss. Sondern der Name auch noch ein Gesicht hat," sagte er mit deutlich zynischem Unterton.

Er durchsuchte schnell die Aktenordner, die auf dem Schreibtisch lagen. „Aha, hier ist ja, was ich suche. Ein Formular für jeden Bewohner mit Bild, Größe und körperlichen Auffälligkeiten usw. Genau, wie ich es erwartet hatte. „So, die nehmen wir jetzt und gehen hoch. Damit können sie jetzt jeder Leiche einen Namen zuordnen. Ist doch besser, als wenn sie siebenmal schreiben: Unbekannter lebloser Körper. Sie füllen dann einfach diese vorläufigen Todesbescheinigungen aus. Sie müssen doch sowieso bei Todesart ankreuzen: ungewiss. Den Rest können dann wirklich die Gerichtsmediziner übernehmen."

Frau Fatimi grauste davon, den Leichen noch einmal ins Gesicht sehen zu müssen. Aber sie war neu im Gesundsamt und wollte sich nicht schon nach wenigen Arbeitstagen eine Blöße geben. Sie nahm ihren ganzen Mut zusammen und ging noch einmal langsam die Treppe hoch. Dabei schaute sie genau auf jede Stufe, denn sie hatte Angst zu stolpern.

Herr Fänger ging voran in das erste Zimmer links. Frau Fatimi schaute kurz unter die Bettdecke und murmelte: „weiblich". Herr Fänger gab ihr die Blätter mit Bild und Daten von den weiblichen Bewohnerinnen. Frau Fatimi hatte es eilig, denn beim Anblick des hohlwangigen Gesichts und der eingetrockneten Augenlider erschauderte sie. Sie blätterte die Unterlagen eilig durch und überflog die Angaben. Dann schrieb sie schnell eine eins auf das Blatt mit dem Gesicht, das ihrer Meinung nach dem der Toten am meisten ähnelte. Aber die Fotos schienen schon einige Jahre alt zu sein. Zudem wird ein Gesicht in einem wahrscheinlich einem längeren Todeskampf entstellt. Auch wirkte die Leiche stark ausgetrocknet.

Als sie sich die Aktenblätter der anderen Bewohnerinnen genauer anschaute, erschrak sie. Zwei andere Bewohnerinnen sahen auf den Fotos ziemlich ähnlich wie die in dem ersten Apartment aus. Das machte sie unsicher. Verzweifelt schüttelte sie den Kopf. „Ich kann das nicht. Ich kann die Leichen nicht sicher identifizieren. Können sie mir vielleicht helfen, Herr Fänger? Sie müssen doch bestimmt häufiger Leichen identifizieren."

„Hm, gern. Aber für eine sichere Identifizierung versuchen wir immer Angehörige heranzuziehen, die charakteristische Merkmale der Betreffenden kennen. Zeigen sie doch mal her." Er betrachtete flüchtig den Leichnam und dann das Foto. Den Kopf mit den deutlich sichtbaren Schädelknochen und der dünnen, glasigen, fast durchsichtigen Haut sah er eingehender an. „Ich glaube, sie haben die Richtige herausgesucht. Die anderen beiden haben auf den Fotos nur die gleiche Frisur. Oder vielleicht auch den gleichen Friseur. Das ist die Standardfriseur bei den meisten über 70-jährigen Frauen in Deutschland." Er grinste. „Aber auch mir geht eine solche Identifizierung immer wieder an die Nieren. Wir sollten versuchen, die Besichtigung der Leichen schnell zu beenden. Es ist wahrlich kein schöner Anblick."

Schnell gingen beide in das nächste Apartment. Dort verfuhren sie wie in dem ersten Zimmer. Die Feststellung des Geschlechts war noch die einfachste Aufgabe. Es handelte sich wiederum um eine weibliche Bewohnerin. Die Totenstarre war in dem aus dem Bett hängenden Arm nur noch schwach ausgeprägt. Dies war die Frau mit dem ähnlichen Gesicht. Frau Fatimi schrieb eine 2 auf den Bewohner-Dokumentationsbogen. Auch in dem nächsten Apartment lag eine Frau. Sie hatte auffallend viele Falten im Gesicht. Daher fand Frau Fatimi sofort das richtige Foto und den entsprechenden Bogen. Das war dann Nummer 3, Frau Todt, die Großtante der Rechtsanwältin Richter.

In dem Zimmer hinten links stand über die Leiche gebeugt der Gerichtsmediziner. Als Frau Fatimi hereinkam, schaute er nur kurz auf und murmelte in sein Diktaphon: „männliche Leiche, ca. 1 Meter 75 groß, ca. 80 Jahre leicht adipös." Dann drehte er die Leiche so, dass er den Rücken sehen konnte. „Äußerlich keine auffälligen Verletzungen oder Abschürfungen, Totenflecken verblassend." Frau Fatimi stellte sich neben ihn, um das Gesicht des Toten mit den Fotos auf den Dokumentationsbögen zu vergleichen. „Der hier ist es. 82 Jahre alt" sagte sie fast automatisch und schrieb eine 4 auf den Bogen. Sie beeilte sich, den Raum zu verlassen.

Das gegenüberliegende Apartment war leer, also gingen sie schnell weiter. In dem nächsten stank es deutlich nach Kot. Herr Fänger hielt sich die Nase zu. Mit spitzen Fingern lupfte er die teilweise ekelig gelb-braun verfärbte Bettdecke kurz an und sagte lakonisch: „männlich." Nach dem Dokumentationsbogen war dies Herr Müller. Genau genommen waren es nur die traurigen Überreste von ihm.

Und schon waren sie auf dem Weg in das nächste Zimmer. Frau Fatimi sah sofort die Prothese auf dem Nachttisch. Sie erschrak. Hoffentlich hatte sie sich nicht infiziert. Sie versuchte den Gedanken beiseite zu schieben. „Ich weiß doch gar nicht, ob die Bewohner hier an COVID-19 gestorben sind." Die Inspektion zeigte, dass auch diese Leiche weiblich und auch übergewichtig war. Jetzt war die Identifikation einfach, da nur noch zwei Frauen in Frage kamen. Ein kurzer Blick genügte, obwohl die Gesichter verglichen mit den Fotos – wahrscheinlich durch eine lange Agonie- stark entstellt aussahen.

Im letzten Zimmer vorne links lag die letzte weibliche Leiche. Zu Lebzeiten muss auch sie ziemlich korpulent gewesen sein. Der Bauch wirkte jetzt etwas aufgebläht und im unteren Bereich schon leicht grünlich verfärbt. Auch der Kopf war rundlicher. Daher fiel die Identifizierung leichter. Frau Fatimi schrieb schnell eine 7 auf das Bewohnerblatt. Schnell verließen sie den Raum, in dem sich ein leicht fauliger Geruch ausbreitete.

Sie gingen hinunter in den Raum mit dem Aktenschrank und Schreibtisch. Frau Fatimi hasste es, Formulare auszufüllen. Schon oft hatte sie sich in der Zeile geirrt. Mal stand -klein gedruckt- die geforderte Angabe in der gleichen Zeile, mal darunter. Unten am Schreibtisch setzte sie sich hin und sortierte kurz die Blätter der Bewohner der Landhaus Wohnresidenz. Dann begann sie mit dem Ausfüllen der Totenscheine. Als sie hörte, wie sich der Gerichtsmediziner Dr. Fleischhacker oben von den Anderen verabschiedete, füllte sie eilig den letzten vorläufigen Totenschein aus. Sie wollte unbedingt wissen, was er bei seiner genaueren Untersuchung und mit seinen speziellen Fachkenntnissen herausgefunden hatte. Wie mechanisch trug sie die Angaben in das letzte Formular ein. Name: Fatimi. Vorname: Dilara Geburtstag: 23.2.1987 Geburtsort: Aleppo Geschlecht: weiblich. Bei Todesart machte sie bei: ungewiss ein Kreuz. Dann ging sie schnell in den Tagesraum, um den Bericht des Gerichtsmediziners zu hören.

„Also alle Leichen weisen schon erste Anzeichen für eine Verwesung auf. Da es seit Anfang April und auch über Ostern recht warm und vor allem extrem trocken war, ist der Todeszeitpunkt nicht ohne weiteres zu bestimmen. Genaueres kann ich erst nach einer Obduktion der Leichen sagen. So wie es aussieht, sind alle in dem gleichen Zeitraum gestorben."

„Und die Todesart?" fragte Herr Fänger.

„Ohne weitere Untersuchungen kann ich noch nichts Genaues sagen. Alles ist möglich: Natürlicher Tod z.B. bei COVID-19, ist ja jetzt häufig. Intoxikation durch Überdosierung von Medikamenten oder auch in suizidaler Absicht. Und natürlich auch Mord. Zwar haben wir keine auffälligen äußeren Hinweise für eine Fremdeinwirkung gefunden, aber eine Vergiftung können wir erst nach den entsprechenden Laboruntersuchungen ausschließen."

„Dass sieben Menschen mehr oder weniger gleichzeitig sterben, ist doch sehr unwahrscheinlich! Selbst bei einer Virusepidemie! Auffällig ist doch, dass keiner Hilfe geholt hat. Also ist zumindest eine fahrlässige Tötung durch unterlassene Hilfeleistung möglich! Frage jetzt an sie, Frau Dr. Haupt: Ist die Landhaus Wohnresidenz offiziell als Wohngemeinschaft gemeldet? Das sollte sie doch nach dem Gesetz. Daraus müsste auch ersichtlich sein, wer Leistungserbringer für die Pflegeleistungen ist. Diesen Pflegedienst werde ich mir dann mal vorknöpfen. Das hier ist doch ein Skandal! Keiner da. Die haben die alten Menschen einfach in ihren Betten liegen lassen und vergessen." Herr Fänger hatte sich so ereifert, dass sein Hals und Gesicht dunkelrot wurden.

„Herr Fänger, ich verstehe ihre Erregung. Auch ich finde es skandalös, die alten Bewohner einfach nicht zu versorgen. Das kann und darf man nicht vergessen!" Etwas ruhiger Frau Haupt fort: „Frau Fatimi wird morgen im Amt einmal die Unterlagen, die wir hierzu haben, genauer durchsehen. Sie kriegen baldmöglichst eine Mitteilung, wenn sie uns freundlicherweise Ihre E-mail-Adresse geben". Herr Fänger reichte Frau Fatimi seine Karte.

Als sie sich verabschieden wollten, sagte Frau Dr. Haupt betont langsam: „Wir können da nicht so einfach rausgehen. Da draußen warten die Teams von Fernsehanstalten und die Reporter von der Presse. Die sind nach so langer Wartezeit bestimmt hungrig wie Wölfe. Ich schlage vor, dass sie, Herr Fänger, denen Rede und Antwort stehen. Sie haben doch Erfahrung darin…"

Endlich zuhause! Frau Fatimi legte sich, ohne etwas zu essen gleich aufs Bett. Einerseits war sie erschöpft, anderseits auch völlig überdreht. Sie hatte den ganzen Tag über unter Strom gestanden. Und konnte jetzt nicht einfach abschalten. In ihrem Kopfkino wirbelten eine Unzahl von Gedankenfetzen durcheinander. Hektisch abwechselnd flimmerten die unheimlichen, starren Gesichter der Toten wie bei einem Tanz im Disco-Licht- mal grell hell blau, dann dunkel rot vor ihren

Augen. Dann meinte sie den muffig-süßlichen Geruch der Leichen zu schmecken. „Hilfe, ich fange an zu halluzinieren."

Halt!! Stop! Krampfhaft versuchte sie ihre Gedanken zu stoppen, so wie sie es in der Traumatherapie geübt hatte. Nach einer Weile konnte sie ihre Gedanken wieder steuern. Sie versuchte zu ergründen, warum sie so heftig reagiert hatte. Übermüdung? Sicher auch dabei. Aber viel wahrscheinlicher war es Angst! Todesangst. Dabei hatte sie gelernt, dass der Arztberuf durchaus Gefahren bot, vor allem sich selbst zu infizieren. Aber Gefahr ist relativ. In al-Dschudaide bestand an manchen Tagen die Gefahr einfach schon darin, dass sie auf die Straße ging. Heckenschützen, Sprengsätze in abgestellten Autos, herabstürzende Trümmer.

Die Gefahr einer Virusinfektion war viel abstrakter. Denn Viren waren völlig unsichtbar, aber trotzdem oft tödlich. Sie konnten überall sein. Im Fernsehen stritten die Experten darüber, wie Corona-Viren übertragen werden: durch Tröpfchen beim Niesen, Sprechen oder Singen, durch Kontakt mit kontaminierten Oberflächen... Der Ausdruck Schmierinfektion ließ sie nicht los. Überall sah sie – wie mit Röntgenaugen oder unter UV-Licht- kleine Verunreinigungen auf Tischen, in den Ecken kleine Häufchen, in ihrem Auto auf dem Lenkrad, Armaturenbrett, in der Ablage … Und die Viren waren in Aerosolen, die überall in geschlossenen Räumen herumwaberten.

Ohnehin musste sie davon ausgehen, sich an der dicken Frau infiziert zu haben. Sie wollte sich morgen testen lassen. Da schoss ihr der Gedanke durch den Kopf: warum gehe ich davon aus, dass nur die dicke Frau infiziert gewesen sein könnte. Bei den anderen Toten war COVID-19 wahrscheinlich und wohl auch die Todesursache...

Mi 15.4.2020

Frau Dr. Haupt hatte Frau Fatimi zu einer Besprechung über die Vorfälle in der Landhaus Wohnresidenz in ihr Zimmer gebeten. Bei deren Eintreten klingelte das Telefon.

„Hier ist Dr. Winkelhuber, München! Frau Haupt, was ist das denn für eine Schweinerei. Ich erfahre heute zufällig aus der Presse, dass in der Landhaus Wohnresidenz alle tot aufgefunden worden sind. Wieso haben sie mich nicht umgehend über den Tod meines Großonkels benachrichtigt? Das wäre ihre Pflicht gewesen! Ich behalte mir ausdrücklich rechtliche Schritte vor!"

„Also, erstens Herr Dr. Winkelhuber wäre es angebracht, dass wenn sie so viel Wert auf den Doktortitel legen, sie mich auch mit meinem Doktortitel ansprechen. Zweitens, muss das Gesundheitsamt sie nur benachrichtigen, wenn sie direkter Angehöriger oder Betreuer sind. Wir können nicht alle entfernten Verwandten informieren. Sind sie Betreuer ihres Großonkels gewesen?"

„Hm, äh, nein. Aber der nächste Verwandte!"

„Aber ich habe hier auf der Liste der Verstorbenen niemand, der Winkelhuber heißt!"

„Mein Großonkel heißt Heinrich Müller. Das habe ich ihnen in meiner mail gestern geschrieben!"

„Hm," Frau Dr. Haupt öffnete noch einmal die mail. „In ihrer mail steht nichts von einem Herrn Müller. Da steht nur Großonkel. Müllers gibt es in Berlin viele. Auch unser regierender Bürgermeister heißt so. Wen also sollten wir da über das Ableben von Herrn Müller benachrichtigen?"

„Frau Dr. Haupt, das ist eine Frechheit, wie sie versuchen, mich einfach abzufertigen. Das wird Folgen haben. Ich werde mich bei diesem Herrn Müller über sie beschweren," schrie Herr Dr. Winkelhuber.

Frau Dr. Haupt blieb ruhig und antwortete ganz sachlich: "Im Übrigen erteilen wir keine weiteren ärztlichen Auskünfte am Telefon. Wenn sie nachweisen können, dass Sie der einzige Verwandte sind, können sie gern mehr Informationen erhalten."

„Unverschämt! Sie hören von mir" schäumte Herr Dr. Winkelhuber und brach das Gespräch ab.

„Puh, dann wollen wir mal die Fakten von gestern durchgehen. Haben sie schon nähere Informationen über die Landhaus Wohnresidenz und den zuständigen Pflegedienst?"

„Formal erscheint das alles einfach zu sein: Als Pflegedienst wurde hier bei der Anmeldung der Wohngemeinschaft im Landhaus vor sechs Jahren eingetragen: Woijtchikowa Altenpflege GmbH und Co. KG, Berlin. Der ist aber vor drei Jahren pleite gegangen. Frau Meister erzählte mir, dass es da wohl finanzielle Unregelmäßigkeiten gab. In der Presse wurde damals gemutmaßt, dass dieser Pflegedienst zu den von der russischen Pflege-Mafia betriebenen Firmen gehörte. Der Boss der Pflege-Mafia ist, soweit Frau Meister sich erinnern konnte, zu einer längeren Gefängnisstrafe verurteilt worden."

„Oh, ich erinnere mich ganz genau. Das gab damals einen ziemlichen Skandal. Glücklicherweise standen nicht wir, sondern die Kollegen vom Medizinischen Dienst der Krankenkassen am Pranger. Sie hatten angeblich bei ihren Überprüfungen der Pflegedienste geschlammt. Wie auch immer, sie haben die planmäßigen Betrügereien bei den Abrechnungen erst spät erkannt."

„Na ja, also dann ist ein anderer Pflegedienst eingetragen: Marzahner Allzeit bereit Fachpflege. Der wurde aber schon nach eineinhalb Jahren gewechselt. Warum konnte ich noch nicht recherchieren. Seit etwa 18 Monaten ist für Landhaus Wohnresidenz der Rundum Sorglos Pflegedienst Berlin zuständig. Ich habe im Internet nachgesehen. Der Geschäftsführer und die Pflegeleitung haben russisch klingende Namen. Ansonsten steht da nur etwas über die vielen Leistungen, die sie erbringen:

- qualifiziertes Fachpersonal für eine "Rund–um–die–Uhr–Betreuung"
- aktivierende Pflege für die individuellen Lebensbedingungen, d.h. den Tagesrhythmus bestimmt der Bewohner selbst
- individuelle Hilfestellung bei der Körperpflege, beim Essen und der Medikamenteneinnahme

- vier Mahlzeiten pro Tag, die Essenszubereitung erfolgt gemeinsam mit Hilfe in der Küche im Haus
- gemeinsame Tagesgestaltung und kulturelle Aktivitäten
- Wohnungsreinigung, Wäschepflege

Liest sich sehr gut, aber unter der angegebenen Telefonnummer ist niemand erreichbar. Auch nicht unter der Nummer für Notfälle. Ist also nichts mit "Rund–um–die–Uhr–Erreichbarkeit". Ich habe es dreimal versucht..."

„Hm, was sie berichten, klingt ziemlich auffällig. Da müssen wir unbedingt sofort Herrn Fänger informieren. Der soll mal nachforschen, ob da nicht wieder so eine Art Pflege-Mafia dahintersteckt."

„Ja, mach ich. Und noch eins. Der Besitzer von dem Landhaus ist eine ZWK-Immobilienfinanzierung GmbH und Co. KG, Berlin. Eingetragen beim Amtsgericht Charlottenburg. Mehr habe ich noch nicht in Erfahrung bringen können."

„Klingt auch nicht unbedingt vertrauenserweckend. Wissen Sie schon mehr über die Verstorbenen?"

„Nein, aber versuche gleich Herrn Fänger telefonisch zu erreichen."

Frau Fatimi ging in ihr Zimmer und wählte die Durchwahl-Nummer des Kripobeamten.

„Hier Fänger, Oh, Frau Fatimi! Haben sie schon in die Zeitung gesehen?"

„Nein!"

„Gratuliere, sie sind eine lokale Berühmtheit. Hier steht: Junge Amtsärztin findet sieben Leichen in Wohnresidenz. In einem Landhaus versteckt im Wald in Biesdorf suchte die Amtsärztin nach der 87-jährigen Großtante von Frau R. Als sie die Treppe hinaufstieg, bemerkte sie ekeligen Verwesungsgeruch. Obwohl sie zu kollabieren drohte, schaffte sie es in allen Zimmern nachzusehen. Insgesamt fand sie sieben Leichen aufgebahrt in ihren Betten. Hinterher sagte sie: Das war das Schlimmste, was ich in meinem Leben erlebt habe. Insbesondere die Identifizierung der Toten war wegen der fortgeschrittenen Verwesung schwierig!"

Zyniker dachte Frau Fatimi. Der hat es den Reportern gestern Abend wahrscheinlich genau so erzählt. „Apropos Identifizierung. Haben sie schon mehr Informationen als die, die auf den Zetteln im Büro standen? Mich interessiert insbesondere der Herr Müller. Hier hat ein Rechtsanwalt aus München angerufen und sich beschwert. Er ist angeblich der einzige noch lebende Verwandte."

„Wir sind noch dabei die schon vorhandenen Daten mit dem Einwohnermeldeamt abzugleichen. Die haben nur Angaben aus den Familienstammbüchern zu direkten Angehörigen wie Eltern oder Kindern, aber keine über weitere, entfernte Angehörige. Die werden von den Rechtspflegern beim Nachlassgericht, also beim Amtsgericht Lichtenberg, ermittelt, aber nur wenn es etwas zu erben gibt."

„Ich gebe ihnen einmal die uns bekannten Adressen von den beiden Rechtsanwälten durch. Dr. Winkelhuber ist der Großneffe von Herrn Heinrich Müller und Frau Richter die

Großnichte von Frau Todt. Vielleicht können die ihnen weitere Informationen zu den Toten geben."

„Danke, ich gebe das weiter. Ich bin vor allem für Tötungsdelikte zuständig und nicht zur Identifizierung von Toten. Bisher gibt es keine Hinweise auf ein Tötungsdelikt."

„Und wie ist das mit dem Verdacht auf unterlassene Hilfeleistung?"

„Da werde ich einmal die zuständige Standesanwältin, Frau Statthalter fragen. Für erste können sie, falls sie noch weitere Informationen haben, sich gern an mich wenden."

„Ich hätte da noch etwas! In der Landhaus Wohnresidenz waren doch in dem oberen Stockwerk acht Bewohner-Apartments. Das letzte links war leer. Bei den Unterlagen, die ich für das Ausfüllen der Totenscheine benutzt habe, gab es aber acht Bewohnerakten...Und meine Mitarbeiterin, Frau Meister, die aus Marzahn stammt, meint, es gäbe unter dem alten Griesinger-Krankenhaus ein Tunnelsystem. Sie wusste allerdings nicht, ob dies nicht im Krieg verschüttet worden ist. In jedem Fall haben wir einen Bewohner noch nicht gefunden. Für meine Arbeit ist das besonders wichtig. Denn falls alle Bewohner mit dem Corona-Virus infiziert waren, ist er es wahrscheinlich auch. Und wenn er noch lebt und durch das Tunnelsystem oder auch sonst entkommen ist, dann habe ich ein großes Problem. Ich weiß nicht, wie er draußen zurechtkommt. Wir wissen nichts über die Bewohner, z.B. ob sie schon dement waren. Wenn er draußen rumläuft, dann könnte er wohlmöglich Leute anbetteln und dabei infizieren."

„Ziemlich viele Wenns, ich meine zu viele Annahmen!"

„Wir müssen das klären! Daher möchte ich Sie bitten, dass sie oder ihre Mitarbeiter heute Nachmittag noch einmal in die Landhaus Wohnresidenz fahren, um mit mir systematisch den Keller und möglicherweise auch die unterirdischen Gänge abzusuchen."

„Ach, sie haben zu viele Kriminalromane gelesen. Das übliche Klischee bestehend aus: einsames Landhaus im Wald, nach längerer Zeit kommt irgendjemand in das Haus und findet im Keller in der hintersten Ecke die Leichen von irgendwelchen schon ewig Vermissten. Meistens sind es Familienangehörige. Langsam kommt dann Stück für Stück die ganze verdrängte grauenvolle Familiensaga zum Vorschein. Irgendetwas zum Gruseln".

„Sie sind doch gar keine Familienangehörige. Da könnten wir doch die Frau Richter oder den Herrn Dr. Winkelhuber suchen lassen. Wahrscheinlich haben die nur Angst, allein da unten zu suchen, weil sie über Leichen stolpern könnten," sagte er lachend.

„Sie nehmen mich nicht ernst," sagte Frau Fatimi verärgert. „Ich will keine Leichen suchen, sondern einen Vermissten, der vielleicht noch lebt und sein Unheil als Corona-Superspreader treiben könnte."

„Hm, wie ich schon vorhin gesagt habe, es fehlen bisher Hinweise für ein Tötungsdelikt. Also nicht mein Zuständigkeitsbereich. Ich werde die Dienststelle in Hellersdorf benachrichtigen. Die sollen mit Ihnen suchen gehen."

„Hm, vielleicht haben sie die Unterlagen der Bewohner aus dem Landhaus nicht durchgearbeitet, sondern gleich weitergegeben. Sonst wüssten sie, wen ich suche. Er heißt: Harry Schaumann. Wenn Frau Meister recht hat, dann war der ein sehr populärer deutscher Schauspieler und Entertainer. Der hatte wohl Alkoholprobleme und war vor etwa sieben Jahren von einem auf den anderen Tag aus der Öffentlichkeit verschwunden..."

„Na, wenn das wirklich der Harry Schaumann ist, dann komme ich natürlich persönlich. Also um 14 Uhr am Landhaus in Biesdorf."

In der Mittagspause rannte Frau Fatimi schnell zum nahegelegenen Kiosk. Dort kaufte sie drei Zeitungen aus Berlin.

In der „BA-Berlin Aktuell" stand:
VERGESSEN!
Grausiger Fund in Wohnresidenz in Biesdorf. 7 Leichen mit Zeichen der Verwesung. Bei einer Kontrolle durch das Gesundheitsamt Marzahn-Hellersdorf wurden die Toten in ihren Betten gefunden. Vom Pflegedienst, der diese Wohngemeinschaft betreut, keine Spur. Sind die Bewohner vergessen worden? Fragen über Fragen. Die Kriminalpolizei hat die Ermittlungen aufgenommen.

In den „Berliner Nachrichten" stand:
7 Bewohner einer Alten-WG starben einen qualvollen Tod.
Gestern fand die Amtsärztin aus Marzahn-Hellersdorf in einer Luxus-Wohnresidenz nur noch die Leichen der Bewohner. Ein

Angehöriger hatte seit Tagen keinen Kontakt zu seinem Onkel und alarmierte das Gesundheitsamt. Zu spät. Bei der Kontrolle bot sich den Mitarbeitern des Gesundheitsamtes ein grauenvolles Bild: Die Leichen waren schon in Verwesung übergegangen. Pflegepersonal war nicht vor Ort. Wo waren die Helden des Alltags? Haben sie die anstrengende Arbeit (in anderen WGs) nicht mehr geschafft und sind deswegen nicht in die weit abgelegene Wohnresidenz in Biesdorf gekommen? Oder haben sie die Bewohner schlicht vergessen? Da ein Verbrechen nicht ausgeschlossen werden kann, war auch die Kripo vor Ort.

In der „Hauptstadt Zeitung" stand:
Die vergessenen Toten.
In der Biesdorfer Landhaus Wohnresidenz entdeckten die Amtsärzte vom Gesundheitsamt Marzahn sieben Leichen. Sie waren durch Angehörige informiert worden. Die näheren Umstände sind noch völlig unklar, denn es war kein Pflegepersonal anwesend. Die Leichen werden in der Gerichtsmedizin untersucht. Es gibt Hinweise dafür, dass alle an dem neuen Corona-Virus gestorben sind. Auch die Kriminalpolizei hat ihre Ermittlungen aufgenommen. Sie will vor allem der Frage nachgehen, warum kein Pflegepersonal anwesend war und wie lange schon nicht. Der die Untersuchung leitende Kriminalbeamte vermutet unterlassene Hilfeleistung. Er erinnerte an den Pflege-Skandal vor einigen Jahren.

Der Artikel, den der Kripobeamte vorgelesen hatte, stand möglicherweise in dem „Berliner Allgemeinen Tageszeitung".

Diese hatte Frau Fatimi nicht gekauft. Sie war froh, dass sie nicht namentlich in den Zeitungen erwähnt worden war oder als Heldin des Alltags bezeichnet worden war. Es wäre ihr peinlich gewesen, denn sie hatte nur ihre Arbeit als Amtsärztin gemacht und die Leichen zufällig gefunden.

Als sie gerade fertig war mit der Lektüre der Zeitungen, rief Herr Dr. Fleischhacker an. Auf diesen Anruf hatte sie schon gewartet. „Also, zunächst muss ich sie bitten, Platz zu nehmen," begann er in einem gesetzten, unheilverheißenden Ton, "es ist schrecklich, aber gestern ist in ihrem Gesundheitsamt die junge Ärztin, Frau Fatimi, verstorben. Ich habe hier den Totenschein." ergänzte er ganz schnell. Frau Fatimi erschrak fast zu Tode. Was war passiert? Ehe sie nachfragen konnte, fuhr der Gerichtsmediziner fort: „Jedenfalls vorläufig verstorben!" sagte er laut lachend. „Es ist nur ein vorläufiger Totenschein."

Frau Fatimi schwieg. Dann fing sie an, leise zu weinen.

„Oh, Entschuldigung, ich wusste nicht, dass es ihnen so nahe geht. Ich bitte sie nochmals um Entschuldigung. Als Gerichtsmediziner, der ständig mit Morden und Leichen zu tun hat, entwickelt man so eine Art von Zynismus..."

„Ja, sie haben eine merkwürdige Art von Humor." Sie überlegte, ob sie Herrn Dr. Fleischhacker, den sie nicht näher kannte, von ihren schrecklichen Erlebnissen im syrischen Bürgerkrieg erzählen sollte. Sie wollte zumindest ein paar entsprechende Andeutungen machen, damit er verstand, warum sie mit Weinen reagiert hatte. „Also, vielleicht muss ich ihnen zur Erklärung für meine Reaktion etwas sagen. Ich komme aus Syrien und habe den Bürgerkrieg dort im wahrsten Sinne hautnah miterlebt. Einmal war ich für mehrere Stunden verschüttet...Als ich geborgen wurde, war ich halbtot."

„Das erklärt alles. Wenn sie so Schreckliches erlebt haben, war der Gag völlig unangebracht. Ich möchte sie vielmals um Entschuldigung bitten..."

„Noch eins, damit sie es besser verstehen. Mein Mann und meine kleine Tochter sind in dem Bürgerkrieg in Aleppo ums Leben gekommen." Sie kämpfte wieder mit den Tränen.

Der Gerichtsmediziner schwieg eine Weile. „Schrecklich. Ganz furchtbar. Ich wollte ihnen in keiner Weise zu nahe treten..."

Nach einer längeren Pause sagte er: „Aber wir müssen trotz allem überlegen, wie sie einen neuen Totenschein ausstellen und mir zukommen lassen können. Übrigens das Alter der Leiche passt auch gar nicht!"

Schon wieder zynisch?! Er kann wohl nicht anders. Oder bin ich zu sensibel? „Ich kann ihnen den zuschicken, wenn sie mir die richtigen Personalien durchgeben."

„Hm, den brauche ich aber noch heute! Könnten sie nicht heute Abend noch in der Turmstraße in Moabit vorbeikommen? Ich arbeite immer sehr lange. Dann könnten wir auch über die ersten forensischen Untersuchungsergebnisse sprechen." Da Frau Fatimi sehr daran interessiert war, die

Todesursachen der Heimbewohner zu erfahren, sagte sie zu, abends gegen 6 Uhr vorbei zu kommen.

Wenige Minuten später musste sie zum Landhaus nach Biesdorf fahren „Alles eine Hetze heute" dachte sie. Sie wollte Frau Meister mitnehmen.

Als sie im Landhausring ankommen, sahen sie einen Streifenwagen, ein ziviles Auto mit Blaulicht auf dem Dach und einen Transporter der Kriminaltechnik. „Volles Programm", sagte Frau Meister anerkennend. „Man muss nur berühmt sein und schon springen alle."

Nachdem Herr Fänger sie kurz begrüßt hatte, gingen sie zunächst noch einmal ins Erdgeschoss. Frau Fatimi fiel auf, dass die Haustür von der Polizei versiegelt worden war. Der Kripobeamte schnitt das Siegel kurz durch und bat sie herein. Der ekelige Geruch war noch nicht verflogen. Sie schauten gemeinsam noch einmal genau in alle Zimmer im Erdgeschoss, um nichts zu übersehen. Kein Hinweis auf einen Menschen. Auch im Obergeschoss fanden sie nichts Auffälliges, weder unter den Betten, noch in oder auf den Schränken.

Im Eingangsflur sah Frau Fatimi auf einem Tischchen Werbe-Flyer für die Landhaus Wohnresidenz. Sie nahm sich schnell einen und steckte ihn in ihre Umhängetasche. Vielleicht enthält er noch ein paar nützliche Informationen, dachte sie.

„So, jetzt wird es spannend," sagte Herr Fänger, als er versuchte mit viel Kraft die Stahltür zur Kellertreppe zu öffnen. Sie ging nicht auf. Auch beim zweiten Versuch nicht. „Verschlossen. Haben wir irgendwo einen Schlüssel?

Vielleicht in dem Zimmer mit dem Aktenschrank?" Die Kriminaltechniker gingen suchen und kamen nach einigen Minuten zurück. „Nur diese gefunden." Sie probierten alle aus. Aber keiner passte zu der Kellertür. „Aha, dahinter verbirgt sich doch ein Geheimnis," unkte Herr Fänger. „Aber es gab doch noch einen Eingang vom Garten aus. Dann nehmen wir eben den."

Im Gänsemarsch gingen sie um das Haus herum. Frau Fatimi fiel auf, dass die Tür zum Garten gestern nicht von der Polizei versiegelt worden war. Herr Fänger stieß die Tür auf. Sie knarrte. „Monatelang nicht mehr benutzt" vermutete er. „Halt, Frau Fatimi, sie haben doch gestern hier nachgesehen". sagte er etwas verärgert. Dies hatte er vergessen, sonst wäre er nicht noch einmal hierhergekommen. Denn dann war gestern schon alles durchsucht worden. „Was glauben sie finden wir heute in dem Keller? Herrn Harry Schaumann?"

Er machte das Licht an. „Ziemlich schummerig". Drei LED-Taschenlampen flammten auf. Die Polizisten suchten mit ihnen den Fußboden und die Wände ab. Da stand ein altes Fahrrad mit einem Platten. Es gab vier Türen. In dem ersten Kellerraum fanden sie alte verstaubte Möbel überein gestapelt. In dem zweiten standen zwei große Tiefkühltruhen. Nach einem Schaltgeräusch begann die eine Pumpe zu arbeiten. Also noch in Betrieb. Daneben waren Stapel von Wasserflaschenkisten. Im dritten Keller stand jede Menge alter Gartengeräte. Herr Fänger räumte einige beiseite, um auch in den hinteren Bereich sehen zu können. „Auch nichts von unserem Filmstar," sagte er mit gespielter Enttäuschung.

„Wäre ein gutes Versteck gewesen. Als Kind habe ich mich immer in solchen Ecken versteckt. Da wird man nicht so leicht gefunden. Bleibt nur noch der letzte Raum."

Auch in diesem Raum war nichts Auffälliges außer alten abgestellten Gegenständen zu finden. Die Polizisten hatten alles genau ausgeleuchtet. „Und nun? Der ganze Aufwand umsonst?"

Frau Fatimi sah ihn mit großen Augen fragend an. „Und was ist mit der Tür unter der Treppe?"

„Die geht natürlich zum Schatz- oder Tresorraum. Da liegen die Goldbarren."

„Bitte, wir sollten versuchen, sie zu öffnen, um ganz sicher zu gehen."

„Ok, wo wir schon einmal hier sind, kucken wir da auch noch." Herr Fänger versuchte die Tür zu öffnen. Dabei stemmte er ein Fuß gegen die Holztür. Das morsche Holz brach ein. Daraufhin trat er noch zweimal kräftig gegen die Tür. Sie zerbrach. „Jahrzehntelang nicht mehr benutzt," murmelte er. „Hier unten ist bestimmt das Bernsteinzimmer versteckt." Mit ein paar Handgriffen hatte er weitere Stücke aus den Brettern der morschen Tür gerissen, so dass man jetzt hindurchgehen konnte. Er leuchtete die Treppe hinunter. Dort war noch eine Tür zu sehen. „Bis dahin und nicht weiter. Sonst verwirren wir uns noch in dem alten Gangsystem des Griesinger Krankenhauses...Und treffen auf die wilden, blutrüstigen Geister von Psychos, die dort herumspuken...Wir werfen nur einen kurzen Blick dahinter."

Er versuchte auch diese Tür zu öffnen. Es war eine Stahltür, aber sie war an vielen Stellen schon durchgerostet. „Nur noch ein kleiner Versuch. Hier liegt nur Schutt und Staub. Vielleicht ist hier mal ein Virus durchgehuscht, aber Ihr Herr Schaumann ist hier bestimmt nicht durchgegangen. Es sei denn, er hätte durch die Schlüssellöcher schlupfen können und wäre über den Dreck geflogen, ohne Fußabdrücke zu hinterlassen. Soweit ich mich erinnere, war er ein guter Entertainer, aber kein Zauberkünstler. So, jetzt wollen wir diese Stahltür mal aufzaubern."

Er stemmte sich mit seinem ganzen Körpergewicht dagegen. Mit lautem Krachen brach die Tür auf. Am Türrahmen hing nur noch der Türgriff und der Schließmechanismus sowie einige rostige Reste der Tür. Die beiden vorne stehenden Kriminaltechniker konnten es in dem aufgewirbelten Staub zuerst sehen: Herr Fänger lag kopfüber auf einem zerbrochenen Brustkorb. Zwischen zwei kahlen Schädeln. Bei dem Sturz war ihm die Taschenlampe aus der Hand gefallen. Als er sich hochrappelte, stellte er erschreckt fest, dass an seinem linken Hemdsärmel etwas hing. Als einer der Kriminaltechniker mit seiner Taschenlampe ihn anleuchtete, sah er, dass sich dort dichtes Spinngewebe verfangen hatten. An diesen hing ein halber Brustkorb mit zerbrochenen Rippen. Als er reflexhaft den Arm schüttelte, fiel der Torso scheppernd zu Boden. Er erschrak zutiefst. In dem eiskalten, leicht bläulichen LED-Licht sah er noch mehr Teile von menschlichen Skeletten! Und er stand mittendrin.

Leicht zitternd leuchtete er den vor ihm liegenden langen Gang mit seiner Taschenlampe ab. Das alte unterirdische Gangsystem des Krankenhauses! An der Seite lagen zum Teil übereinander, etwas verkeilt, unter Dreck und Spinnweben, die Reste von drei Skeletts. „Foto machen" rief er den Kriminaltechnikern zu.

„Wir hätten ein Foto machen sollen, als sie zwischen den Schädeln lagen. Markanter Hinterkopf zwischen zwei toten Köpfen," frotzelte einer von ihnen.

„Schluss jetzt. An die Arbeit," sagte Herr Fänger verärgert. Er hatte sich auch noch verletzt und blutete leicht an der Stirn.

Die Kriminaltechniker versuchten, die Fundstelle der drei Skeletts gut auszuleuchten. Jetzt konnten auch die hinten Stehenden die Totenschädel sehen. Frau Fatimi wandte sich schnell ab. Der Unrat, der die Skelette teilweise bedeckt hatte, wurde von den Technikern vorsichtig beiseite geräumt, um keine Spuren zu verwischen. Schichtweise wurde die Skelette freigelegt und fotographisch dokumentiert. Herr Fänger sah sich die freigelegten Knochen genauer an. Er konnte überall Bissspuren erkennen. „Die wurden schon von Ratten abgenagt."

„Der Todeszeitpunkt wird da schwer zu bestimmen sein." Er suchte mit seiner Taschenlampe den Gang ab. Zwei Ratten huschten schnell in ihre Verstecke. „Die liegen schon sehr lange hier. Mal sehen, ob wir irgendetwas finden, das uns helfen kann, die Todesursache und den Todeszeitpunkt zu klären." Der Gang war nur etwa 10 m begehbar. Dann war das

Gewölbe komplett eingestürzt. Die heruntergefallenen Steine und Schutt versperrten den Weg.

„Also, zu Ihrem Herrn Schaumann. Der liegt hier nicht. Es sei denn...," er machte eine lange bedeutungsschwangere Pause, "es sei denn die Mitbewohner hätten ihn schon vor Jahren umgebracht und hier versteckt. Das geht aber nur, wenn alle unter einer Decke stecken, wie bei dem „Mord im Orientexpress" von Agatha Christie. Wie auch immer, durch diesen Gang ist er jedenfalls nicht aus dem Landhaus entkommen..."

„Möglicherweise sind es die Leichen von psychiatrischen Patienten, die es 1941 geschafft haben, vor einer Deportation und Vergasung im Rahmen der Euthanasie-Aktion während der NS-Zeit zu fliehen. Sie sind aber nur bis hierhergekommen und dann jämmerlich verhungert. Wie auch immer, letztendlich sind sie vergessen worden," sagte Frau Meister. „Auf der Wiese hinter der Kirche stehen ein paar große Tafeln, auf denen über die Euthanasie-Aktion aufgeklärt wird."

An die Kriminaltechniker gewandt sagte Herr Fänger, „wenn ihr hier noch irgendetwas im näheren Umkreis der Leichen findet, nehmt es mit und wir kucken uns das dann in Ruhe und Tageslicht an. Vielleicht finden wir noch irgendwelche Hinweise."

Bei der Verabschiedung sagte Herr Fänger: „Frau Fatimi, Herrn Schaumann haben wir zwar nicht gefunden, aber dafür gleich drei Leichen. Das ist doch auch was!"

Als Frau Fatimi abends mit ihrem Auto an dem monumentalen Gebäude des Kriminalgerichts Berlin in der Turmstraße vorbeifuhr, fiel ihr siedend heiß ein, dass sie vergessen hatte, im Evangelischen Krankenhaus Herzberge vorbeizufahren, um einen Corona-Test machen zu lassen. Sie tröstete sich damit, dass der Test in den ersten Tagen nach einer Infektion noch nicht hinreichend aussagekräftig ist.

Sie parkte auf dem weitläufigen Gelände des alten Krankenhauses Moabit und suchte nach dem Institut für Gerichtsmedizin. Sie war etwas verspätet, aber Dr. Fleischhacker hatte gewartet. „Nach meinem unverzeihlichen Fax-pax vorhin erspare ich ihnen den nochmaligen Anblick der Leichen. Für die Bestimmung des Todeszeitpunkts wird im Allgemeinen ein Nomogramm benutzt, in das die Daten wie Rektumtemperatur, Außentemperatur und Körpergewicht eingetragen werden. Dabei wird auch die Bekleidung oder eine Bettdecke etc. berücksichtigt. Da die Leichen schon länger in dem Landhaus gelegen hatten und es in den Tagen über Ostern recht warm war, kann man aber diese Methode nicht mehr anwenden. In solchen Fällen ist man die Abschätzungen anhand der Ausprägung der Totenstarre und Anzeichen für eine Fäulnis oder Verwesung angewiesen," dozierte er.

„Die sind aber ziemlich variabel. Vielleicht haben sie schon etwas von der body farm in Tennessee gehört. Auch in Amsterdam gibt eine ähnliche Einrichtung, genannt Frühverwesungslabor. Dort versucht man genauere forensische Anhaltspunkte für die Bestimmung des Todeszeitpunktes zu finden."

„Ich nehme mal an, dass sie wie deutsche Medizinstudenten im Studium kaum etwas von Verwesungsprozessen gehört haben. Aber es gibt einen einfachen Vergleich: einen Obstkuchen. Wenn sie ihn ein paar Tage stehen lassen, fangen die Früchte an zu gären und verlieren ihre Konsistenz. Dann platzt der Geleeguss auf und Insekten kommen an die Früchte heran. Der bei der Gärung entstehende Alkohol macht sie süchtig." Er lachte. „Das nicht vollständig verbrauchte Backpulver im Teigboden führt zur Bildung von Gasblasen. Überall arbeiten sich Bakterien und Pilze vor und zersetzen den Kuchen. Nach einiger Zeit bleibt nur noch der Teller zurück. Der besteht aus Keramik. So ähnlich ist es mit den Knochen, auch die kann man noch nach Tausenden von Jahren finden."

„Nun zu den Leichen aus dem Landhaus. Die Totenstarre war nicht mehr nachweisbar. Das spricht dafür, dass die die Bewohner schon länger als vier Tage tot sind. Einige von ihnen wiesen schon beginnende Anzeichen einer Fäulnis mit einer grünlichen Verfärbung des Unterleibs und durch Fäulnisgase entstehende Auftreibungen der Körperhöhlen auf."

Zudem zeigten alle Leichen Hinweise auf eine Dehydration, also eine Austrocknung. Ob diese nur auf die Trockenheit und Wärme der letzten Tage zurückzuführen ist oder schon vor dem Tod bestand, z.B. bei Fieber oder durch zu wenig Trinken, ist schwer einzuschätzen. Überhaupt kann der Todeszeitpunkt aufgrund der großen Variabilität der zugrunde liegenden biochemischen Prozesse allenfalls grob abgeschätzt werden. Es sind dabei eine Reihe von Faktoren zu berücksichtigen, in den vorliegenden Fällen vor allem: Fieber, Dauer der Agonie, Kachexie oder Adipositas und Austrocknung. Da wir über die beiden ersten Faktoren keine zuverlässigen Informationen haben und sie einen entgegengesetzten Einfluss auf die Fäulnisprozesse haben, kann ich Ihnen keinen konkreten Todeszeitpunkt angeben. In jedem Fall vor mehr als 4 Tagen."

„Hm, und woran sind die Bewohner gestorben?"

„Also, die Obduktionen haben bei allen eine Reihe von pathologischen Veränderungen ergeben. Also es lag eine Multimorbidität vor. Alle hatten eine Herz-/Kreislauferkrankung mit deutlichen arteriosklerotischen Gefäßveränderungen. Drei hatten zudem eine chronische Lungenerkrankung. Wahrscheinlich waren sie Raucher. Zwei sind letztendlich an einer Lungenembolie verstorben. Bei den anderen zeigten die Gewebe-Feinschnitte Veränderungen ähnlich wie bei einer Druckstauung der Lunge."

Nachdem der Gerichtsmediziner seinen Bericht beendet hatte, fragte Frau Fatimi: „Haben Sie Tests auf den Corona-Virus bei den Leichen vorgenommen?"

„Ja, aber die Ergebnisse stehen ebenso wie die Toxikologie noch aus."

„Bitte informieren Sie sofort, wenn jemand positiv war. Dann müsste ich mir selbst 14 Tage Quarantäne verordnen! Denn ich habe ein Gebiss angefasst, das mit festgeklebtem Speichel überzogen war."

„Ich glaube ich nicht, dass eine Isolierung erforderlich ist. Bisher ist noch kein Fall bekannt, bei dem sich ein Gerichtsmediziner oder Pathologe bei einem verstorbenen COVID-19 Patienten angesteckt hätte. Wenn dem so wäre, müsste ich auch in Quarantäne. Was ich dann mache, weiß ich noch nicht. Vielleicht versuche mal, meine Habilitation abzuschließen. Habe ich mir schon so oft genommen... Wie auch immer, Home-Office geht bei Gerichtsmedizinern nicht. Bei einer Obduktion müssen wir direkt an der Leiche arbeiten. Ihr sozusagen beistehen."

„Das Robert-Koch-Institut rät doch eher von der Obduktion von COVID-19 Opfern ab."

„Die sind – glaube ich- diesbezüglich übervorsichtig. Außerdem sind die Leichen aus dem Landhaus schon einige Tage tot. Solange können Viren nicht überleben. Daher ist der Nachweis bei Toten so schwierig."

„Trotzdem, wenn Sie die Corona-Testergebnisse haben, informieren Sie mich bitte umgehend. Dann müsste ich versuchen, Kontaktpersonen ausfindig zu machen. Das wird kompliziert, denn wir kennen bisher nicht einmal die Namen von den Pflegekräften in dem Landhaus."

„Mache ich. Hm, ich wollte mich noch einmal für meinen dummen Scherz vorhin in dem Telefonat entschuldigen. Ich hatte keine Ahnung von ihren traumatischen Erlebnissen im syrischen Bürgerkrieg. Ich würde sie als so eine Art Entschuldigung gern zum Essen einladen. Geht aber leider nicht, weil alle Restaurants wegen des Lockdowns geschlossen sind. Vielleicht kann ich das bald nachholen..."

„Versucht der gerade mit mir zu flirten?" dachte Frau Fatimi. Kann ich nicht! Seit dem Trauma des Bürgerkriegs, insbesondere dem Tod ihres Mannes Ahmed hatte sie es völlig verlernt. Ihre Traumatherapeutin hatte am Ende der Behandlung festgestellt, dass sie noch nicht wieder in Lage sei, positive Gefühle zu entwickeln. Sie wollte aber nicht unhöflich sein. Daher sagte sie: „Vielen Dank für Ihre in Anführungsstrichen Einladung. Vielleicht versuchen sie es noch einmal später."

„Ja, gern, wir bleiben in Kontakt!"

Abends fuhr Frau Fatimi dann noch zum Virchow-Klinikum, um einen Corona-Test machen zu lassen.

Do 16.4.2020

Am nächsten Morgen ging Frau Fatimi gleich zu ihrer Chefin. „Frau Dr. Haupt, ich habe da ein Problem, dass wir vergessen haben, genauer zu betrachten. Wenn die Toten in dem Landhaus an COVID-19 gestorben sind, dann könnte ich mich angesteckt haben. Dr. Fleischhacker meinte zwar bei Nachfrage, dass Viren in Leichen kaum überleben. Daher sei die Ansteckungsgefahr sehr gering. Aber nach unseren Vorschriften müsste ich trotzdem in Quarantäne."

„Nun malen sie mal nicht den Teufel an die Wand. Ich brauche hier gerade jetzt jeden. Sie machen bitte Folgendes: Jetzt warten sie erst einmal ihr Testergebnis ab. Solange sie keine Symptome wie Husten, Fieber etc. haben und der Test nicht vorliegt, arbeiten sie weiter. Ich habe aber etwas Anderes, was mich beschäftigt. Lesen sie das mal!"

Frau Fatimi las die mail:
„Sehr geehrte Frau Dr. Haupt, ich habe gestern, nachdem ich es endlich von Neuseeland, wo ich über 14 Tage in Quarantäne war, geschafft habe, nach Berlin zu kommen, in der Zeitung gelesen, was in der Landhaus Wohnresidenz passiert ist. Warum haben sie nicht schon vor Ostern, als ich ihnen die mail geschickt habe, jemanden dorthin geschickt, um die Zustände zu überprüfen. Eine rechtzeitige Kontrolle hätte wahrscheinlich Menschenleben gerettet. Ich werde prüfen, inwieweit sie dafür rechtlich verantwortlich sind. Ich behalte mir ausdrücklich vor, die Medien über ihre Nachlässigkeit zu informieren. Der Corona-Lockdown ist keine Entschuldigung.
Lisa Richter
Fachanwältin für Betreuungsrecht und Medizinrecht
Osnabrücker Str. 32, 10589 Berlin
„Kennen Sie die erste mail?"

„Ja, ich hatte doch deswegen noch mit ihnen telefoniert."

„Stimmt, ich erinnere mich dunkel. Im Augenblick habe ich so viel um die Ohren. So viele Anfragen, da kann ich mir nicht alles merken. Diese mail klingt nach viel Ärger. Zudem gibt es diesbezüglich ein Kompetenz-Wirrwarr, denn für die Überprüfung der pflegerischen Versorgung ist der Medizinische Dienst der Krankenkassen zuständig. Das ist entgegen der Annahme von Frau Richter keine staatliche Einrichtung. Ich werde ihr das erst einmal schreiben. Mal sehen, wie sie reagiert. Aber zeigen sie mir doch einmal die erste mail. Ich finde sie bei meinen nicht."

Frau Fatimi ging in ihr Zimmer und suchte auf ihrem PC nach der mail. Sie war nicht zu finden. Da fiel ihr ein, dass es ein FAX gewesen war. Sie suchte in ihren Unterlagen. Da war das FAX von Frau Richter.

„Hm, das habe ich nie gesehen", sagte Frau Dr. Haupt. „Aber die Rechtsanwältin dachte wohl, dass im Rechtsverkehr, vor allem bei Gerichten E-mails nicht als Beweismittel anerkannt sind. Vielleicht hatte die schon von Anfang an nicht ausgeschlossen, dass es Ärger geben könnte. Es gibt ja streitsüchtige Juristen..."

„Ärger könnte es tatsächlich geben, denn als ich gestern Nachmittag in der Gerichtsmedizin war, konnte oder wollte sich Dr. Fleischhacker nicht auf einen genauen Todeszeitpunkt festlegen."

„Da warten wir mal den schriftlichen Bericht ab. Ich werde ihn auf dem Dienstweg anfordern. Da muss er sich in jedem der sieben Fälle festlegen. Die Todeszeitpunkte können doch sehr unterschiedlich sein."

„Er hat gestern nur pauschal gesagt: Sicher mehr als 4 Tage. Er hat die Leichen am 15.4. untersucht. Also sind die

Landhaus-Bewohner vor dem 11.4. gestorben... Frau Richter hat aber schon am 9.4. das FAX an uns geschickt!"

„Hm, da droht Ärger, viel Ärger," seufzte Frau Dr. Haupt. „Immer, wenn sich bei uns Rechtsanwälte melden, gibt es Ärger." Sie betrachtete das FAX eine Weile lang eingehend. Nachdenklich sagte sie: "Kucken sie doch mal die FAX-Kennung ganz oben an. Dort steht eine Nummer mit 0049/30.. also Berlin! Das heißt Frau Richter war schon am 9.4.2020 wieder in Berlin und nicht erst am 15.4.2020. Was sagt uns das? Da ist etwas faul!"

„Vielleicht kann Herr Fänger uns da weiterhelfen?"

„Ja, in jedem Fall sollten wir ihn informieren. Möglicherweise kann Frau Richter auch etwas zu den Bewohnern sagen. Ich werde sie mal bitten, mit uns telefonisch Kontakt aufzunehmen. Könnten sie das übernchmen, Frau Fatimi, sie kennen doch die Fakten am besten."

Frau Fatimi rief Herrn Fänger an. Dieser teilte ihr mit, dass die Todesfälle aus der Landhaus Wohnresidenz nicht mehr von den Kriminalbeamten des 6. Polizeidirektion, sondern vom Landeskriminalamt bearbeitet würden. Er hätte die Unterlagen dahin weitergereicht. Zuständig sei jetzt Frau Kriminalhauptkommissarin Rasch-Sucher. Sie rief dann diese an. Frau Rasch-Sucher war überrascht. Sie hatte die Unterlagen noch nicht bekommen und nur die vage Information, dass sie den Fall übernehmen sollte. Frau Fatimi versprach ihr, alle im Gesundheitsamt vorhandenen Unterlagen zu schicken.

Etwa eine Stunde später rief Frau Richter an. Frau Fatimi sagte ihr nur, dass da die näheren Umstände unklar seien, kriminalpolizeiliche Ermittlungen eingeleitet worden seien. Sie gab Frau Richter die Telefonnummer von Frau Rasch-Sucher und sagte, sie wolle deren Ergebnissen nicht vorgreifen. Frau Richter war sehr erzürnt über diese kurze Antwort. Sie drohte Frau Fatimi nochmals strafrechtliche Konsequenzen an.

Kurz vor Dienstschluss schrillte noch einmal das Telefon: „Frau Fatimi? Harm-Loose, ich bin die Oberärztin der Intensivstation im Klinikum Kaulsdorf. Frau Olga Petrowka aus der Landhaus Wohnresidenz an der Wuhle ist heute Nachmittag verstorben. Na ja, sie hatte auch jede Menge Risikofaktoren: Massives Übergewicht, Bluthochdruck, eine vergrößerte Leber und nach den gelben Fingern zu urteilen, war sie starke Raucherin. Soweit ich weiß, haben sie sie gefunden. Ich muss sie darauf hinweisen, dass die Klinik: schwere Lungenentzündung mit den typischen Veränderungen wie Milchglas-Trübung und „crazy-paving" Muster im Computer-Tomogramm und auch der schwach positive PCR-Test auf eine Corona-Infektion hinweisen. Ich muss ihnen als Ärztin im Gesundheitsamt nicht sagen, was dies für sie und ihre Begleiterinnen bedeutet. Der Notarzt hatte mir berichtet, dass sie alle keine Schutzanzüge hatten... Ich rufe auch an, weil ich noch ein paar Fragen habe, die sie vielleicht beantworten können. Wir haben nur den Namen, mehr nicht. Der Name stand auf einem Etikett auf der Krageninnenseite von ihrem Kittel. Haben sie irgendwelche weitergehenden Angaben von Frau Petrowka?"

„Nein, aber die Kripo ist eingeschaltet worden. Ich gebe ihnen mal die Durchwahl der zuständigen Beamtin, Frau Rasch-Sucher. Vielleicht weiß die schon mehr."

„Das ist nett."

„Frau Harm-Loose, noch eine Frage. Hat Frau Petrowka noch irgendetwas gesagt?

„Der Notarzt hatte ihr gleich eine Infusion angehängt, weil sie so ausgetrocknet war. Als sie hier ankam, war sie etwas aufgeklart. Bei den Vorbereitungen zur Intubation, hat sie so etwas gemurmelt wie: Alles verflucht! Oder so ähnlich, mehrmals."

Frau Fatimi fuhr erschöpft nach Hause. Auf der Landsberger Allee wäre sie trotz des geringen Verkehrs vor einer Ampel fast auf das vor ihr stehende Auto aufgefahren. „Ich kann mich einfach nicht mehr konzentrieren! Das wird mir alles zu viel!" dachte sie verzweifelt. Sie musste ungefähr zehn Minuten nach einem Parkplatz suchen. Nichts klappt heute!

Als sie ihr Auto endlich abgestellt hatte, fiel ihr an dem Kiosk an der Ecke zu ihrem Wohnblock die Überschrift in einer Zeitung auf:
Grausige Entdeckung-
Noch mehr Leichen in der Landhaus Wohnresidenz.
Im Keller der Wohnresidenz auf dem Gelände einer ehemaligen psychiatrischen Klinik wurden nach dem gestrigen Fund von 7 Leichen im Keller die Skelette von 3 weiteren

gefunden. War hier ein Serienmörder über längere Zeit unerkannt am Werk?

Die Polizei ermittelt nach eigenen Angaben in alle Richtungen. Die Senatsverwaltung für Gesundheit kündigte an, weitere Wohnanlagen des Betreibers der Wohnresidenz zu untersuchen.

Fr 17.4.2020

„Fleischhacker, Frau Fatimi, wie sie wahrscheinlich wissen, ermittelt inzwischen die Staatsanwaltschaft, weil zumindest ein Anfangsverdacht auf eine strafbare Handlung in dem Landhaus Fall besteht. Daher musste ich auch Frau Petrowka obduzieren. Sie hatte COVID-19. Also müssen sie leider doch in Quarantäne. Ich komme gern sie besuchen."

Schon wieder diese Anmache. „Vielen Dank für die Info, Herr Dr. Fleischhacker. Die Oberärztin, Frau Dr. Harm-Loose vom Klinikum Kaulsdorf hatte mich schon unterrichtet... Ich habe gerade mein Corona-Testergebnis vom 15.4.2020 erhalten. Ich habe zwar keine Beschwerden, aber da der Test wirklich positiv ist, muss ich gleich in Quarantäne. Daher ist das mit dem Hausbesuch wohl negativ."

„Schade!"

Frau Fatimi unterrichtete umgehend ihre Chefin über ihr Corona-Testergebnis. „Aber ich brauche sie doch! Sie haben sich hier so schnell und gut eingearbeitet," sagte Frau Dr. Haupt sichtlich niedergeschlagen. Frau Fatimi musste versprechen, zuhause zu versuchen, einen Home-Office Platz auf ihrem kleinen privaten Laptop einzurichten.

Bevor sie das Gesundheitsamt verließ, rief sie noch Herrn Fänger an und bat ihn dringend, Herrn Harry Schaumann polizeilich suchen zu lassen.

„Mit welcher Begründung? Man kann nicht einfach jemand polizeilich suchen lassen!"

„Als potentieller Corona-Superspreader!!"

„Das ist keine Begründung für eine Suche durch die Polizei! Ein Superspreader ist doch kein Mörder! Und was heißt hier potentiell? Für eine Fahndung brauchen wir eine sichere Grundlage."

„Dann eben als hilflose Person!!"

„Sie wissen doch gar nicht, ob der dement ist!

„Sie machen es aber auch kompliziert!" stöhnte Frau Fatimi.

„Na gut, ich hinterlege die Personalien und das Bild von dem Bewohner-Datenblatt aus der Landhaus Wohnresidenz hier in unserem Computersystem. Wenn er dann tatsächlich als hilflose Person aufgegriffen wird, werden wir sie benachrichtigen," sagte Herr Fänger zum Schluss.

Auf dem Weg nach Hause fiel Frau Fatimi ein, dass sie dem Kripobeamten gar nicht gesagt hatte, dass sie im Gesundheitsamt nicht mehr erreichbar ist. Sie war in ihren Gedanken schon bei der Organisation ihrer Zeit in Quarantäne. Sie hatte sofort, nachdem der Rachenabstrich gemacht worden war,

Vorräte eingekauft. Und am Tag danach auf dem Heimweg noch einmal. Der Kühlschrank war jetzt gut gefüllt. Die Vorräte müssten 14 Tage reichen, auch das Toilettenpapier. Sorgen machte ihr, dass sie gern vegetarische Speisen aß, z.B. den in Syrien sehr beliebten Tabbouleh Petersiliensalat oder Maqali, frittiertes Gemüse. Dafür brauchte sie möglichst frische Zutaten. Ihre Vorräte hierfür würden nicht zwei Wochen reichen. Sie tröstete sich damit, dass sie genügend Kichererbsen für Falafel oder Hummus hatte.

Während des Bürgerkriegs in Syrien war sie mit viel weniger ausgekommen. Manchmal hatte ihre kleine Familie tagelang hungern müssen, weil in ihrem Stadtbezirk al-Dschudaide in den Straßen gekämpft wurde. Hinauszugehen war lebensgefährlich, denn man wusste nie, von welcher Seite gerade geschossen wurde. Jetzt lauert draußen eine unsichtbare Gefahr- das Corona-Virus!

Sa 18.4.2020

Am Sonnabend schlief die Amtsärztin lang. Die hektische Woche hatte sehr an ihren Kräften gezehrt. Ein bisschen Ruhe würde ihr da sicherlich guttun. Sie versuchte der Quarantäne etwas Positives abzugewinnen, z.B. die Möglichkeit, sich etwas auf sich selbst zu besinnen. Als erstes beschloss sie, während ihrer Zeit in Quarantäne ein Tagebuch zu führen. Darin konnte sie eintragen, wie es ihr in dieser außergewöhnlichen Zeit ergeht.

Im Großen und Ganzen verlief der Tag sehr ruhig. Sie putzte die Wohnung. Blitzblank. Ob hygienisch völlig einwandfrei vermochte sie trotz ihrer speziellen Kenntnisse nicht sagen. Dies hätten erst Abstriche und anschließende Laboranalysen zeigen können. „Im Grunde auch völlig egal," dachte sie. „Ich selbst bin infektiös. Ich bin für Andere gefährlich. Deshalb stehe ich unter Hausarrest."

Es war eine völlig ungewohnte Situation für sie. In Syrien hatte sie allen Gefährdungen zum Trotz, sei es nun Bombenhagel, Bakterien und einfach nur Dreck, ihren Dienst als Ärztin versehen müssen. Eine Zeit lang hatte sie in einem durch Luftangriffe halbzerstörten Krankenhaus gearbeitet, immer in der Angst, dass die Decke auch noch zusammenbrach. Jetzt war sie die Gefährderin...

Abends wurde im Fernsehen über eine nicht angemeldete Demonstration vor der Volksbühne berichtet. Die Polizei löste die Versammlung auf. Die Teilnehmer wollten gegen die Einschränkung von Grundrechten durch den Corona-Lockdown demonstrieren. Die haben Sorgen. Ich bin hier 14 Tage eingesperrt. Einzelhaft! So etwas wäre in Syrien gar nicht möglich gewesen. Eine Demonstration gegen Maßnahmen der Regierung hätte sofort die Polizei auf den Plan gerufen und die Redner wären verhaftet worden.

Im Tagebuch für heute kein Eintrag.

#

Harry Schaumann saß auf einem Sofa. Er versuchte nachzudenken. Das hier war nicht sein Sofa! Er sah sich um. Dies war auch nicht sein Wohnzimmer. Er hatte ein viel größeres besessen, mit Fenstern bis zum Boden und dahinter war ein weitläufiger Garten. „Wo bin ich?"

In diesem Moment kam Kerstin Fenn herein. „Na, mein Liebster, ausgeschlafen?" Er wusste, dass er diese Frau kannte. Aber es war nicht seine Frau -nicht seine Ehefrau. Aber wirklich treu war er nie gewesen. Als berühmter Schauspieler hatte er einige Liebschaften gehabt. Früher. Wie viele? Vergessen! Auch nicht so wichtig. Er fand immer wieder eine. Oft kamen auch attraktive Frauen in das Theatercafé - nach der Vorstellung. Da ergab sich schon mal die eine oder andere Gelegenheit für mehr als nur einen netten Abend. Er versuchte krampfhaft nach dem Namen der Frau, die ihn jetzt in die Arme nahm und liebkoste.

Er entschied sich, einfach weiter die Rolle des großen Charmeurs zu mimen. Dies war seine beste Rolle. Damit hatte er viele und große Erfolge im Theater gefeiert. Standing ovations! Und es klappte wieder! Er nannte sie einfach Liebling. Liebster – Liebling, das passte doch zusammen.

Nachdem sie einige Zeit auf dem Sofa herumgeturtelt hatten, ermattete die Lust der ihm namentlich nicht bekannten Frau plötzlich. Sie gab vor, leichtes Fieber zu haben. „Ich leg mich jetzt ein bisschen hin" sagte sie. „Vielleicht sind dann auch bald meine Kopfschmerzen und der trockene Husten besser."

Als er wieder allein war, überlegte Harry Schaumann lange, wie er hierhergekommen war. Er hatte alles um ihn herum schon einmal gesehen- aber es war nicht sein Zuhause.

Langsam begann er sich zu erinnern, dass er mit fünf Frauen in einem Landhaus gewohnt hatte. Fünf Frauen- das war genau das Richtige für sein Ego. Ein bisschen alt vielleicht... Aber irgendwie spürte er, dass er auch nicht mehr der Jüngste war. Verflucht, er konnte sich nicht einmal mehr an sein Alter erinnern. Er war am 20.6.1948 geboren. Das war ein wichtiges Datum. Dahinten hing ein Kalender. 2020! Schnapszahl. Er merkte sofort, dass sich eine gewisse Unruhe seines Körpers bemächtigte. Er begann leicht zu schwitzen. Jetzt wäre ein Schnaps nicht schlecht...

Er durchsuchte die beiden Wohnzimmerschränke. Keine Flaschen, nur Geschirr und Nippes. Hier musste es doch eine Küche geben. Vielleicht gab es da etwas zu trinken. Auf unsicheren Füßen stolzierte er breitbeinig in den Flur. Die erste Tür war es nicht. Das war das Bad. Die zweite Tür: Schlafzimmer, da lag Frau Liebling auf dem Bett und atmete schwer. Ganz flüchtig dachte er an die fünf Frauen, die auch so komisch geatmet hatten. Die dritte Tür: Küche. Als er in der Küche stand, hatte er vergessen, was er hier wollte. „Au Mann, ich werde alt," murmelte er. Vor allem das Gedächtnis hat nachgelassen. Er konnte sich einfach nichts mehr merken. Früher konnte er ganze Theaterstücke auswendig...

„Wieso kann ich mich an früher besser erinnern als dran, wie ich hierhergekommen bin... Oder bin ich schon länger hier?" Es kam ihm ja alles irgendwie bekannt vor. Er war ratlos und traurig. Er beschloss, wieder in das Wohnzimmer zurückzugehen. Dort setzte er sich auf das Sofa. Im Hals spürte er ein Kratzen. Schnell, etwas trinken. Er ging wieder in die Küche. Er war ganz stolz darauf, dass er sich gemerkt hatte, wo sie war. Aber was wollte er hier?

Also wieder zurück in das Wohnzimmer. Wieder diese Unsicherheit. Er schwankte etwas im Stehen. Auf der Kommode entdeckte ein gerahmtes Foto, das einen Mann und die Frau zeigte. Er überlegte. Da war doch ein Spiegel im Flur? Er ging mit Foto dahin. Er schaute verwundert hin und her. Das auf dem Foto war eindeutig er. Aber er hatte darauf noch keine grauen Haare. Demnach musste das Foto schon älter sein. Auf ihm hatte er die Frau im Arm und lächelte. Also kannte er sie bereits seit langem. Aber wer war sie? Er hatte einen Anzug an. Das machte er in seiner Freizeit nie. Hinter ihnen standen mehrere Leute ebenfalls im Anzug bzw. Kleid. Standesamt, dachte er erschreckt und belustigt zugleich. War er mit der Frau etwa verheiratet? War sie Cornelia? Er verzweifelte an seinem schlechten Gedächtnis.

Die Frau hustete lange, als sie wenig später das Wohnzimmer betrat. Er breitete die Arme aus und ging auf sie zu. „Cornelia, ich bin ja so glücklich, dass ich Dich wiedergefunden habe!"

„Ich bin nicht Cornelia. Ich heiße Kerstin!" keifte sie voller Zorn zurück. Sie blieb stehen. Er machte einen Schritt zurück. Sie musste schon wieder husten. Das Kratzen im Hals wurde immer stärker.

„Cornelia ist deine Ex-Frau. Sie hat dich verlassen, als es dir nach einem Alkoholexzess mal wieder schlecht ging. Sie hat sich danach nicht mehr um dich gekümmert, obwohl sie von deinem Geld in Saus und Braus lebt." Sie fing an, leise zu schluchzen. „Ich habe so viel für dich getan und du kennst nicht einmal meinen Namen. Du bist eine große Enttäuschung! Ich habe dich hier vor drei Tagen aufgenommen. Du standest plötzlich abends vor der Tür."

„Hilflos. In verdreckten Klamotten." Sie sah ihn geringschätzig, langsam von den Füssen bis zum Kopf an. „Mit heißem, hochrotem Kopf. Wahrscheinlich hast du wieder gesoffen und warst auf Entzug," sagte sie mit Verachtung. „Aber bei mir gibt es keinen Alkohol mehr!"

„Schon vergessen? Wir haben uns in einer Gruppe der Anonymen Alkoholiker getroffen. Ich habe dich schon vorher in Theater oder in deinen Shows verehrt. Aber am meisten habe ich bewundert, dass du dir nicht zu fein warst, trotz deiner Berühmtheit in eine AA- Gruppe zu kommen. Damals habe ich dir angeboten, dass du mich anrufen kannst, wenn du wieder mal rückfällig wirst. Den Zettel mit meiner Adresse und Telefonnummer hattest du in der Hand, als du neulich zitternd vor meiner Tür standest. Du konntest nur noch krächzen."

„Ich Trottel habe dich aus Mitleid reingelassen. Du hast immer etwas von Schüttelfrost gefaselt. Nein, Alkoholentzug, mein Lieber. Seitdem ich es geschafft habe, trocken zu werden, verachte ich die Schwächlinge, die das nicht schaffen. Alles eine Frage des Willens!" Sie hatte sich in Rage geredet.

„Du hast die ganze Zeit auf dem Bett gelegen. Entweder hast du furchtbar geschnarcht, geröchelt oder von dich hin phantasiert. Tolle Geschichten. So viel, wie ich verstanden habe, kamen da immer fünf Frauen vor. Manchmal noch mehr. Du hattest es ja schon immer ein bisschen übertrieben. Und jetzt bleibst du erst einmal hier. Ich habe nicht jahrelang auf dich gewartet und dann haust du gleich wieder ab!

So 19.4.20

Nach dem Aufwachen brauchte Frau Fatimi etwas Zeit, um sich orientieren. Denn sie hatte ganz wirre Träume gehabt. Wie Fieberträume dachte sie erschreckt. Daher maß sie sofort nach dem Aufstehen Fieber. 36.7°. Das beruhigte sie etwas. Sie hatte kein Fieber- das häufigste Symptom bei einer schwer verlaufenden COVID-19-Infektion.

Heute war der fünfte Tag, nachdem sie sich wahrscheinlich bei der Pflegerin in dem Landhaus angesteckt hatte. Nach 5 Tagen, also heute war, nach allem was man über die Erkrankung bisher wusste, der wahrscheinlichste Beginn einer COVID-19-Infektion. Daher ginge sie vor dem Frühstück die Liste der möglichen frühen Symptome, die sie im Internet gefunden hatte, durch:

-Trockener Husten oder Halsschmerzen: hatte sie häufiger schon im Winter gehabt
-Müdigkeit: sie fühlte sich schlapp, aber die letzten Tage waren auch anstrengend gewesen
-Gliederschmerzen: nein
-Durchfall: nein
-Kopfschmerzen: hatte sie häufiger, aber heute nicht.
„Das sind doch völlig unspezifische Symptome! Warum reagiere ich nur so ängstlich? Ich habe doch schon so viel durchgemacht. Außerdem habe ich keine Risikofaktoren!" Sie

nahm sich aber vor, jeden Tag morgens die Symptomliste durchzugehen.

Außerdem nahm sie sich vor, morgen früh ihren Home-Office-Platz einzurichten. Dazu brauchte sie eine gesicherte Verbindung zum Gesundheitsamt. Auch musste ihr jemand erklären, wie man die Verbindung aufbauen konnte. Dann überlegte sie, was sie in den zwei Wochen machen könnte. Ein Deutscher wie Herr Fänger würde sicherlich Kriminalromane lesen. Sie verstand die Vorliebe der Deutschen für Krimis nicht. Fast jeden Abend gab es zur besten Sendezeit im Fernsehen einen Krimi, heute Abend einen Tatort. Das reale Leben war schon schrecklich genug, da musste sie sich nicht abends auch noch die Tötung von Menschen ansehen. Die Darstellung im Fernsehen war sehr realistisch mit viel Blut und oft auch grausam. Grausamkeiten und Blut hatte sie im syrischen Bürgerkrieg mehr als genug gesehen. Daher bevorzugte sie Sendungen, in denen die schönen Seiten des Lebens gezeigt wurden, z.B. die gefühlvollen Rosamunde Pilcher Verfilmungen.

„Und was kann ich sonst noch machen? Quarantäne bedeutet auch Warten... Ich hasse Warten. Es hat etwas Quälendes. Insbesondere das Warten darauf, ob ich krank werde. An einer möglicherweise tödlichen Virusinfektion erkranke. Also letztendlich ist es ein Warten auf den Tod..."

Mo 20.4.2020

Morgens schaute Frau Rasch-Sucher missmutig auf ihren Bildschirm. Das Wochenende war ätzend gewesen. Wegen des Corona-Lockdowns hatte sie nichts mit ihren Kindern und ihrem Mann unternehmen können. Zuhause waren sie sich gegenseitig auf die Nerven gegangen. Das war schon das fünfte Wochenende so. Sie hoffte, dass die Stimmung in ihrer Familie im Mai nach den angekündigten Lockerungen besser würde.

Und jetzt auch noch ein Fall mit mehreren Toten in einem Altenheim! Wahrscheinlich an COVID-19 gestorben. Schicksal. Was konnte sie da als Kriminalbeamte tun? Sie begann die Unterlagen genauer durchzugehen. Aha, Verdacht auf unterlassene Hilfeleistung. Beschuldigte unbekannt. Wo war denn das zuständige Pflegepersonal? Sie fand in dem Bericht des Kollegen von der Direktion 6 nur eine Angabe zu einem Pflegedienst. Rundum Sorglos Pflegedienst Berlin! Schöner, viel versprechender Name. Aber jetzt gab es sieben Tote.

Das passt nicht zusammen. Sie wählte die angegebene Telefonnummer. Es meldete sich keiner, obwohl sie bis zum letzten Klingelzeichen abwartete. Auch beim zweiten Versuch. Nach dem vierten Mal gab sie auf. Nicht einmal ein Anrufbeantworter war angeschaltet. Sie hasste dieses Wort. Es war einfach nur irreführend. Denn wenn sie anrief, um eine Auskunft zu ihren Fragen zu bekommen, erhielt sie keine Antwort, sondern nur eine Ansage. „Sie haben die Nummer 12345678 gewählt. Ich bin leider zurzeit nicht erreichbar. Sie können nach dem Piepton eine Nachricht für mich hinterlassen. Vielen Dank." Die sogenannten Anrufbeantworter erschweren ihre Ermittlungsarbeit oft erheblich.

Dann suchte sie beim Amtsgericht Charlottenburg in dem Unternehmensregister nach den entsprechenden Eintragungen. Sie fand dort nur die gesetzlich vorgeschriebenen Mindestangaben:

Als Unternehmensgegenstand war dort angegeben: Dienstleistungen im Bereich der Kranken- und Altenpflege
Adresse: Helene Weigel-Platz 14, 12681 Berlin
Geschäftsführer waren Ludmilla Kosmirowa und Wladimir Iwanchikow
Die GmbH hatte mit ein Grundkapital von 25.000 €.
Auffällig war die hohe Anzahl der bisherigen Eintragungen. Es waren 16 Änderungen vorgenommen worden, die letzte Eintragung datierte vom 1.4.2020.
Diese Angaben machten Frau Rasch-Sucher stutzig. Die Firma existierte erst seit Januar 2018. Was hatten die vielen Änderungen zu bedeuten? Eine Änderung des Grundkapitals, wie es häufiger bei neuen Firmen, den Start-ups, die schnell wuchsen, der Fall war, lag nicht vor. Es war nur das gesetzlich vorgeschriebene Mindestgrundkapital für eine GmbH. Also waren wahrscheinlich Änderungen des Geschäftsführers und/oder der Gesellschafter der Grund. Vielleicht vor dem Hintergrund eines schwebenden Insolvenzverfahrens, überlegte sie. Besonders auffällig fand sie das Datum der letzten Änderung. Es lag schon in der Lockdown-Zeit. Da in dieser Zeit Gerichte nur dringende Vorgänge bearbeiteten, kam im Grunde nur ein Insolvenzverfahren in Frage.

Vielleicht waren schon alle ausgeflogen und sie hatte deshalb niemanden telefonisch erreicht. Sie erinnerte sich an den großen Pflegeskandal in Berlin vor einigen Jahren. Damals waren die Verantwortlichen zu langen Haftstrafen verurteilt worden. Sie suchte weiter im Internet unter Landhaus Wohnresidenz an der Wuhle. Bei Google fand sie nicht die erwartete Website mit schönen Fotos und einer Darstellung der Leistungen in dem Heim, sondern nur eine sehr schlichte Website. Keine Werbung. Blassblauer Hintergrund, kein Firmenlogo. Aus dem kurzen Text ging nur hervor, dass der Besitzer eine ZWK-Immobilienfinanzierung GmbH und Co. KG, Berlin war, die dort seniorengerechte Apartments vermietete. Die pflegerische Betreuung erfolge durch den Rundum Sorglos Pflegedienst Berlin.

Das wusste sie schon. Die äußerst spärlichen Angaben halfen ihr nicht weiter. Frau Rasch-Sucher überlegte. Sie rief dann die auf der Website angegebene Telefonnummer der Immobilienfirma an. Wieder ging keiner ans Telefon. Also wieder die gleiche Prozedur: Nachschauen im Unternehmensregister. Wieder nur die gesetzlich vorgeschriebenen Angaben:
Unternehmensgegenstand war danach: Finanzierung und Verwaltung von Immobilien aller Art
Adresse: Friedrichstr. 8, 10961 Berlin
Geschäftsführer war wieder ein Mann mit russisch
klingendem Namen: Alexander Krischnew.
Auch hier gab zahlreiche 16 Änderungen in den Einträgen, die letzte am 1.4.2020.

Zu viele Wieders! Da stimmt etwas nicht, vermutete sie. Ein Anfangs-verdacht! Friedrichstraße klang nach einer teuren Geschäftsadresse. Aber sie kannte die Gegend. Es war das arme Ende der Friedrichstraße, nahe dem Mehringplatz.

Unten auf der Website der Immobilienfirma war noch ein Link. Frau Rasch-Sucher klickte ihn ohne große Erwartungen an. Unser Geschäftsmodell stand dort. Jetzt wird es ja vielleicht doch noch interessant! dachte sie.

Sichere Geldanlage durch den demografischen Wandel.
Wir beraten Sie gern. Wir empfehlen der Kauf von Pflege-immobilien. Unsere Firmengruppe plant und baut Pflege-immobilien (→ aktuelle Projekte). Wir sorgen auch für deren langfristige Vermietung. Dabei arbeiten wir mit etablierten und zertifizierten Pflegeunternehmen zusammen.

Hier sind Ihre Vorteile als Investor:
- attraktive Kapitalanlage
  Pflegeimmobilien bieten hohe Renditechancen bei langfristig sicheren Mieteinnahmen. Geringes Anlagerisiko wegen ständig steigender Nachfrage aufgrund der zunehmenden Zahl an älteren Menschen in Deutschland.
- konjunkturunabhängige Geldanlage durch langfristige Mietverträge.
- Steuervorteile (günstige Abschreibungsmöglichkeiten)
- günstige Finanzierungsmöglichkeiten durch unsere Finanzierungsgesellschaft

Auch für spätere *Selbstnutzer* bietet der Kauf von Pflegeimmobilien große Vorteile:
- vor Selbstnutzung attraktive Kapitalanlage mit Zinsen über Kapitalmarktniveau und Steuervorteile.
- vielfältige Finanzierungsmodelle (gefördert durch unsere Finanzierungsgesellschaft)
- in Falle der Notwendigkeit eines Pflegeplatzes schnelle Verfügbarkeit eines passenden Platzes

Klang gut. Die Kriminalbeamtin klickte auf den Link: aktuelle Projekte. Hier waren nur schöne Computeranimationen von Wohnkomplexen und Innenansichten von Apartments zu sehen, aber keine Fotos von schon bestehenden Bauten. Sie suchte nach einem Link für bereits realisierte Wohneinheiten. Den gab es nicht! „Also wahrscheinlich eine gut verpackte Mogelpackung, um ältere Investoren anzulocken, die fürchteten pflegebedürftig zu werden," dachte sie. Als erfahrene Kriminalbeamtin wusste sie, dass es in diesem Bereich vielfältige Betrugsmöglichkeiten gab.

Routinemäßig suchte sie jetzt in den Datenbanken der Polizei nach den Namen der Geschäftsführer. Aha, da gab es einen Wladimir Iwanchikow, geboren 1982 in Tiraspol, UdSSR, gemeldet an der gleichen Adresse wie der Rundum Sorglos Pflegedienst Berlin. Er hatte ein langes Vorstrafenregister: Nötigung StGB §240, Führerscheinentzug nach mehrmaligem Fahren unter Alkoholeinfluss StGB §315c, §316; Fahren ohne Fahrerlaubnis StVG §21, Gefährdung einer Entziehungskur StGB §323b. Klingt nicht gerade vertrauenserweckend- bei einem Pflegedienst ist doch eine jederzeitige Hilfe gefragt.

Und Alexander Krischnew? Aha, der hatte auch einen Eintrag im Strafregister: Urkundenunterdrückung StGB § 274. Frau Ludmilla Kosmirowa hatte noch keinen Eintrag. Auffällig war aber, dass auch sie aus Tiraspol stammte. Herr Krischnew war in Omsk geboren. Fast hätte sie es übersehen: beide -Frau Kosmirowa und Alexander Krischnew wohnten in der Havemannstraße 39!

Alles vielleicht interessant, dachte die Kripobeamtin, aber es hilft mir nicht weiter bei der Frage, ob eine unterlassene Hilfeleistung bei dem Tod der sieben Bewohner vorlag. Sie würde erst einmal den Bericht der Gerichtsmedizin anfordern. Bestimmt rief auch diese Rechtsanwältin, Frau Richter noch einmal an. Vielleicht konnte sie einige Fragen beantworten, denn bisher wusste sie über die Verstorbenen fast nichts: nur die Namen, Alter etc., eben alles, was auf dem spärlichen Dokumentationsblatt gestanden hatte. Mehr hatte der Kollege Fänger in dem Landhaus nicht gefunden bzw. ihr übermittelt. Auch da würde sie noch einmal nachfragen müssen. Sie seufzte.

Immerhin erreichte sie den Gerichtsmediziner Dr. Fleischhacker gleich beim ersten Anruf. Er versprach die Obduktionsbericht sofort als verschlüsselte Datei zu schicken. Passwort: Landhaus7. „Sehr originell," dachte Frau Rasch-Sucher. Nachdem sie die Datei erhalten hatte, öffnete sie diese. Sie enthielt sieben Obduktionsberichte. Die waren nach dem üblichen Schema abgefasst: das Sektionsprotokoll mit äußerer Besichtigung und innerer Besichtigung, insgesamt 42 Punkte, dazu noch das Gewicht der entnommenen Organe.

Die toxikologischen Untersuchungen standen noch aus. Abschließend folgte das Obduktionsgutachten. Die Protokolle und Gutachten las sie lustlos und mit schwindender Konzentration durch. Sie erwartete keine Anhaltspunkte für ein Tötungsdelikt.

Unterlassene Hilfeleistung im medizinisch-pflegerischen Bereich war schwer nachweisbar. Meist gelang dies nur durch ein Sachverständigen-Gutachten. Wenn sie die gerichtsmedizinischen Unterlagen durchgesehen hatte, konnte sie die Akten erst einmal zur Seite legen. Und warten bis neue Gesichtspunkte auftauchten. Sie seufzte, noch drei Obduktionsberichte musste sie durchsehen. Sie beschloss, sich erst einmal einen Kaffee aus dem Getränkeautomaten auf dem Flur zu holen.

Die drei letzten Berichte enthielten auch keine Besonderheiten. Nur in zwei Fällen las sie etwas von Rippenbrüchen. Diese seien auch durch degenerative Veränderungen der Knochen zu erklären. Allerdings sei wie auch in drei anderen Fällen-ein Burking nicht auszuschließen. Burking? Da musste sie mal nachschauen, was das ist.

In diesem Moment klingelte das Telefon. Die Staatsanwältin, Frau Statthalter fragte nach dem Stand der Ermittlungen in dem „Landhaus-Fall". Nach einer kurzen Schilderung der bisherigen Ergebnisse durch die Kripobeamtin sagte sie: „Na, so wie der Fall sich jetzt darstellt, gibt es wohl kaum Zweifel an einer natürlichen Todesursache. Inwieweit da unterlassene Hilfeleistung eine Rolle spielte, das soll ein Gutachter klären. Das kann warten, bis der Corona-Lockdown vorbei ist."

„Ich habe Sie angerufen, weil mich ein Kollege gebeten hat, zu prüfen, ob wir nicht Kapazitäten haben, um seine Abteilung zu unterstützen. Die haben eine Reihe von Anzeigen auf dem Tisch bekommen habe, in denen es um den Vorwurf des Subventionsbetrugs geht. Konkret geht es um Corona-Soforthilfen, die verschiedene Personen mit falschen Daten bei der Investitionsbank Berlin Zuschüsse beantragt haben. Der Staatssekretär beim Finanzsenator macht jetzt Druck, weil sich das Ganze zu einem handfesten politischen Skandal auszuweiten droht. Berlin steht schlecht da, weil es hier als einzigem Bundesland keine hinreichenden Kontrollmechanismen vor der Auszahlung gab. Die hatten gedacht, mit schneller Hilfe politisch punkten zu können. Damit haben sie aber Betrügern Tür und Tor geöffnet."

„Die Beschuldigten sollen sich Firmen, die es gar gegeben hat, ausgedacht und so Hilfen erschlichen haben. In anderen Fällen sollen falsche Mitarbeiterzahlen angegeben worden seien. In zwei Fällen sollen gerade verstorbene Firmenbesitzer noch Zuschüsse beantragt haben. In den digital zu stellenden Anträgen bei Investitionsbank sind nur ein paar Daten abgefragt worden. Also war ein Betrug wohl ziemlich leicht. Sie kennen sich doch gut in Internet-Recherchen in Fällen von unklaren Todesfällen und Vermissten aus. Vielleicht können sie da einmal aushelfen, auch wenn das nicht unser Zuständigkeitsbereich ist. Ich schicke Ihnen die Anfrage von dem Kollegen gleich per mail. Der steht wirklich unter massivem Druck. Ich kenne ihn gut von früheren Fällen, in denen wir zusammengearbeitet haben, und würde ihn daher gern unterstützen."

„Berlin ist ein einziger Sumpf. Hier wimmelt es nur so von Betrügern" dachte Frau Rasch-Sucher. „Die stehlen sogar öffentliche Hilfsgelder, die dann für die wirklich Bedürftigen fehlen."

„Aber warum soll ich da Nachforschungen machen? Oder war der Kollege „unter Druck" vielleicht der aktuelle Liebhaber von unserer Staatsanwältin? Gerüchte, dass sie sich von ihrem alten Liebhaber getrennt hatte, schwirrten schon vor einigen Wochen durchs Haus. Vielleicht sollte ich mal nachforschen, wie sie einen neuen bei dem Kontaktverbot in dem Corona-Lockdown kennengelernt hatte. Auf dem normalen Dienstweg? Wohl kaum. Wie auch immer, sie wird mit keinem Mann so richtig glücklich. Jedenfalls hielten ihre Beziehungen bisher nicht lange. Mal sehen, wann das sich wieder negativ auf ihre Stimmung auswirkt. Ihren Beziehungsstress kann sie diesmal aber nicht an mir auslassen. Ich habe wegen der Kontaktbeschränkungen selber genug Stress zuhause" dachte die Kripobeamtin grimmig. „Ich werde die Anfrage des Staatsanwalts von Abteilung Wirtschaftsstrafsachen erst einmal vergessen."

\#

Frau Fatimi starrte verzweifelt auf ihren kleinen Laptop. Den ganzen Tag hatte sie versucht, eine gesicherte Verbindung zu dem Netzwerk der Berliner Gesundheitsverwaltung aufzubauen. Zunächst hatte sie mehrfach versucht, bei dem Webmaster zu erfragen, wie sie einen entsprechenden Zugang erhalten könnte. Es kamen aber immer nur vorformulierte automatische Antworten. Nachmittags hatte sie dann endlich telefonisch unter der Telefonnummer, die Frau Dr. Haupt ihr gegeben hatte, jemanden erreicht. Dieser namenlose Jemand hatte ihr erklärt, dass sie dazu einen VPN-Zugang benötige. Den müsse die Dienststellenleiterin beantragen...

Umgehend hatte Frau Fatimi dann Frau Dr. Haupt angerufen und ihr ihr Problem geschildert. Ihre Chefin hatte sofort zugesagt, einen entsprechenden Antrag beim Rechenzentrum zu stellen. Nach ihrem Befinden hat sie sich nicht erkundigt. Das kannte Frau Fatimi aus Syrien anders. Dort wurde großer Wert daraufgelegt, auch in Telefonaten zumindest kurz nach dem Befinden des Anderen zu fragen. Natürlich besonders, wenn die andere Person erkrankt war.

Frau Fatimi fragte sich, warum sie in deutschen Buchläden so viele Bücher über Achtsamkeit bzw. Achtsamkeitstraining gesehen hatte. Da gab es wohl einen echten Bedarf. Vielleicht hatte sie auch das deutsche Wort falsch verstanden. Sie glaubte, dass es bedeuten sollte, den Anderen und dessen Gefühle zu beachten. Sie nahm sie vor, noch einmal genauer nachzulesen.

Um 16 Uhr klingelte das Telefon klingelte. „Hier Haupt, Entschuldigung- ich bin ganz in Eile und habe vergessen, zu fragen, wie es Ihnen geht."

„Bis jetzt normal."

„Prima, wir brauchen sie hier! Ich habe eben ein online-Antragsformular für einen VPN-Zugang für sie ausgefüllt. Den schicke ich Ihnen als pdf-file, denn sie müssen noch einige

Daten nachtragen. Also bis bald, ich hoffe sie hier bald wieder gesund und munter begrüßen zu können."

Trotz ihrer Abneigung gegen Formulare begann Frau Fatimi sofort ihren Teil des online-Antrags auszufüllen. Da Frau Dr. Haupt ihn schon verifiziert hatte, konnte sie ihn abschicken. Kaum eine Stunde später kam wieder eine vorformulierte Antwort:

Sehr geehrte/r Antragssteller/in/divers, zurzeit können keine neuen VPN-Zertifikate mehr vergeben werden, da aufgrund des besonders hohen Bedarfs wegen des Corona-Lockdown extrem viele Anträge gestellt worden sind. Daher ist unser Kontingent bei dem Software-Hersteller erschöpft. Dieser kann aufgrund der hohen Zahl von Anforderungen auch die Datensätze für neue Zertifizierungen nur verzögert liefern. Die Berliner Senatsverwaltung hat daher folgendes beschlossen: Die Anträge auf VPN-Zertifikate für Home-Office Tätigkeiten werden nach dem Datum der Antragstellung bearbeitet. Da dies einige Zeit dauern kann, bitten wir Mitarbeiter/in/divers, die voraussichtlich nur eine begrenzte Zeit im Home-Office arbeiten werden, z.B. während einer Quarantäne-Maßnahme, keine Anträge mehr zu stellen.

Abgehängt! Frau Fatimi war verzweifelt. Kein Kontakt mehr zum Amt, obwohl überall behauptet wurde, dass die Arbeit der Amtsärzte in der Corona-Krise von eminenter systemrelevanter Bedeutung sei. Sie fing an zu weinen. Wieder fiel ihr der Begriff Achtsamkeit ein. Als sie ihn das erste Mal gehört hatte, konnte sie nichts mit ihm anfangen. Jetzt ging ihr es wieder so...

Sie fühlte sich so unendlich einsam. Bange fragte sie sich, wie sie die lange Quarantänezeit allein durchstehen sollte. In der kleinen Wohnung ohne Balkon.

Abends kuckte sie in ihren Facebook-Account. Sie benutzte ihn nur selten. Aber so hatte sie wenigstens zu den wenigen Personen, die sie noch aus Syrien kannte, Kontakt. Viele ihrer Freunde oder Bekannten waren tot- in dem Bürgerkrieg umgekommen. Einige waren nach der Verschleppung durch den IS oder den Geheimdienst nie wieder aufgetaucht...

#

Harry Schaumann strahlte. Im Fernsehen lief ein alter Film mit ihm in der Hauptrolle. „Kuck mal, das bin ikke" rief er erfreut und klopfte Frau Fenn auf den Oberschenkel.

„Ist doch bloß eine Wiederholung. Zurzeit gibt es nur Wiederholungen im Fernsehen. So frisch siehst du jetzt nicht mehr aus". Sie strich ihm liebevoll über das Haar.

„Ich kann mich noch genau daran erinnern, wie wir den Film gedreht haben. Am Ende kommt die lange Kussszene mit Zoé Schlund. Die könnte wirklich gut küssen!"

„Du," kreischte Frau Fenn und bekam einen langanhaltenden Hustenanfall. Sie lief hochrot an und japste nach Luft. Harry Schaumann erinnerte dies an die fünf Frauen, die auch einige Zeit lang so heftig gehustet hatten. Danach ging es ihnen immer schlechter. Schließlich waren sie gestorben, obwohl er wirklich alles versucht hatte, sie zu retten.

Di 21.4.20

Gleich morgens fand Frau Rasch-Sucher auf ihrem Schreibtisch einen dicken Brief aus der Gerichtsmedizin. Darin fand sie ein Anschreiben von Dr. Fleischhacker betitelt: Zusatz. Sie stöhnte, die Landhaus-Fälle hatte sie gedanklich schon abgeschlossen. Was sollte da noch ein Zusatz? Sie las den Begleitbrief mit einer immer größer werdenden Mischung aus Missfallen und Erstaunen. Da war von drei weiteren Leichen die Rede. Wo kamen die denn jetzt her? Bisher waren sie nicht erwähnt worden.

Der Briefumschlag enthielt auch die drei Obduktionsberichte. Diese bestanden fast nur aus Vermutungen: „Soweit sich aus den Verletzungen an den gefundenen Skeletten Schlüsse ziehen lassen, waren diese, insbesondere die multiplen Rippenbrüche durch großen Druck auf den Thorax wie bei einer Druckstauung entstanden. Mögliche Ursachen sind Explosionen oder auch Zusammenpressung von vielen Menschen etc. (wie bei einer Massenpanik). Da nur drei Leichen gefunden seien, sei eine Explosion am wahrscheinlichsten. Auch der eingestürzte Kellergang spräche dafür. Der Zeitpunkt des Todes ließe sich nur abschätzen: vor über 50 Jahren. Da in dem Kellergang direkt neben den Skeletten ein Abzeichen mit dem Hakenkreuz-Symbol gefunden worden sei, sind die Toten vermutlich am Ende des 2. Weltkrieges umgekommen. Frau Meister vom Gesundheitsamt Marzahn hatte mir nach der Untersuchung der Leichen im Landhaus etwas über die Historie der psychiatrischen Klinik in Biesdorf erzählt. Sie ist kurz vor Kriegsende bombardiert worden. Als die Sowjets gekommen sind, haben sich etliche Pfleger suizidiert. Sie waren als überzeugte Nazis an dem Euthanasieprogramm T4 beteiligt gewesen. Möglicherweise waren die gefundenen Leichen die Überreste von Pflegern, die von den sowjetischen Truppen und/oder bei Bombenalarm fliehen wollten. Nach dem Krieg sind sie - wie vieles andere auch- einfach vergessen worden."

Im Nachsatz stand noch: „Ich wollte es aber nicht vergessen, Ihnen über die Befunde zu den drei zusätzlichen Leichen aus dem Landhaus zu berichten." Zyniker dachte Frau Rasch-Sucher. Immerhin hatte Dr. Fleischhacker nicht auch noch „trotz der Corona-Krise" angefügt. Dann hätte sie etwas Passendes geantwortet. Sie war ärgerlich, denn sie wollte den „Landhaus-Fall" zu den Akten legen- also „vergessen".

Sie überlegte, was die Zusatzinformationen des Gerichtsmediziners für ihre Arbeit zu bedeuten hatten. Nichts! beschloss sie immer noch leicht gereizt. Jetzt erst einmal einen guten Kaffee!

Als sie sich wieder vor den Bildschirm setzte, sah sie, dass in dem Briefumschlag noch ein Blatt steckte. „Was hat der denn noch?" stöhnte sie. Dr. Fleischhacker schrieb nur kurz: „Die Abstriche von den ersten sieben Landhaus-Leichen haben keinen sicheren Hinweis auf eine COVID-19- Infektion ergeben. Hierbei ist aber anzumerken, dass bisher keine fundierten wissenschaftlichen Erkenntnisse darüber vor-liegen, wie lange nach dem Tod bei Leichen der Corona-Virus noch nachweisbar ist. Toxikologie folgt!"

Hm, was heißt das denn jetzt für ihre Ermittlungen? Sie waren doch tot! Und Hinweise für einen unnatürlichen Tod lagen nicht vor. Also doch zu den Akten...

\#

Frau Fatimi wusste nicht so recht, was sie allein zuhause noch Sinnvolles tun konnte. Sie überlegte. Dann beschloss sie, um überhaupt etwas zu machen, dem Kriminalkommissar Fänger eine mail zu schreiben. Darin fragte sie ihn, ob er schon irgendwelche Informationen zu dem Verbleib von Herrn Schaumann hatte.

Abends sah sie im Fernsehen eine Sendung über geplante Missionen zum Mars. Amerikanische Multimilliardäre wie Elon Musk oder Jeff Bezos hatten dafür schon Unternehmen wie Spacex oder Blue Origin gegründet. Sie sollten Menschen zum Mars bringen. Auch China und Indien bereiteten solche Missionen vor. „So eine hirnrissige Idee," dachte sie erbost. „Dafür werden zig Milliarden buchstäblich in das Weltall geschossen. Auf der Erde gibt es genug Probleme. Um deren Lösung sollten sich die Superreichen kümmern."

„Oder wollen die, um das Überleben der Menschheit zu sichern, einige Menschen auf dem Mars in einer Corona-freien Zone auslagern? Outsourcen?! Outsourcing war in den letzten Jahren- auch im Bereich der Krankenhäuser- eine beliebte Unternehmensstrategie geworden. Außerdem haben einige der Superreichen oft Größenideen. Sie nennen sich dann visionär... Aber was ist mit der Mars-Mission, wenn einer der Passagiere mit Corona oder einem anderen neuen

Virus infiziert ist. Eine virusfreie Zone- eine schöne, aber unrealistische Vision."

#

Herr Schaumann saß auf seinem Lieblingsplatz: dem Sofa. Er zappte durch die vielen Fernsehprogramme. Endlich hatte er einen Film gefunden, der ihm bekannt vorkam. Nach ein paar Minuten erinnerte er sich, dass er plötzlich im zweiten Teil als der strahlende Held auftauchte und die schönste Frau für sich gewinnen konnte. Es war wieder Zoé Schlund. Er wartete sehnsüchtig auf die Kussszenen. Zoé war darin einfach Extraklasse. Er hatte die Szenen bewusst schlecht gespielt, um sie möglichst mehrmals wiederholen zu können. Zoés Schmollmund war nicht zu überbieten. Ein Traum. Ach, das waren noch Zeiten...

Traurig dachte er daran, dass es ihm nie gelungen war, Zoé für sich zu gewinnen. Sie war verheiratet. Und treu. Das war er nie gewesen. Sondern er hatte jede gute Gelegenheit - natürlich- genutzt.

Warum schnarchte die Frau neben ihm so erbärmlich? Sie hatte seine schönen Erinnerungen abrupt unterbrochen! Jetzt fiel ihm der Name wieder ein: Kerstin! Er lehnte sich gemütlich zurück. „Mein Gedächtnis ist doch nicht so schlecht," dachte er zufrieden.

Mi 22.4.20

Als Frau Statthalter morgens in ihr Büro kam und ihren PC anschaltete, sah sie auf ihrem Bildschirm, dass eine Anwältin ihr über ihr elektronisches Anwaltspostfach eine Mitteilung hatte zukommen lassen:

Sehr geehrte Frau Staatsanwältin, ich bitte um Akteneinsicht in die Ermittlungsakten über die Toten aus der Landhaus Wohnresidenz an der Wuhle. Zur Begründung: Ich bin von meiner Großtante Frau Todt als Generalbevollmächtigte über den Tod hinaus und auch als Vorsorgebevollmächtigte eingesetzt worden (s. Anlagen).
Lisa Richter
Fachanwältin für Betreuungsrecht und Medizinrecht
Osnabrücker Str. 32, 10589 Berlin

Frau Statthalter wies daraufhin Frau Rasch-Sucher an, mit der Rechtsanwältin einen Termin auszumachen. Die Kriminalbeamtin war zornig. „Kann man denn nicht die Toten endlich ruhen lassen!" Rechtanwälte waren ihr suspekt. Sie bedeuteten meist Mehrarbeit. Einige von ihnen liebten es offensichtlich, Dreck aufzuwühlen. Und andere ermunterten ihre Mandanten, bei den Vernehmungen zu mauern. Dadurch wurde die Ermittlungsarbeit sehr häufig erschwert.

Sie rief die Rechtsanwältin an, die sich sofort persönlich meldete. „Mir reicht erst einmal eine kurze Akteneinsicht. Ich kann zu Ihnen in die Keithstraße kommen. So ein Spaziergang in der frischen Luft in der Mittagspause ist in Zeiten des Corona-Lockdowns mal eine willkommene Abwechslung vom Home-Office. Und vielleicht kann ich ihnen auch noch ein paar nützliche Informationen geben. Wann kann ich denn mal bei

Ihnen vorbeikommen?" Klang freundlich- also machte Frau Rasch-Sucher einen Termin für den morgigen Tag aus.

\#

Dilara Fatimi sank erschöpft auf ihr Sofa. Jetzt hatte sie ihre kleine Wohnung zum zweiten Mal in einer Woche grundgereinigt. Frühjahrsputz. Was konnte sie jetzt noch tun? Durch die nun blitzsauberen Schlafzimmerfenster in den wegen der Trockenheit leicht staubigen Hinterhof starren? Oder durch das große Wohnzimmer den zurzeit geringen Straßenverkehr beobachten?

Im Hinterhof reparierte jemand ganz gemächlich sein Fahrrad. Sie glaubte zu hören, dass er Schlagermelodien pfiff. Der schien fröhlich zu sein. Ihre Stimmung dagegen war sehr gedrückt. Es gab auch nichts, was sie hätte aufheitern können. Sie sah auf die Straße. Die wenigen Passanten liefen hastig und in einem großen Bogen aneinander vorbei. Die Tische und Stühle des kleinen Cafés auf der gegenüberliegenden Straßenecke waren trotz des schönen Sonnenwetters aufgestapelt. Mit einer dicken Kette drum herum. Alles wirkte irgendwie verlassen...

Da es ihr nicht gelungen war, einen VPN-Zugang für sie zu bekommen, hatten die anderen Mitarbeiter im Gesundheitsamt keine Aufgaben für sie. Jedenfalls hatten sie sich nicht gemeldet. Sie hatte das Gefühl, dass sie einfach vergessen worden war.

\#

Harry Schaumann schaute auf die Uhr. 11 Uhr und Kerstin war immer noch nicht aufgestanden. Gestern Abend hatte sie über Kopfschmerzen und leichtes Fieber geklagt. Er entschloss sich, mal nachzuschauen. Mittlerweile fand er sich in der Wohnung gut zurecht. Im Kleiderschrank hingen noch die Klamotten von Kerstins Verstorbenem. Genau seine Größe. Nicht genau sein Geschmack, aber immerhin. Vielleicht könnte er nachher mal mit Kerstin einen kleinen Spaziergang machen. Er war, seitdem er hier war, nicht mehr an der frischen Luft gewesen. Er rüttelte sie, damit sie endlich wach wurde. Sie wehrte ihn ab und murmelte Unverständliches. Er begann, sich Sorgen um sie zu machen. Mit der Hand fühlte er an ihrer Stirn die Temperatur. Zu warm! Fieber!

Er überlegte. Allein spazieren zu gehen traute er sich noch nicht. Seine Orientierung reichte dazu wahrscheinlich nicht aus. Er wusste nicht einmal, wo er hier genau war. Vielleicht einfach nur einmal um den Block gehen? Wie ein Hund sein neues Revier markieren? Hatte er einmal einen Hund gehabt? Immer mehr Fragen. Aber keine Antworten! Er kam ins Grübeln. Am meisten beunruhigte ihn, dass er sich nicht mehr erinnern konnte, wie er hierher zu Kerstin gekommen war. Und warum?

Verzagt saß er auf dem Sofa. Wo hatte er gewohnt? Immer wieder kreisten seine Gedanken um diese fünf Frauen… Was war mit ihnen? Warum fünf? Das war wohl selbst für ihn als anerkanntem großem Liebhaber zu viel! War er das wirklich gewesen? Oder bildete er sich das nur ein? War es nur ein

Wunschtraum? „Ja, wer bin ich eigentlich? Hm, jetzt bin ich bei den Grundfragen der Menschheit. Aber Philosophieren war jetzt nicht angesagt, ich habe mich sowieso schon so oft verphilosophiert... Die Fragen aber bleiben: Woher komme ich? Wer bin ich? Und wohin will ich?"

„Spazierengehen ist kein Lebensziel!"

„Nach so langer Zeit indoor aber vielleicht ein wichtiger Schritt... Mal wieder outdoor! Wie sagte schon Neil Armstrong nach der Mondlandung: Ein kleiner Schritt für einen Menschen...Wie komme ich da jetzt nur drauf?... Jetzt fällt es mir wieder ein: Es gab einmal Reklame mit mir für Mode, die indoor-outdoor gleichermaßen gut kleiden sollte."

Er konnte keinen Gedanken zu Ende mehr bringen. Kaum war einer aufgetaucht, schon war er wieder weg. Nur flüchtige Gedanken schossen ihm durch das Gehirn. Erschreckt fragte er sich: „Waren die Gedanken auf der Flucht vor ihm? Was trieb sie an? Warum kriegte er sie nicht zu fassen? War er jetzt gedankenlos? Was war mit seinen Gedanken los?"

Total verängstigt versuchte er, sich zu sammeln. „Sich zu sammeln- ein furchtbarer Ausdruck. Also bin ich schon in meine Einzelteile zerfallen! Die muss ich wieder zusammenfügen." Er wartete. Worauf? Die zündende Idee? Gab es bei ihm schon lange nicht mehr. Er musste versuchen, die wenigen Gedanken, deren er noch habhaft werden konnte, festzuhalten.

„Also noch einmal- ganz langsam und von vorne: wer bin ich? Ich heiße Harry Schaumann! Nein!" Dumpf und bedrohlich bahnte sich ein Gedanke seinen Weg: „dies ist nicht mein richtiger Name! Ich habe meinen richtigen Namen vergessen!! Das ist mein Künstlername, mein Pseudonym. Ist hier nicht alles pseudo? Halt, die Gedanken drohen schon wieder, abzuschweifen und sich zu verflüchtigen. Also, mein Vater hieß Friedrich Wilhelm Korn. Passend, denn den trank er täglich. Flüssiges Korn!" Er verzog seinen Mund zu einem abschätzigen Grinsen. „Wieso kann ich mich jetzt daran erinnern? Dann heiße ich also auch Korn!" Er seufzte erleichtert. Er wusste jetzt endlich, wer er wirklich war: Heribert Korn.

Es beruhigte ihn, dass er es geschafft hatte, seine Gedanken etwas zu ordnen. Aber warum ging das bloß so schlecht? Es war ein Wirrwarr. War sein Gehirn schon porös geworden? So dass die Gedanken einfach versickern konnten? Und waren seine Erinnerungen einmal da gewesen, wo jetzt die Löcher sind? Waren sie darin verschwunden? Wer... Wer bin ikke...Wernicke! Immer wieder Wernicke! Dieser Begriff hatte sich in seinem Gehirn festgesetzt. Was bedeutete er? War es ein Name?

Viele Bilder tauchten in seinem Kopf auf. Eins kam immer wieder. Ein älterer Mann in einem weißen Kittel. Mit einer Nickelbrille. Sah seriös aus. Ein Arzt? Er redete ganz langsam und nachdrücklich auf ihn ein. Er konnte seine Worte aber trotzdem nicht richtig verstehen. Es war irgendwie eine unsichtbare Wand zwischen ihnen. Eine Schallmauer! Der Arzt sagte immer wieder das Gleiche: Sie haben eine Wernicke... Dann kam ein Wort, das konnte er nicht begreifen... War es eine Krankheit? Gab es eine Wernicke Krankheit? Er kannte nur eine, die Alzheimer Krankheit. Die hatte er- Gott sei Dank- nicht!

23.4.20

Frau Richter kam pünktlich. Sie wies sich kurz durch ihren Personalausweis aus. Dann legte sie der Kripobeamten die Generalvollmacht von Frau Todt vor. „Was wollen sie wissen?" begann diese das Gespräch.

„Na, halt das Übliche. Woran meine Großtante gestorben ist. Und ob sie vor ihrem Tod sehr leiden musste."

„Hm, dazu kann ich nichts sagen. Ich bin keine Ärztin. Ich könnte ihnen den Obduktionsbericht kopieren, falls Ihnen damit geholfen ist."

„Ja, bitte. Dann kann ich einen befreundeten Arzt fragen."

„Gern, was kann ich denn noch für Sie tun?"

„Nun, ich hatte schon vor Ostern an das Gesundheitsamt in Marzahn geschrieben. Das FAX müsste doch bei den Akten sein..."

Frau Rasch-Sucher schüttelte den Kopf. „Ich habe, bevor sie gekommen sind, noch einmal alle Unterlagen durchgesehen. Da war kein FAX dabei."

„Das ist gerade der Grund, weswegen ich hier bin. Ich glaube, dass das Gesundheitsamt sehr schlampig gearbeitet hat. Wahrscheinlich haben die dort mein FAX einfach vergessen. Die Amtsärztin war erst nach Ostern in dem Landhaus- trotz meiner dringenden Bitte. Sie hätte Leben retten können. Was sagt denn der Obduktionsbericht über den Todeszeitpunkt?" Ihre Stimme hatte jetzt jede Freundlichkeit verloren. Sie war schneidend scharf geworden. Wie beim Verhör eines gegnerischen Zeugen vor Gericht, dachte Frau Rasch-Sucher.

„Der Gerichtsmediziner hat sich da nicht genau festgelegt. Aber wahrscheinlich schon vor Ostern!"

„Na, das will ich mir mal genauer ansehen. Eine Krähe hackt ja bekanntlich einer anderen kein Auge aus. Das wird doch bewusst vage gehalten. Gesundheitsamt und Gerichtsmedizin sind doch beides staatliche Behörden. Die stecken also unter einer Decke. Ich hatte der Leiterin des Gesundheitsamts schon angekündigt, dass ich mir gegebenenfalls rechtliche Schritte vorbehalte. Jetzt muss ich eine unabhängige Obduktion erwägen."

„Hm, nachdem die Gerichtsmedizin die Leichen freigegeben hatte, sind sie wie alle COVID-19 Todesfälle sofort im Krematorium eingeäschert worden."

Frau Richter sprang auf. „Das ist eine Riesensauerei. Mich hat keiner gefragt, obwohl ich eine Generalvollmacht habe. In ihrer Patientenverfügung hat meine Großtante eindeutig festgelegt, dass sie in Biesdorf auf dem Kirchfriedhof beerdigt werden will." Sie schluchzte: „Ich konnte mich nicht einmal von meiner geliebten Tante würdig verabschieden... Das wird ein Nachspiel haben. Wer ist denn dafür verantwortlich?"

„Ich glaube, dass das war eine Anordnung von der Senatsgesundheitsverwaltung im Rahmen der Corona-Maßnahmen."

Frau Richter sagte schneidend: „Was heißt hier glauben? Sind sie nicht in der Lage, den Sachverhalt vernünftig zu ermitteln? Im Übrigen, Anordnungen von staatlichen Institutionen wie der Senatsverwaltung dürfen auch in der Corona-Krise keine Grundrechte verletzen. Gerade in diesen Zeiten ist es wichtig, dass die Grundregeln eines menschlichen Zusammenlebens aufrecht erhalten bleiben. Sonst gäbe es ein Chaos!"

„Aber es wusste niemand etwas von einer Patientenverfügung. Im Landhaus ist keine Kopie gefunden worden. Da waren überhaupt keine Unterlagen von ihrer Tante zu finden. Sie können bei der Friedhofsverwaltung nachfragen, ob die Einäscherung schon standgefunden hat. Die können ihnen Genaues sagen. Auf alle Fälle haben sie so die Beerdigungskosten gespart."

„Das ist ja unglaublich" sagte die Rechtsanwältin aufgebracht. „Meine Tante war vermögend. Sehr sogar." Es entstand eine lange Pause. Frau Richter schniefte. Dann puderte sie sich betont langsam die Nase.

„Hm, wer wird denn Erbe?"

„Eine Stiftung und ich. Ich habe meine Großtante in allen rechtlichen Dingen beraten. Auch das Testament haben wir gemeinsam ausgearbeitet."

„Sind sie denn auch Notarin?"

„Was soll diese anmaßende Frage. Ich kann meine Großtante auch so in Rechtsfragen beraten."

„Ja, wenn sie nicht dement war… Dann wäre es eine unzulässige Beeinflussung gewesen," sagte die Kripobeamte kühl. Sie hatte aufgrund ihrer langen Erfahrung mit Verhören längst gemerkt, dass die „coolness" der Rechtsanwältin nur Fassade war. „Mal sehen, was passiert, wenn sie aus der Reserve gelockt wird," dachte Frau Rasch-Sucher.

„Das ist doch die Höhe! Das ist eine unglaubliche Unterstellung! Ich werde mich bei ihren Vorgesetzten beschweren," schrie die Rechtsanwältin. „Schließlich habe ich Jura studiert und sie nicht!"

„Tja, jeder hat so seine Qualitäten." Die Kripobeamtin mimte eine Gelangweilte.

„So herablassend wie Sie mich hier behandeln…das wird noch ein Nachspiel haben. Sie sollten einfach zugeben, dass sie es vergessen haben, mich vor der Einäscherung zu informieren."

„War nicht meine Aufgabe."

„Ja, wessen denn dann? Einer muss doch dafür verantwortlich sein!" Die Stimme der Rechtsanwältin überschlug sich fast.

Wieder entstand eine lange Pause. „Vielleicht erzählen sie mir einfach etwas zu dem Leben ihrer Großtante. Damit ich mir ein Bild machen kann."

Frau Richter griff diese Gelegenheit gern auf, denn sie hatte selbst gemerkt, dass ihr Verhalten nicht adäquat war und sie sich dadurch in eine Art Abseits befördert hatte. „Also meine Großtante gehört zu der Generation Frauen, die nie verheiratet war, weil es nach dem 2. Weltkrieg wegen der vielen gefallenen Soldaten einen Männermangel in Deutschland gab. Sie hatte auch keine Kinder. Sie war die Schwester meines Großvaters. Sie war die einzige Erbin von meinem Urgroßvater. Mein Großvater ist aus der Kriegsgefangenschaft erst spät und völlig ausgezerrt zurückgekommen. Kurz nach der lange geplanten Heirat ist er plötzlich an Tuberkulose verstorben. Da war meine Mutter schon schwanger. Mein Urgroßvater hatte ein beträchtliches Immobilienvermögen. Einiges davon war im Krieg zerstört worden, aber auch der andere Teil nützte ihm nichts, denn er lag in Ost-Berlin. Er wurde dann von den Sowjets enteignet. Er ist- glaube ich- 1951 gestorben."

„Meine Großmutter ist zusammen mit meiner Großtante in Ost-Berlin geblieben. Sie haben zusammen in einer kleinen Wohnung mit dem Kind, äh meinem Vater, gewohnt... Na ja, ich will sie hier nicht langweilen. Also ganz kurz: Nach der Wende hat meine Großtante dann versucht, den enteigneten Immobilienbesitz zurück zu bekommen. Das ist ihr zunächst nicht gelungen, weil zu DDR-Zeiten etliche der Gebäude abgerissen worden sind. Als ich dann mein Jurastudium beendet hatte, habe ich mich in einer Kanzlei beworben, die auf solche Fälle spezialisiert war. Mit deren Hilfe ist es mir dann gelungen, einen angemessenen finanziellen Ausgleich für meine Großtante zu erstreiten und die verbliebenen Immobilien zurück zu bekommen."

„Und seit wann hat Ihre Großtante in der Landhaus Wohnresidenz gewohnt?"

„Die Wohnresidenz wurde 2013 eröffnet. Meine Großtante hatte von dem Immobilienunternehmen, das die Renovierungsarbeiten vorgenommen hat, Anteile an dem Landhaus erworben. Es gefiel ihr dann so gut, dass sie gleich bei Eröffnung eingezogen ist."

„Sind ihnen irgendwelchen schweren Erkrankungen bei ihrer Großtante bekannt?"

„Nein, also nur die üblichen: Altersdiabetes, Bluthochdruck- aber alles gut mit Medikamenten behandelbar. Soweit ich weiß, hatte sie einen Hausarzt, Herrn Dr. Hohm, zu dem ist sie regelmäßig einmal im Quartal gegangen. Gelegentlich war sie bei anderen Beschwerden auch als Privatpatientin in der Privatambulanz von einem der Chefärzte in der nahegelegenen Klinik."

„Wissen sie etwas über die anderen Bewohner?"

„Nur wenig, soweit ich weiß, waren die alle noch so fit, dass sie gemeinsam Ausflüge gemacht haben."

„Also dement war keiner der Bewohner?"

„Das kann ich nicht sicher beurteilen. Ich bin kein Neurologe. Jedenfalls hatte ich bei meinen Besuchen dort nicht den Eindruck."

„Haben sie denn irgendeine Erklärung dafür, was dort passiert ist?"

„Nein, aber das ist doch ihre Aufgabe, das zu ermitteln!" sagte die Rechtsanwältin zornig. „Ich habe den Eindruck, dass sie kein besonderes Interesse an den Ermittlungen haben. Bisher haben sie mir noch nichts über ihre Ermittlungsergebnisse berichtet. Was haben denn die Pflegekräfte ausgesagt?"

„Die einzige Pflegekraft, die wir kennen, eine Frau Petrowka ist tot. Gestorben an COVID-19! Wo die anderen Pflegerinnen sind, wissen wir nicht."

"Was?" fragte Frau Richter entrüstet. „Da waren doch mindestens 6 Pflegekräfte angestellt. Die können doch nicht einfach weg sein. Die kamen aus Russland oder Moldawien. Dahin kommt doch bei den aktuellen Reisebeschränkungen keiner mehr. Man kommt nur bis zur polnischen Grenze und nicht weiter. Die müssen also noch in Berlin sein. Aus ihrer Frage entnehme ich, dass sie bisher noch gar keine diesbezüglichen Anstrengungen unternommen haben…"

„Stimmt," musste die Kriminalkommissarin kleinlaut zugeben. „Wir haben überhaupt keine Angaben über die anderen Pflegekräfte. Im Büro des Rundum Sorglos Pflegedienstes ist telefonisch keiner erreichbar…"

„Was, Sie haben bisher nur telefoniert? Das ist ja unglaublich. Das nennen sie Ermittlungsarbeit?"

„Ja, in Zeiten des Corona-Lockdowns ist…"

„Eine unsinnige und völlig banale Ausrede!" unterbrach sie die Rechtsanwältin aufgebracht. „Es geht hier um Menschenleben. Ich werde alle rechtlichen Mittel ausschöpfen. Darauf können sie sich verlassen! Geben sie mir die Obduktionsbefunde. Die werde ich einem befreundeten Arzt zeigen!" Sie stand auf, um das Gespräch zu beenden. „Sie werden die Toten von der Landhaus Wohnresidenz nicht so schnell vergessen!"

„Die werden sie noch lange beschäftigen- dafür werde ich sorgen" drohte sie. Mit einer Kopie der Sektionsprotokolle in der Hand schloss sie betont geräuschvoll die Tür…

„Puh!," dachte die Kripobeamtin. „Das gibt noch Ärger!"

\#

Frau Fatimi saß vor ihrem Laptop. Sie starrte den Desktop mit den vielen bunten Icons von Apps an. Ihr fiel nichts mehr ein. Es gab nichts mehr von Interesse, was sie noch aus dem Internet hervorholen konnte… Um ihre Langeweile zu bekämpfen, hatte sie zunächst alle Nachrichten über Syrien angeschaut… Da gab es wenig Neues. Immer noch an verschiedenen Ecken Kämpfe zwischen irgendwelchen schwer bewaffneten Gruppen. Alle lehnten die Verantwortung dafür ab, dass die Kampfhandlungen immer wieder aufflammten. Wird das denn nie enden, fragte sie sich tieftraurig.

Dann kuckte sie, ob es etwas Neues zu Corona in Deutschland und Berlin gab. In den letzten Tagen hatte sie unzählige Studien, Prognosen, Experten podcasts usw. über Corona angeschaut. Das Internet war voll davon. Wirklich schlauer war sie jetzt trotzdem nicht. Fast täglich wurden neue mögliche gesundheitliche Folgen von COVID-19 beschrieben: Schäden an den Blutgefäßen, neurologische Komplikationen usw. Es gab sogar einige Berichte über bleibende Hirnschäden. Das alles hatte eine bedrohliche Dimension angenommen. Und die Pandemie wird sich in weiteren Ländern ausbreiten, noch viele werden daran sterben...

Diese Aussichten waren furchterregend.

Zufällig fand sie noch einen Artikel zu einer Pandemie 1889/1890, der sogenannten russischen Grippe, der sie elektrisierte. Sogar der deutsche Kaiser Wilhelm II. war daran erkrankt. Die beschriebenen Symptome waren weitgehend identisch mit denen bei COVID-19. Ein belgischer Virologe hatte auch einige Hinweise dafür gefunden, dass die Pandemie damals nicht durch einen Influenza-Virus, sondern durch den Rinder-Corona-Virus HCoV-OC43 verursacht worden sein könnte.

Bisher waren alle, insbesondere die Regierungen und deren Berater, davon ausgegangen, dass das Corona-Virus jetzt so gefährlich sei, weil es neu sei und die Menschheit noch keiner derartigen Bedrohung durch einen Corona-Virus ausgesetzt gewesen sei... Vielleicht hatten sie die russische Grippe 1889/90 auch bei ihren Betrachtungen einfach vergessen.

Sichere Beweise dafür, dass die russische Grippe mit mehr als einer Million Toten von dem Rinder-Corona-Virus verursacht worden war, fehlten aber. Wie auch immer, bei der Pandemie 1889/90 war die zweite Welle schrecklicher als die erste. Frau Fatimi spürte, wie die Angst vor einer zweiten Welle sich ihrer langsam, aber unaufhaltsam bemächtigte.

\#

Heribert Korn, wie er sich jetzt selbst nannte, schaute abschätzig auf die Frau, die neben ihm lag. Ob er gestern Abend Geschlechtsverkehr mit ihr hatte? Er erinnerte sich nicht mehr. Dann kann es gegebenenfalls nicht so toll gewesen sein... Sie ließ sich auch durch Rütteln nicht erwecken. "Dann mach ich eben allein einen Rundgang". Das hatte er sich fest vorgenommen. Er war ganz stolz auf sich, dass er sich an diesen Plan noch erinnern konnte.

An der Litfaßsäule vor dem Haus hing ein Plakat für das Osteroratorium von Bach. Aha, es ist also kurz vor Ostern dachte er. „Dafür ist es ganz schön warm und sonnig. Das hebt gleich die Stimmung. Dann mache ich jetzt meinen Osterspaziergang" dachte er laut. Fast keine Menschen auf der Straße. Dabei zeigte die Kirchturmuhr am Ende der Straße: 11:45. Ihm fiel wieder der ältere Arzt ein. Bei ihm sollte er eine Uhr auf ein Blatt malen. Das konnte er. Er war beruhigt. Er konnte die Uhr auch noch entziffern.

Gut gelaunt, ging er immer weiter. "Körperlich bin noch fit," dachte er mit Stolz. Nach einer Weile beschloss er zurückzugehen. Er drehte sich um. „Wo bin ich hergekommen?" Er überlegte lange, dann ging er immer geradeaus zurück bis zu der Litfaßsäule. Geschafft!

Fr 24.4.20

Frau Statthalter sah missmutig auf ihren Schreibtisch. Dort lag schon wieder ein FAX. Sie konnte sich denken, wer es geschickt hatte. Frau Rasch-Sucher hatte sie gestern gleich nach ihrem Gespräch mit der Rechtsanwältin Richter informiert. Erstaunt las sie den Briefkopf: Dr. Tobias Winkelhuber. Wer war das denn? Sie schaute schnell in die Kopie der Akte, die sich gestern Abend schon griffbereit herausgelegt hatte, in der Erwartung eines wütenden Anrufs der Rechtsanwältin. Aha, auch ein Rechtsanwalt. Er war ebenfalls ein- wenn auch entfernter- Verwandter eines der Verstorbenen aus der Landhaus Wohnresidenz. Na, mal sehen, was er will...

Er beschwerte sich über die Einäscherung seines Großonkels ohne seine Einwilligung. Er sei im Besitz einer Generalvollmacht (s. Anlage). Das sei wohl vergessen worden. Er verlange eine sofortige und umfassende Aufklärung der ungeheuerlichen Vorgänge in dem Landhaus. Dazu benötige er umgehend den Obduktionsbefund der Gerichtsmedizin. Diesen wolle er mit einem befreundeten Arzt besprechen.

Um seiner Forderung Nachdruck zu verleihen, erstattete er Anzeige gegen das Gesundheitsamt Marzahn wegen Verletzung der Aufsichtspflicht gemäß §13 Gesundheitsdienst-Gesetz – GDG Berlin sowie Anzeige gegen den Pflegedienst

Rundum Sorglos sowie gegen Unbekannt (die in dem Pflegedienst Tätigen) wegen unterlassener Hilfeleistung gemäß StGB §323c resp. fahrlässiger Tötung gemäß StGB §222.

So, damit war es offiziell. Sie musste jetzt ein Verfahren eröffnen und dem Rechtsanwalt Dr. Winkelhuber die Ermittlungsergebnisse mitteilen.

#

Heribert Korn machte wieder allein einen Spaziergang. War er noch in Berlin? Wieso hatte er Zweifel? Die Straßen waren so leer. Es war wieder Mittagszeit. Aber die Häuser hatten viele Geschosse. Also war er in einer großen Stadt. Das kannte er nur aus Berlin. Warum waren aber kaum Menschen auf der Straße? In dem Park war auf dem weitläufigen Spielplatz kein Kind! Der Platz war mit rot-weißen Plastikband abgesperrt. Was war hier los?

Vor langer Zeit hatte er so etwas schon einmal gesehen. Wann war das? Lange her. Er kramte in seinem Gedächtnis…Damals durfte er seinen Sohn Edgar nicht auf den Spielplatz lassen. Erstaunt stellte er fest, dass er wahrscheinlich Vater eines Sohnes war. Er hatte nur noch eine schemenhafte Erinnerung an ihn. Was war geschehen? Nach langem Nachdenken nahm er an, dass er schon vor sehr langer Zeit von der Mutter von Edgar geschieden worden war. Sicher war er sich aber nicht.

Damals war nicht nur der Spielplatz, sondern alles radioaktiv verseucht. In der Ukraine war ein Atomkraftwerk explodiert.

Man sah nichts. Trotzdem soll es lebensgefährlich gewesen sein. Er hatte es geschafft zu überleben. Was war jetzt passiert- wieder alles verseucht? Womit? Es war nichts zu sehen. Die meisten Bäume im Park und am Straßenrand waren gerade ausgeschlagen. Das Grün sah frisch aus...

Er wollte jemanden fragen. Der erste, den er ansprach, machte nur eine abwehrende Geste. Der zweite lief einfach weiter. Unhöflich! dachte er. Er lief die Straße entlang an der Kirche vorbei. Da kam eine ältere Frau mit einer schweren Einkaufstasche. Als er sie angesprochen hatte, blieb sie stehen und stellte die Tasche ab. „Na, kucken Sie kein Fernsehen? Oder lesen Zeitung? Das ist alles wegen Corona!"

„Wer ist das denn?"

„Na, das ist ein neuartiger Virus!" Sie stöhnte. „Ich kaufe deswegen nur noch alle 14 Tage ein."

„Och, kein Problem. Ich helfe Ihnen gern beim Tragen." Schon hatte er die Einkaufstasche mit der Aufschrift: *Wir sind für Sie da! Bleiben Sie gesund* in der Hand. Auf seine Frage nach einem Supermarkt deutete die Frau mit der Hand in die Richtung einer Querstraße. Das musste er sich unbedingt merken. Ein Gespräch kam trotz vieler Versuche von ihm nicht zustande, auch weil die Frau mit einigem Abstand hinter ihm ging. Er ging langsamer. Trotzdem kam sie nicht näher.

„Wir sind da." Er hüstelte, so wie er es im Film immer gemacht hatte, wenn er anfing zu flirten. Aber die Frau wich erschreckt zurück. „Die Treppe schaffe ich allein. Vielen Dank." Und schon war die Haustür zu.

„Corona macht die Menschen komisch" dachte er.

\#

Da sie auf ihre Anfrage vor drei Tagen noch keine Antwort erhalten hatte, versuchte Frau Fatimi Herrn Fänger telefonisch zu erreichen. Dies gelang ihr endlich nach mehreren Versuchen. Aber irgendwelche Erkenntnisse über Harry Schaumann lagen nicht vor. Nach dem Telefonat hatte sie den Eindruck, dass Herr Fänger nicht nach dem Verschwundenen gesucht hatte. Wahrscheinlich hatte er den Fall einfach vergessen.

Frau Fatimi überlegte. Was ist nun, wenn Herr Schaumann mit Corona infiziert ist und in den letzten Tagen durch Berlin gegeistert ist. Er könnte, da er keinen festen Wohnsitz mehr hatte, als Superspreader viele mit dem Virus angesteckt haben. Vielleicht hatte er auch versucht, wieder in das Landhaus zurückzukehren. Sie nahm sich vor, am Montag noch einmal bei der Polizei nachzuhaken und zu fragen, ob sie dort im Umkreis gesucht hatten. Möglicherweise lag er in der Gegend irgendwo tot im Gebüsch.

Als Amtsärztin dachte sie natürlich vor allem an den „worst case"; daran, dass Herr Schaumann als Superspreader unterwegs war. Könnte man ihn -wenn es tatsächlich so war- später zur Rechenschaft ziehen? Wohl kaum, denn er hatte keine Kenntnis über seine Infektion. War er dann überhaupt verantwortlich zu machen, wenn er andere angesteckt hatte? Er stand nicht unter Quarantäne. War sie verantwortlich, wenn Harry Schaumann- wie sie befürchtete- ein Superspreader war und viele ansteckte? Ihr wurde ganz schwindelig bei diesem Gedanken. Sie versuchte sich beruhigen. Sie hatte alles Mögliche getan. Aber was war aus der Quarantäne heraus schon möglich?

„Ich weiß, dass ich infektiös bin! Gefährlich für Andere!" Sie überlegte, wie sie sich fühlen würde, wenn sie selbst jemanden angesteckt hätte. Mit einer möglicherweise tödlichen Erkrankung. Schrecklich. Nicht auszudenken. Sie würde sich unendlich schuldig fühlen...

Sie fühlte sich verantwortlich gegenüber ihren Mitmenschen. Krampfhaft versuchte sie daher zu rekonstruieren, was sie die letzten Tage gemacht hatte. Infiziert hatte sie sich mit sehr großer Wahrscheinlichkeit bei Frau Petrowka am 14.4. bei der ersten Begehung der Landhaus Wohnresidenz. Sie hatten keine Schutzanzüge gehabt. Sie waren überhaupt nicht darauf vorbereitet gewesen, was sie erwartet. Sie waren einfach leichtfertig in das Landhaus eingedrungen. Sie hatte durch die ungenügenden Vorbereitungen auch die anderen- Frau Meister und die beiden Polizistinnen hochgradig gefährdet. War sie dafür verantwortlich? Sie fühlte sich ganz elend und völlig verunsichert.

Während der Bürgerkriegszeit In Syrien hatte sie sich immer viel vorsichtiger verhalten und versucht sich und andere zu schützen. Bevor sie das Haus verließ, hatte sie alle möglichen Gefahren bedacht. Draußen war sie stets aufmerksam gewesen. Oder hieß das im Deutschen achtsam? Aufmerksamkeit? Achtsamkeit? Was war richtig? Sie war plötzlich total verunsichert. Dabei hatte sie ihren letzten Deutschkursus für das höchste Goethe-Institut-Zertifikat mit dem Prädikat ausgezeichnet abgeschlossen...

Als sie wieder etwas gefangen hatte, versuchte sie sich zu vergegenwärtigen, wen sie seit dem 14.4. getroffen hatte und mit wem sie einen längeren Kontakt hatte. Als Amtsärztin wusste sie, dass man versuchen musste, alle möglichen Kontakte ausfindig zu machen. Jetzt merkte sie, wie schwer es war, sich an alle zu erinnern. Sie schrieb alle Namen auf eine Liste. Ja, und was jetzt? Eigentlich hätten schon längst alle Kontaktpersonen von ihr in Quarantäne geschickt werden müssen. Oder zumindest auf Corona getestet werden müssen. Warum hat keiner vom Gesundheitsamt angerufen und bei ihr nachgefragt? Sollte sie das allein organisieren? Haben die im Gesundheitsamt dies von ihr erwartet? Wer ist denn letztendlich dafür verantwortlich?

Sie überlegte hin und her. Mittlerweile war es 18 Uhr. Sie hatte nur die dienstlichen Telefonnummern von den Personen, die sie unbedingt benachrichtigen musste! Sie war verzweifelt und hilflos. „Was ist, wenn ich jemanden angesteckt habe und der jetzt weitere infiziert? Ein grauenvoller Gedanke! Was ist, wenn einer von denen stirbt?" Diese Gedanken ließen sie nicht wieder los. Sie hatten sie übermannt. „Übermannt- dieser deutsche Ausdruck trifft es vollkommen. Dieser Gedanke ist in mich eingedrungen wie ein Vergewaltiger. Die Angst und der Schmerz bleiben... für immer!"

Sie weinte...Bisher hatte sie es mit Hilfe einer Traumatherapie geschafft, die schrecklichen Ereignisse in Aleppo für längere

Zeit zu verdrängen. Jetzt waren sie wieder da. Auch die versuchte Vergewaltigung durch einen Milizionär!

Sie weinte…Frau Fatimi hatte sich noch nie so einsam und hilflos gefühlt. Hinausgehen aus ihrer Wohnung durfte sie auch nicht. Denn sie war eine Gefahr für Andere…

Die ganze Nacht kam sie nicht zur Ruhe.

Sa 25.4.20

An Schlaf war nicht zu denken gewesen. Immer noch beschäftigte sie der Gedanke, dass sie Andere mit Corona angesteckt haben könnte. Und jetzt nichts tun konnte. „Ich bin nicht gefährdet, sondern eine Gefährderin!" Für sie ein völliger neuer, schrecklicher Gedanke. Im Bürgerkrieg war sie immer nur gefährdet, manchmal auch Opfer gewesen…

„Was haben diejenigen empfunden, die mich zu ihrem Opfer gemacht haben?" fragte sie sich. In ihrer augenblicklichen Situation fühlte sie sich einfach nur noch mies. Sie war in einer miserablen Verfassung- psychisch und körperlich. „Ich muss sofort meinen Corona-Check-up machen!" Sie versuchte aufzustehen. Ihr wurde schwindelig. Ihr Bett sah völlig zerwühlt aus.

37,5°! Starke Kopfschmerzen! Ein Ziehen im Nacken. Und das Kratzen im Hals ist stärker geworden. „Wenn ich jetzt auch noch krank werde."

Sie lag im Bad auf dem Fußboden. Wie war sie dorthin gekommen? Mühsam rappelte sie sich hoch. Da lag noch das

Fieberthermometer. „Wieder hinlegen." Sie schlief bis zum Nachmittag.

\#

Heribert Korn bemühte sich in der Küche, etwas zu kochen. Kerstin hatte gesagt, sie sei zu schwach dazu. Er solle sich nicht nur bedienen lassen, sondern gefälligst auch selbst etwas zu dem gemeinsamen Wohl beitragen. Er konnte nicht kochen. Das wusste er von früher. Überhaupt hatte er den Eindruck, dass er sich an alte Sachen besser erinnern konnte als an neue. Er versuchte es mit Nudeln, die er im Küchenschrank gefunden hatte. In Kühlschrank waren noch drei Eier und ein Stück Salami. Also würde er ein Omelett mit Salami und Nudeln machen. Mehr konnte er auch nicht. Wenn es Kerstin morgen noch nicht besser ging, musste er eben etwas einkaufen…

So 26.4.20

Heute war Sonntag. Frau Fatimi musste sich eingestehen, dass sie heute gar nichts tun konnte. Im Gesundheitsamt gab es nur einen Bereitschaftsdienst. Dessen Telefonnummer kannte sie nicht. Also bat sie auf dem Anrufbeantworter um Rückruf.

„Jetzt kann ich mal etwas Kreatives machen. Zeit dazu habe ich jetzt zu Genüge." Auch nach einigem Grübeln fiel ihr aber nichts ein. Sie ärgerte sich, dass nicht irgendwann einmal eins der vielen Bücher über Kreativitätstraining gekauft hatte. Aber beim Durchblättern in der Buchhandlung hatte sie diese

Bücher genau wie die zum Thema Selbstverwirklichung oder Selbstoptimierung wenig inspirierend gefunden.

„Kreativität muss von innen herauskommen. Aus eigenen Ideen! Das ist wie mit dem eigenen Willen. Das kann nicht von außen kommen. Und schon gar nicht kann man sich das anlesen," dachte sie traurig. Ihr fiel hierzu eine Vorlesung über Rechtsfragen wie freie Willensbildung und Betreuung in dem Fortbildungsseminar in Düsseldorf ein.

Sie hatte schon alle Bücher in ihrem Regal, die sie bisher noch nicht gelesen hatte, durchgelesen. Sie ärgerte sich, dass sie vor einigen Wochen nicht das Buch 99 Logeleien von Zweistein gekauft hatte, das sie in einem Antiquariat entdeckt hatte. Da hätte sie jetzt sicher etwas zu tun. Damals hatte sie aber bei einem Blick in das Buch den Eindruck, dass ihr Deutsch für diese diffizilen Knobeleien nicht ausreichen könnte. Jetzt hätte sie genügend Zeit, sich in die Logeleien hineinzudenken. Die Rätsel „Um die Ecke gedacht" auf Zeit-online hatte sie schon durchgearbeitet. Außer Lesen fiel ihr zurzeit nur noch Fernsehen und Internet ein. Irgendwie befand sich ihre Kreativität auch in Quarantäne.

Frustriert drückte sie den „clean"-Knopf ihres Roboter-Staubsaugers, setzte sich auf das Sofa und schaute dem Staubsauger lange zu, wie er hin und her und quer mit einem leisen Surren seinen Bahnen zog. Das Zuschauen hatte fast etwas Hypnotisches. Sie wurde immer müder. Vielleicht war dies auch der Zustand, der in letzter Zeit überall als tiefenentspannt bezeichnet wurde. Möglicherweise verstand sie den deutschen Begriff auch nicht richtig. Sie würde den Zustand, in dem sich befand, als gelangweilt bezeichnen.

Der Staubsauger hoppelte über die Teppichkante. Dann verkroch er sich unter dem Schrank. Das Surren wurde stärker, dann kam er wieder hervor und fuhr weiter auf und ab. Ohne Vorzeichen bog er dann rechtwinklig ab, obwohl dort kein Hindernis stand. Nachdem sie die Bahnen lange angeschaut hatte, stellte sie fest, dass diese den Fährten bei der Nachverfolgung der Kontaktpersonen von Corona-Infizierten ähnelten. Auch die war nur zu einem kleinen Teil gradlinig.

Ihr fiel noch ein Vergleich ein: Bei der Nachverfolgung musste man auch alle möglichen Informationen aufsaugen. Und systematisch alles abgrasen, um keine potentiell Infizierten zu vergessen.

Im Fernsehen wurde abends wieder über Demonstrationen in Berlin berichtet. Unter anderem hatten sich mehrere Hundert Menschen zu einer sogenannten "Hygiene-Demo" nahe dem Alexanderplatz versammelt. Die Polizei war nach eigenen Angaben mit einem Großaufgebot im Einsatz, da die Demonstration zwar angekündigt, aber wegen der Corona-Schutzverordnungen nicht genehmigt worden war. Der Reporter sagte, dass vor allem die Abstandsregeln nicht eingehalten worden seien. Unter den Teilnehmern der Demonstration befänden sich viele Verschwörungstheoretiker, die nicht an die Corona-Gefahr glaubten. Er betonte, dass es falsch sei, die Pandemie herunterzuspielen und damit andere in Gefahr zu bringen. Man solle sich seiner

Verantwortung Anderen gegenüber, speziell älteren Mitmenschen bewusst sein.

Frau Fatimi befürchtete, dass ein Ende der Corona-Pandemie trotz einer langsam rückläufigen Anzahl der Neuinfizierten in Berlin noch nicht absehen ist. „Falls viele sich so unvernünftig verhalten, bleibt noch eine Menge Arbeit für mich, wenn ich übernächste Woche wieder im Gesundheitsamt bin," dachte sie. Dann hatte sie plötzlich eine Idee: statt Tränengas- wie sie es schon in Aleppo bei Demonstrationen erlebt hatte- könnte man ja vielleicht einen Duft verspüren, der abstoßend roch. Dann würden alle automatisch Abstand halten, auch bei Demonstrationen. Da sie nichts anderes zu tun hatte, ging sie noch einige Zeit dieser Idee nach. Dann kam ihr die zündende Idee: es müsste ein Anti-Pheromon sein. Also nicht ein Stoff, der unwiderstehlich macht, so dass man sich automatisch zu dem anderen Menschen hingezogen fühlt, sondern das Gegenteil. Sie googelte sich durch zig Dateien und fand endlich auch einen entsprechenden Eintrag. So etwas gab es zu kaufen. Aber nur für Bettwanzen...

\#

Kerstin Fenn ging es weiterhin schlecht. Sie hustete viel. Leichtes Fieber hatte sie auch. Sie klagte immer häufiger, dass sie kaum Luft bekam. Heribert Korn half ihr die Kissen so aufzuschichten, dass sie mit erhöhtem Oberkörper im Bett liegen konnte. Als er ihr Kaffee ans Bett gebracht hatte, verschluckte sie sich beim Trinken und hustete unentwegt. Zum Schluss war nur noch ein Japsen zu hören. Genauso wie bei den beiden dicken Frauen im Landhaus.

Im Landhaus? War er doch nicht in Berlin? Oder hatte er außerhalb gewohnt? Er grübelte. Früher hatte er in einem großen, flachen Haus mit versenkbaren Fenstern und mit einem großen Garten gewohnt. Direkt am Grundstück war ein See. An dem Steg lag ein schnittiges Motorboot. Hm, war das nun nur im Film? Oder war dies sein wirkliches Zuhause gewesen? Er wusste keine Antwort…

Als er sich etwas zu trinken holen wollte, stellte es fest, dass der Kühlschrank fast leer war. Er müsste wohl oder übel einkaufen gehen. Geld? Ja, er hatte doch eine Brieftasche in der Innentasche seines Jacketts gehabt, als er vom Landhaus losgefahren war. Wo war der Anzug jetzt? Er hatte Klamotten an, die nicht ihm gehörten. Bisher hatte ihn das nicht sonderlich gestört, denn beim Film bekam er die Requisiten auch immer gestellt. Aber jetzt? Fremde Klamotten! Da fiel ihm ein, dass Kerstin gesagt hatte, er sei verdreckt hier angekommen. Vielleicht hatte sie seine Sachen gewaschen. Er ging ins Bad, wo die Waschmaschine stand. In dem Wäschekorb daneben fand er sein verdrecktes Jackett. Die Brieftasche steckte noch. Und Geld war auch drin!

Was wollte er eigentlich? Ach so, einkaufen. Dann konnte er jetzt losgehen. Aber wo war ein Laden? Er konnte sich nicht mehr erinnern, bei seinen Spaziergängen einen gesehen zu haben. Er fragte Kerstin. Aber sie gab keine verständliche Antwort, sondern stöhnte nur. Als er vor der Haustür stand, war fast kein Mensch zu sehen, obwohl schönster Sonnenschein war. Er marschierte los. Endlich traf er jemand. Auf seine Frage nach einem Supermarkt, deutete dieser nur kurz in die Richtung der Straße und beeilte sich, weiter zu gehen. „Corona macht auch sprachlos," dachte Heribert Korn irritiert. Nach ein paar Minuten hatte er den Laden gefunden. Er war geschlossen.

Am Eingang klebte ein Schild: *Wir sind weiter für Sie da.* „Stimmt gar nicht!!" dachte er frustriert. Da hingen noch mehr Schilder. Er betrachtete sie eingehend. Was war hier los? Er las: *Bleiben Sie zu Hause, ist gesund!* „Corona macht die Menschen wirklich komisch!!"

Maskenpflicht! Hände desinfizieren! Nur mit Korb einkaufen! Er war überfordert. Das passte irgendwie nicht zusammen. Ihm fielen - wie so häufig, wenn er nicht mehr weiter wusste - Filme ein, in denen er mitgewirkt hatte. Mitunter konnte er aus deren Handlung ableiten, wie er sich in ungewohnten Situationen verhalten konnte. Die Kriminalfilme waren besonders erfolgreich gewesen. Darin hatte er meist den Starken gespielt, der wusste, was zu tun ist. Jetzt aber war er ratlos. „Wenn ich einkaufen will, brauche ich doch keine Maske. Ich will doch keinen überfallen. Desinfizieren? Wenn man klaut, sollte man keine Fingerabdrücke hinterlassen. So viel war klar. Aber half da desinfizieren? Und wozu brauchte man einen Korb? Schnell einstecken und dann weg... So war es zumindest in den Filmen gewesen. Aber was war hier jetzt los? Auch wieder Corona? Die ist ja überall!"

Er stand da und grübelte. Sein Gedächtnis war schlecht. Gleichwohl hatte er den Eindruck, dass es in den letzten Tagen wieder etwas besser geworden war. „Aber was war davor gewesen? Wie war er in die Wohnung von Kerstin gekommen? Mit einem Taxi!? So könnte es gewesen sein. Seinen Führerschein hatte er in seinem Leben schon mehrfach abgeben müssen. Und sein letztes Auto, ein weißes Mercedes Cabrio auch. Also blieb nur ein Taxi… Öffentliche Verkehrsmittel hatte er immer gemieden. Dort war er oft erkannt und angesprochen worden. Meist in nicht nüchternem Zustand. Peinlich."

„Alkohol? Früher hatte er viel getrunken. Aber wie war das jetzt gewesen? War er Taxi gefahren, weil er nicht mehr nüchtern war? Aber warum dann hierher? Und wo hatte er Alkohol getrunken? Im Landhaus? Was war vor der Taxifahrt? So sehr er sein Gehirn auch zermarterte, es fiel nicht ein. Filmriss!"

Das kannte er. „Ich habe schon viele Filmrisse gehabt," dachte er niedergeschlagen.

Nachdem er eine Weile ratlos vor dem Supermarkt gestanden hatte, fiel ihm wieder ein, was er hier gewollt hatte. Etwas zu essen einkaufen. „Wo bekomme ich jetzt Lebensmittel?" Unverrichteter Dinge und mürrisch ging er zurück. Auf dem Weg erinnerte er sich, dass die Läden sonntags geschlossen hatten. Welcher Wochentag war, hatte er vergessen. „Vielleicht ist heute Sonntag."

Zurück holte er alles, was noch im Tiefkühlfach war, heraus. Vor ihm auf dem Tisch lagen je eine Packung: Pikante Fischstäbchen, Rotkohl und Knödel sowie Croissants zum Aufbacken. Das gibt eine ganz neue Kreation! Aber ein Zwei-Sternekoch hatte einmal gesagt: Nur durch Experimentieren entstehen neue Rezepte. Also alles außer den Croissants auftauen...

Beim Kosten erwiesen sich die kombinierten Tiefkühlprodukte aber als Härtetest für die Geschmacksnerven. Als Kind hatte er, weil seine Eltern alles essen müssen. „Hier wird gegessen, was auf den Tisch kommt," hatte sein Vater ihn immer angebrüllt, wenn er sich getraut hatte, einen Kommentar zum Essen abzugeben. Er sah das hochrote, aufgedunsene Gesicht seines Vaters plötzlich vor sich.

Kerstin Fenn war zum Mittagessen aufgestanden. Aber schon nach wenigen Bissen begann sie zu würgen. Sie hustete langanhaltend. Der Kopf war hochrot. Die Augen stachen hervor und glotzen ihn an. Schließlich erbrach sie die wenigen Bissen wieder auf den Teller.

Er half ihr aufzustehen. Dann begleitete er sie zum Bett zurück. Ihr war immer noch übel.

Abends hatte Heribert Korn beim Durchzappen eine Sendung im Fernsehen erwischt, in der sechs Personen, die auffällig weit auseinander saßen, sich heftig stritten. Da war ständig von Abstandhalten, Aerosol, Beatmung, Corona und r-Faktor die Rede. Er verstand den Sinn des Streites überhaupt nicht. „Total uninteressant", dachte er. Daher zappte er weiter. Heute fand er aber keinen alten Spielfilm mit Harry Schaumann. Er zappte immer weiter. Bis er merkte, dass er die Programme alle schon mehrmals kurz angeklickt hatte.

27.4.20

Wie jeden Morgen in den letzten Wochen prüfte Frau Statthalter schon früh an ihrem heimischen Laptop, ob ihr VPN-Zugang funktionierte. Heute endlich klappte es und sie konnte eine Verbindung zum hoch gesicherten Netzwerk der Staatsanwaltschaft herstellen.

Die Freude war aber sehr schnell vergangen, als die erste Mitteilung in ihrem Postfach las. Wieder etwas von dem Münchner Rechtsanwalt Dr. Winkelhuber!

Er erstattete bei der Staatsanwaltschaft beim Landgericht Berlin jetzt auch noch Anzeige wegen Mordes gegen das Pflegepersonal der Landhaus Wohnresidenz an der Wuhle.

„Starker Tobak," dachte die Staatsanwältin und las weiter:

„Zur Begründung: Bei der Obduktion dreier Leichen wurde von Seiten des Gerichtsmediziners Dr. Fleischhacker ein sogenanntes „Burking" nicht ausgeschlossen. Hierbei handelt es um eine sehr subtile Mordmethode. Zu Tötungen durch das Pflegepersonal ist es in der Vergangenheit auch in Deutschland mehrfach gekommen (z.B. Delmenhorst/ Oldenburg oder in der Charité). Bedauerlicherweise wurden in diesen bekannt gewordenen Fällen die Morde erst sehr spät entdeckt. Experten gehen von einer erheblichen Anzahl nicht erkannter Fälle aus.

Auch ist auffällig, dass nach den Obduktionsberichten der Todeszeitpunkt von allen sieben Verstorbenen etwa gleich ist. Bei einer Infektion, z.B. mit dem Corona-Virus wäre zu erwarten gewesen, dass die Bewohner im Landhaus sich sukzessiv angesteckt hätten und folglich nicht gleichzeitig gestorben wären.

Da das Pflegepersonal- soweit mir bekannt ist- bisher nicht dingfest gemacht werden konnte, ist von einer Flucht bzw. einer hohen Fluchtgefahr auszugehen."

„Puh," dachte die Staatsanwältin. „Das gibt noch viel Ärger. Der Rechtsanwalt macht bestimmt noch eine große Welle. Da brauche ich erst einmal einen beruhigenden Tee".

Nach dem Tee schaute sie schnell im Internet nach, was mit „Burking" gemeint war. Der Begriff war ihr unbekannt. Dort fand sie eine kurze Beschreibung: Burking ist eine spezielle Form des Tötens durch Ersticken. Der Begriff geht zurück auf William Burke, einen Serienmörder aus Edinburgh, der in den Jahren 1827 und 1828 die sogenannte West-Port-Mordserie begangen hat. Burke hielt dabei den mindestens 16 Opfern Mund und Nase zu, während er rittlings auf ihrem Brustkorb saß. Der Tod trat dann durch einen Atemstillstand ein. Dabei kam es nur zu geringen Anzeichen eines gewaltsamen Todes. Das Motiv von Burke war rein finanzieller Natur. Die Leichen der getöteten Opfer hat er an das Anatomie-Institut des Edinburgh Medical College verkauft. Er wurde wegen mehrfachen Mordes verurteilt und öffentlich gehängt. Anschließend wurde sein Leichnam in der Anatomie der University of Edinburgh seziert. Sein Skelett befindet sich noch heute in deren Museum.

Frau Statthalter schluckte. „Eine Gruselstory." Dann hatten die Vorwürfe des Rechtsanwalts also durchaus einen realen Hintergrund. Sie beschloss sofort, Herrn Dr. Fleischhacker anzurufen und nach den genauen Befunden bei der Obduktion zu fragen. Sie versuchte es mehrfach, aber er meldete sich nicht. Dann versuchte sie es noch einmal bei dem Sekretariat der Gerichtsmedizin. Dort meldete sich sofort eine Frauenstimme. Auf Nachfrage sagte sie, dass Herr Dr. Fleischhacker wegen Kontakt zu COVID-19 Patienten in häuslicher Quarantäne sei.

Die Staatsanwältin erfragte dann seine private Telefonnummer. „Die darf ich Ihnen nicht geben. Datenschutz," war die schnippische Antwort.

Frau Statthalter war wütend: „Ich bin die ermittelnde Staatanwältin in einem Mordfall. Bitte geben Sie mir sofort die Telefonnummer. Ich brauche einige Informationen zu einigen Obduktionen, die Herr Dr. Fleischhacker vorgenommen hat."

„Das kann jeder sagen. Hier auf meinem Display sehe ich eine private Telefonnummer!"

Die Staatsanwältin war stocksauer. In dem Institut für Gerichtsmedizin war den Mitarbeitern offensichtlich eingeschärft worden, keine Informationen an Personen zu geben, die nicht genau bekannt waren. Vom Datenschutz her sehr zu begrüßen, aber für ihre aktuelle Arbeit jetzt außerordentlich hinderlich. Sie rief Frau Rasch-Sucher an und gab ihr einen kurzen Überblick, um sie dann aufzufordern, ihr die private Telefonnummer von Herrn Dr. Fleischhacker zu besorgen.

Nach etwa 10 Minuten klingelte das Telefon und der Gerichtsmediziner meldete sich mit einer leicht krächzenden Stimme. „Ich habe hier eine Anzeige wegen Mordes betreffend die Toten in der Landhaus Wohnresidenz. Dazu habe ich noch eigene Fragen an sie, insbesondere weil die Anzeige, die ein Rechtsanwalt und -glaube ich- auch entfernter Angehöriger eines der Verstorbenen, erstattet hat, sich auf ihren Obduktionsbefund bezieht. Sie haben dort geschrieben, dass sie ein „Burking" nicht ausschließen können. Was hat es damit auf sich?"

„Hm, Burking ist oft bei einer Obduktion nicht sicher nachweisbar… denn es fehlen die typischen Zeichen einer Tötung durch Erwürgen wie Kehlkopfverletzungen, Stauungszeichen wie Hämorrhagien im Hals- und Kopfbereich oder Unterblutungen der Haut im Halsbereich. Wenn ich mich richtig erinnere, habe ich bei der Obduktion bei keiner der Leichen etwas derartiges gefunden. Aber Hinweise auf eine Stauungslunge, vor allem feingeweblich unter dem Mikroskop eine schwere Störung der Mikrozirkulation in der Lunge. Diese ist möglicherweise auf eine COVID-19 Erkrankung zurückzuführen. Aber es gibt bisher kaum wissenschaftliche Publikationen zu diesem Thema. Daher muss die Ursache offenbleiben. Als solche kommt eben auch eine schwere Thoraxkompression wie beim Burking in Frage. Ich habe erst einen gesicherten Fall von Burking gesehen. Da gab es

Ähnlichkeiten. Daher habe ich diese Möglichkeit in dem Obduktionsgutachten erwähnt."

„Also sicher ist nichts?"

„Wie gesagt, Burking ist schwer nachzuweisen."

„Hm, was heißt das jetzt für die staatsanwaltliche Ermittlungen? Der Rechtsanwalt hat eine förmliche Anzeige wegen Mordes erstattet. Das kann ich nicht so einfach übergehen. Aber ehe ich hier den ganzen Apparat- also eine Mordkommission- in Bewegung setze, brauche ich eine definitive Aussage von ihnen!"

„Die kann ich ihnen leider nicht geben. Mir fällt in dem Zusammenhang noch ein, dass zwei der anderen Leichen eine relativ frische Rippenserienfraktur aufwiesen."

„Das bedeutet was?"

„Tja, möglicherweise hat jemand eine Reanimation versucht oder sie sind bäuchlings zu Boden gedrückt worden. Aber ich die Leichen im Landhaus inspiziert habe, lagen alle ruhig und zugedeckt im Bett. Also fällt ein gewaltsames Drücken des Körpers auf den Boden wohl aus. Es sei denn, der Täter hat sich die Mühe gemacht und die Leichen hinterher wieder ins Bett gehievt. Das habe ich alles schon gesehen."

„Das wird ja immer obskurer. Also ich lasse ermitteln."

„Aber bei zwei Leichen habe ich keine Hinweise auf eine Gewalteinwirkung als mögliche Todesursache gefunden."

„Das passt doch alles nicht zusammen," stöhnte die Staatsanwältin. „Fünf Morde, zwei natürliche Todesfälle und ein Flüchtiger..."

Es entstand eine Pause. Die Staatsanwältin überlegte. „Der Flüchtige könnte der Mörder sein, aber warum nur fünf und nicht alle sieben? Die gleiche Frage stellt sich, wenn man davon ausgeht, dass jemand vom Pflegepersonal die Täterin wäre. Wichtig in dem Zusammenhang ist die Abfolge, also die Todeszeitpunkte. Können sie dazu etwas sagen, Dr. Fleischhacker?"

„Hm, nicht mehr als ich in meinen Obduktionsgutachten geschrieben. Alle wahrscheinlich so um Gründonnerstag herum. Eine klare Reihenfolge der Tode kann ich ihnen nicht bieten. Vielleicht waren die ersten beiden auf natürliche Art und Weise gestorben und dann ist der Täter oder die Täterin auf die Idee gekommen, bei denen Anderen, die schon durch die Infektion geschwächt waren, nachzuhelfen..."

„Um so schneller an das Geld zu kommen," ergänzte die Staatsanwältin. „Das macht Sinn. Und dann hat der- oder diejenige sich mit der Beute schnell aus dem Staub gemacht... Aber was sollte Frau Petrow dabei für eine Rolle spielen? Die passt doch nicht zu einem solchen Szenario. Die ist doch später und eines natürlichen Todes gestorben?"

„Ja, die hat am 14.4., also an dem Dienstag nach Ostern noch gelebt. Sie war also mit hoher Wahrscheinlichkeit an Gründonnerstag noch bei Bewusstsein und wohl auch noch handlungsfähig."

„Dann könnte sie die Mörderin sein! Aber wo ist dann das Geld bzw. die Beute?"

„Wir wissen nichts über die anderen Pflegekräfte. Dass Pflegekräfte auch mal Mörder sein können, ist doch hinlänglich bekannt. Denken Sie an die Krankenschwester von der kardiologischen Intensivstation der Charité, die hat mindestens fünf Morde begangen. Vielleicht haben die Pflegerinnen gemeinsam „nachgeholfen", sich das Geld angeeignet und sich dann abgesetzt."

„Aber warum ist Frau Petrowka nicht auch geflohen?"

„Vielleicht war die schon zu krank. Sie ist nachweislich an COVID-19 gestorben. Das kommt in Kriminalfilmen immer wieder vor, dass ein angeschossener, sterbender Mittäter zurückgelassen wird…" sinnierte der Gerichtsmediziner.

„Sie sehen zu viele Krimis. Deren Handlung entspricht doch nur selten der Realität. Schießereien sind selbst bei Verhaftungen die Ausnahme. Wenn es kritisch wird, holen wir ein Sondereinsatzkommando. Wenn es so gewesen wäre, wie sie sagen, wie konnten denn die Mittäterinnen dann sicher sein, dass Frau Petrowka sie nicht verrät. Sie haben vorhin gesagt, dass sie Gründonnerstag noch bei Bewusstsein und handlungsfähig gewesen sei. Aber dann haben sie gemeint, sie war zu krank. Das ist doch nicht stimmig. Was können sie sicher zu ihrem Gesundheitszustand an Gründonnerstag sagen?"

„Also ehrlich gesagt, nur dass sie noch lebte. Alles andere sind Vermutungen…"

„Das heißt also, dass aber auch die Möglichkeit besteht, dass wenn jemand, beispielsweise ein Angehöriger, über Ostern in die Landhaus Wohnresidenz gekommen wäre, Frau Petrowka noch hätte Auskunft geben können über das, was geschehen ist."

„Wahrscheinlich, aber sie vergessen, dass die Altenheime in Berlin Ostern für Angehörigenbesuche wegen des Corona-Lockdowns gesperrt waren..."

„Hm, das hatte ich gerade bei meinen Überlegungen vergessen. Also, dann spinnen wir mal weiter. Angenommen das Pflegepersonal hätte von dem Besuchsverbot gewusst- was sehr wahrscheinlich ist- dann hätten sie gewusst, dass sie bei einer Flucht einige Tage Vorsprung vor der Polizei gehabt hätten... Puh, da gibt es noch eine Menge Ermittlungsarbeit..."

„Aber einen Punkt haben wir bisher noch gar nicht angesprochen, nämlich den, warum ist nicht der Hausarzt geholt worden als die Bewohner krank oder sogar schwer krank waren. Er hätte nötigenfalls eine Krankenhauseinweisung veranlassen können. Das wäre doch der normale Ablauf in solchen Fällen gewesen!"

Als die Staatsanwältin nachmittags zu der Sitzung der provisorisch eingesetzten Mordkommission kam, sagte sie: „Jetzt wird es ernst, ein Münchner Rechtsanwalt hat Anzeige wegen Mordverdacht gestellt. Der ist ein Angehöriger von einem der Landhausbewohner und lässt bestimmt nicht locker.... Wir wollen daher mal schnell schauen, welche Erkenntnisse wir schon haben."

„Also, Frau Dr. Haupt vom Gesundheitsamt Marzahn hat bestätigt, dass Frau Richter schon am 9.4.2020, also Gründonnerstag ein FAX mit der Bitte um Prüfung der Zustände im Landhaus gebeten hatte, weil sie dort keinen telefonisch erreichen konnte. Sie gab an, sich wegen der dortigen Quarantäne-Bestimmungen noch in Neuseeland zu befinden. Frau Dr. Haupt hat aber festgestellt, dass das FAX von einem Berliner Anschluss abgesandt worden ist. Hier ist die Kopie, die sie mir geschickt hat und hier oben die FAX-Kennung 030. Am 16.4.2020 – also eine Woche später hat sie dann ihre Beschwerde an das Gesundheitsamt geschickt, als sie angeblich wieder in Berlin war. Und hier sind die Berichte von der Amtsärztin Fatimi und Herrn KHP Fänger von der Direktion 6," berichtete Frau Rasch-Sucher.

„Danke. Und sie, Herr Hänker, haben sie schon etwas erreicht?"

„Also wir haben immer noch keine Namen und Adressen von dem Pflegepersonal. Telefonisch ist bei dem Rundum Sorglos Pflegedienst niemand zu erreichen. Und eine Streife von dem zuständigen Polizeirevier fand das Büro verschlossen vor. Ich schlage vor, dass wir einen Hausdurchsuchungsbeschluss beantragen."

„Ja, danke, das machen wir. Aber was ist mit der Rechtsanwältin? Könnten sie bitte mal bei der Kriminaltechnik nachfragen, ob das technisch möglich ist, aus Neuseeland ein FAX über ein Berliner Gerät zu senden. Hm, und dann noch die Frage: was sollte der oder die Täter für ein Motiv gehabt haben, die alten Leute in dem Landhaus umzubringen?"

„Geld," sagte Herr Hänker.

„Hm, das häufigste Mordmotiv außer Eifersucht. Letztere scheidet bei dem Alter der Toten wohl aus. Aber wie sollte das Pflegepersonal denn an das Geld der Bewohner kommen? Gab es im Landhaus Bargeld oder irgendwelche möglicherweise erschlichenen Testamente? Da müssen wir noch einmal bei Frau Richter und Herrn Dr. Winkelhuber nachfragen. Wahrscheinlich wissen die einiges dazu... Gut, dann teilen sie mir bitte mit, wann morgen die Hausdurchsuchung bei dem Pflegedienst stattfinden soll."

\#

Nachdem Frau Fatimi gestern Abend in einer Expertendiskussionsrunde im Fernsehen gehört hatte, dass das Corona-Virus sich vor allem über Aerosole verbreiten kann, begann sie zu lüften. Schon morgens fing sie damit an, alle Fenster aufzureißen. Das wiederholte sie mehrmals am Tag. Sie wollte die Aerosole in ihrer Wohnung vertreiben." Langsam werde ich paranoid", dachte sie. „Ich bin schon infiziert! Und in meiner Wohnung kann ich wegen der Quarantäne gar keinen anstecken. Aerosole durch vieles Sprechen bildeten sich in der Wohnung auch nicht. Ich habe niemand, mit dem ich sprechen kann. Das ist der Quarantäne-Koller! Ich muss noch eine Woche durchhalten."

„Früher umgab schöne und geheimnisvolle Frauen eine Aura, die Männer wie magisch in ihren Bann zog. Wenn sie jetzt ein Aerosol um sich verbreitete, dann hatte dies nur etwas Gefährliches und zwar für alle, nicht nur Männer. Denn keiner weiß, ob nicht ein paar Corona-Viren darin schweben..."

„Ich bin eine potentielle Gefahr für andere! Deshalb bin ich verbannt worden- in die Quarantäne" dachte sie.

\#

Heribert Korn machte sich schon früh auf den Weg, um etwas Essbares zu besorgen. Die ersten, die ihm begegneten, hatten einen Mundschutz. Unwillkürlich musste er an die Kriminalfilme denken, an denen er vor Jahren mitgewirkt hatte. Er hatte auch einige Male den Bösewicht gemimt und dabei einen Mundschutz tragen müssen. Da fiel ihm seine allererste Rolle beim Film ein. Weil er im Freibad Wannsee bei einem Wettstreit unter Jugendlichen am längsten einen „toten Mann" machen konnte, wurde er gefragt, ob er das auch in einem Film spielen könne. Natürlich wollte er. Er brauchte Geld. 10 Mark bar auf die Hand. Und kein Text. Es war trotzdem der Anfang einer großen Schauspielerkarriere. Es gab immer wieder einige Lacher, wenn er in Talkshows gefragt wurde, wie er zum Film gekommen sei und antwortete: als Leiche.

An der Tür von dem Supermarkt hingen immer noch die gleichen Aufkleber. Vor dem Zeitschriftenregal blieb er stehen. Er dachte nach: „Irgendwo muss doch hier das Datum stehen. Ah, da, heute ist demnach Montag, der 26.4.2020. Oh, dann bin schon 72!" Noch mehr erschreckte ihn die Überschrift einer anderen Zeitung:
Hat die Polizei die 7 Toten in der Landhaus Wohnresidenz vergessen? Er lass weiter: Es ist über 10 Tage her, dass in der Landhaus Wohnresidenz an der Wuhle von der Amtsärztin 7 Leichen gefunden worden sind. Wie der Großneffe eines der

Toten, der Rechtsanwalt Dr. W. gegenüber unserer Zeitung angab, hat die Polizei bisher keine Ermittlungen aufgenommen, obwohl die Todesumstände sehr mysteriös sind. Das Pflegepersonal ist ausgeflogen. Laut Gerichtsmedizin sind Morde nicht ausgeschlossen. Die Staatsanwaltschaft lehnte eine Stellungnahme ab, um die laufenden Ermittlungen nicht zu gefährden.

War das nicht das Landhaus, in dem auch er gewohnt hatte? Morde? Was war passiert? Er versuchte krampfhaft, sich zu erinnern. Die Frauen haben im Bett gelegen und waren schwer krank. Sie hatten doch Fieber. Und sie haben so komisch gehustet. Wie Kerstin. Schnell, ich muss etwas für sie zum Essen einkaufen. Sie ist auch krank und muss wieder zu Kräften kommen. Zum Schluss kaufte er noch Hustenbonbons.

An der Kasse deutete die Kassiererin auf den großen Pappkarton mit den Atemschutzmasken. „Da müssen Sie auch eine kaufen, ist ab morgen Pflicht wegen Corona." Also kaufte er eine.

Später stellte er ernüchtert fest, dass er das für ihn Wichtigste vergessen hatte: Alkohol.

Di 28.4.20

Um 9 Uhr trafen die Polizisten und die Staatsanwältin sich verabredungsgemäß vor dem 26-stöckigen Hochhaus am Helene-Weigel Platz. Mit ihrem Mund-Nasenschutz sahen sie fast aus wie ein Überfallkommando, dachte Frau Rasch-

Sucher. Sie war schon einmal um den Gebäudekomplex mit den Geschäften herumgegangen. Ein Schild oder ein Büro des Rundum-Sorglos Pflegedienstes hatte sie nicht gefunden. Die Gruppe stand etwas ratlos da. Die Staatsanwältin sagte nach einigem Überlegen. „Wir kucken einfach mal in den Eingang des Hochhauses."

Tatsächlich fanden sie nach einigem Suchen unter unzähligen Klingelschildern ein kleines in der 14. Etage: Rundum-Sorglos Pflegedienst. Sie fuhren dann in zwei Gruppen mit dem Fahrstuhl in den 14.Stock. Am Ende eines spärlich beleuchten Flurs fanden sie eine Tür mit einem Schild des Pflegedienstes. Nachdem die Tür nach dreimaligem nachdrücklichem Klingeln nicht geöffnet worden war, blickte die Staatsanwältin die vier Polizisten an und sagte: „Gewaltsam öffnen". Zwei der Polizisten zogen vorsorglich ihre Waffen. Innerhalb weniger Sekunden hatten die anderen Polizisten die Tür geöffnet. „Hereinspaziert".

„Halt, alles fotografieren zur Dokumentation!"

Sie standen in einem kurzen Flur. Die Wohnung bzw. das Büro wirkten ungepflegt und lange nicht mehr gereinigt. „Hier sind alle ausgeflogen" sagte einer der Polizisten und ging in den größten Raum. Die Luft war stickig. Der Polizist ging sofort zum Fenster, um es zu öffnen. Ihm bot sich ein weiter Blick über die Berliner Innenstadt. In dem Raum stand ein Schreibtisch, ein kleiner, leerer Rollcontainer mit einem alten FAX-Gerät, ein Schreibtisch-Stuhl und an der Wand ein einfaches Regal, wie die Staatsanwältin automatisch registrierte. In dem Regal standen nur vier Aktenordner. Auf dem Schreibtisch lagen zwei leere Aktenablagen aus Plastik. "Nach einem regen Betrieb sieht das hier nicht aus. Aktenordner beschlagnahmen und mitnehmen."

"Die Aktenordner sind leer."

"Schon auffällig, kein Computer, kein Telefon. Für einen regulären Pflegedienst ein bisschen wenig. Oder war hier schon jemand vor uns? Die Bewohner- wenn ich es einmal so nennen darf- haben sich wahrscheinlich schon längst abgesetzt."

"Möglicherweise sind die seit Anfang des Monats in Insolvenz. In dem Unternehmensregister war der letzte von 18 Einträgen vom 1. April. Es ging aber nicht daraus hervor, ob dies eine Insolvenzanzeige war. Überhaupt 18 Einträge innerhalb von knapp zwei Jahren! Ich hatte gleich den Eindruck, dass da etwas nicht stimmt. Und vorher schon zwei Wechsel des Pflegedienstes in der Wohnresidenz! Was nun, wenn nicht nur das Büro am Monatsanfang verlassen worden ist, sondern auch das Landhaus? Wenn dort gar keiner mehr war, der die alten Leute versorgen konnte? Wenn sie deswegen gestorben sind?" dachte Frau Rasch-Sucher laut.

"Aber das wäre unterlassene Hilfeleistung und kein Mord" gab die Staatsanwältin zu Bedenken. "Aber auch dann gibt es einen oder mehrere Verantwortliche!"

"Sieben Tote. Vielleicht könnten die noch leben!"

"Schauen wir uns noch einmal die beiden anderen Räume an!"

„Habe ich schon gemacht" sagte einer der Polizisten. „Bad mit Toilette und Dusche mit einem alten, schon leicht verkalkten Duschvorhang. Keine Waschutensilien oder Ähnliches. Nicht einmal Toilettenpapier haben die zurückgelassen."

„Ist ja jetzt auch besonders wertvoll und begehrt!"

Der andere Polizist berichtete: „Der andere Raum ist klein und bietet nur einen Ausblick auf die anderen Hochhäuser. Aber die Scheiben sind bestimmt schon viele Monate nicht mehr geputzt worden. Ansonsten ist er vollständig leer."

„Da hat jemand gründlich aufgeräumt. Sogar die Schreibtischlampe haben sie mitgenommen. Und alle Unterlagen aus den Aktenordnern entfernt. Also haben wir keine Namen etc. und sind noch keinen Schritt weiter. Ich fürchte, dass in einem solchen anonymen Hochhaus die Nachbarn nichts wissen bzw. nichts gesehen haben wollen. Trotzdem befragen müssen sie zumindest alle auf dieser Etage," sagte die Staatsanwältin.

Beim Rausgehen stieß einer der Polizisten an den Schreibtisch und eine der Aktenablagen fiel zu Boden. Beim Aufprall hallte ein scharfes Geräusch durch den fast leeren Raum. Und allen sahen es. Unter der Ablage klebte Papier. Bei genauerer Betrachtung waren es zwei aneinanderhaftende, schon leicht gelblich verfärbte Blätter. „Die haben sie wohl vergessen."

Die Staatsanwältin sah sie kurz an: „Kyrillische Buchstaben und ein paar Zahlen." „Kein Problem" sagte Frau Rasch-Sucher. „Ich habe in der DDR noch ein bisschen Russisch gelernt. Das sieht aus wie Abrechnungen. Die muss ich mir aber genauer ankucken."

„Ok, aber wir müssen weiter. Wir wollen noch den Geschäftsführern, Frau Kosmirowa und Alexander Krischnew in der Havemannstraße 39 einen Besuch abstatten. Falls sie, was ich erwarte, nicht da sind, habe ich auch dafür einen richterlichen Durchsuchungsbeschluss."

Auch die Havemannstr. 39 war ein Plattenbau mit vielen Stockwerken. In dem Eingang fanden sie kein Klingelschild mit einem der Namen.

„Hm, ich rufe mal bei der Dienststelle an, die können mir die Wohnungsnummer sagen." Nach einem kurzen Telefonat sagte Frau Rasch-Sucher: „Vierter Stock, links." Als sie vor der genannten Wohnungstür standen, stellten sie fest, dass dort an der Klingel ein anderer Name stand. Sie drückte den Klingelknopf. Zwei der Polizisten standen hinter ihr, die Hände an den Waffen. Eine kleine Frau öffnete kurz und schloss erschreckt die Tür sofort wieder.

„Polizei! Bitte öffnen Sie die Tür!"

Die Tür öffnete sich wieder einen Spalt. Eine Kette war vorgelegt. Die kleine Frau sah total verängstigt aus. Die Staatsanwältin drehte sich kurz um. Jetzt verstand sie, warum. Hinter ihr standen zwei große Polizisten mit Mundschutz und tief ins Gesicht gezogener Schirmmütze. So konnte fast nichts von ihrem Gesicht erkennen. Furchterregend. „Ich bin Staatsanwältin. Ich würde gern mit Ihnen sprechen, Frau Kosmirowa."

„Ich, nix Kosmirowa. Ich nix verstehen. Nix gemacht. Mann auch nix gemacht."

Da sie die Tür immer noch nicht geöffnet hatte, wurde der Ton der Staatsanwältin strenger. „Pässe vorzeigen. Passports!" Das halbe Gesicht im Türspalt verschwand. Gerade als sie den Befehl geben wollte, die Tür gewaltsam zu öffnen, reichte eine zitternde Hand drei Formulare heraus. Sie lauteten alle auf den Namen Nueri. „Irak?" fragte sie.

„No, Jesid," antwortete die Frau. Sie zeigte dann noch eine Bescheinigung des Bezirks Marzahn-Hellersdorf vor. Aus dieser ging hervor, dass diese leer gewordene Wohnung der Familie Nueri ab dem 15.4. zugewiesen worden war.

„Da kommen wir wohl zu spät," sagte die Staatsanwältin entmutigt. „Frau Rasch-Sucher, fragen sie bitte bei der hier zuständigen Wohnungsbaugenossenschaft nach, ob die etwas über den Verbleib von Frau Kosmirowa und Herrn Krischnew wissen. Und auch beim Bezirksamt. Versuchen sie auch zu klären, ob die Miete des Büros am Helene-Weigel Platz für April noch gezahlt worden ist. Viel Neues erwarte ich aber nicht. Die haben sich einfach abgesetzt..."

„So einfach ist das aber mit dem einfach Absetzen wegen des Corona Lockdown nicht. Alle Grenzen sind dicht. Auch die nach Polen..." gab Herr Hänker zu bedenken.

„Hm, da haben sie recht. Versuchen sie einfach noch ein paar Informationen von der Bundespolizei zu bekommen. Nach den jetzt bekannten Umständen deutet alles auf – sagen wir mal- nicht legale Machenschaften hin."

„Wo wir schon einmal hier draußen in Marzahn sind, sollten wir auch noch einmal im Landhaus nachsehen. Vielleicht wurde bei der Untersuchung am 14.4., als die Leichen gefunden worden sind, etwas übersehen. Damals sah noch alles nach natürlichen Todesfällen bei COVID-19 aus. Es bestand allenfalls der Verdacht auf fahrlässige Tötung. Jetzt besteht Mordverdacht, da sollten wir noch einmal gründlicher nachschauen," sagte Frau Rasch-Sucher.

„Ja, eine Zweitsichtung ist immer sinnvoll. Vier-Augen-Prinzip. Ich habe allerdings einen Termin in einer anderen Sache bei der Staatsanwaltschaft. Sie können mir dann beim nächsten Treffen der Mordkommission berichten."

Das Polizeisiegel an der Tür des Landhauses war noch intakt. Also war seit dem Auffinden der Leichen im Keller keiner mehr hier gewesen. Frau Rasch-Sucher sah sich in dem geräumigen Flur um. „Nobler Landhausstil" dachte sie. „Kein muffiges, enges Altenheim. Bestimmt nicht billig. Das spricht dafür, dass es in diesem Fall möglicherweise um Geld geht, viel Geld."

Sie wies den Polizisten die Räume im Erdgeschoss zu, die sie genau untersuchen sollten. „Also, wir suchen vor allem nach irgendwelchen Dokumenten und oben in den Zimmern der Bewohner nach Hinweisen auf einen gewaltsamen Tod." Sie selbst durchsuchte den Büroraum mit dem Schreibtisch. In der ersten Schublade fand sie nur Schreibmaterial wie Bleistift, Kuli und einen Klammeraffen. In der zweiten befanden sich nur verschiedene unausgefüllte Formulare. Um nichts zu übersehen, sah sich die Kripobeamtin jedes Blatt einzeln an. Alle waren leer.

Im Schrank fand sie nur drei Aktenordner. Es enthielten Bestellscheine und Quittungen aus den letzten Monaten. Darunter war eine Vielzahl von Rechnungen eines bekannten Berliner Catering-Service der gehobenen Preisklasse jeweils über einen höheren dreistelligen Betrag. Außerdem fand sie etliche Lieferscheine einer Weinhandlung, auch jeweils über mehrere 100 Euro. Nobel, nobel, dachte Frau Rasch-Sucher. Die anderen Rechnungen stammten vor allem von Handwerkern und einem Gartenbau-Dienst aus Marzahn. Sie ging weiter in den kleinen Raum neben dem Büro, in dem ein Bett steht. Es war völlig zerwühlt. Neben dem Bett standen drei doppelstöckige Spindschränke. Zehn der zwölf Fächer waren mit einfachen Vorhängeschlössern verschlossen.

Sie rief einen der Polizisten, der die Schlösser eins nach dem anderen aufhebelte. In den ersten sieben Fächer lag nur Abfall: ein Paar alte Krankenhauslatschen, eine abgetragene Jacke mit Löchern in den Ärmel und Kleinkram. Da war wohl alles von Wert mitgenommen worden. Jedenfalls nichts was bei den Ermittlungen weiterhalf. In dem letzten Fach lagen zwei frische Kittel. Sie hatten Etiketten im Kragen. „Olga Petrowka." Den Namen kannten wir schon, dachte die Kripobeamtin enttäuscht.

Auch die anderen hatten im Erdgeschoss nichts gefunden, dass irgendwie Aufschluss über das Pflegepersonal oder die Umstände des Todes der Bewohner brachte. „Gut, dann schauen wir uns mal den ersten Stock mit den Apartments der Bewohner an. Bitte die Betten und deren Umfeld genau untersuchen und jede Veränderung, die Sie vornehmen, mit einem kurzen Foto auf dem Handy dokumentieren."

Sie untersuchte als erstes den Raum vorne rechts. Das Apartment war mindestens 30 m² groß und hatte ein praktisch eingerichtetes großzügiges Bad mit Dusche und Badewanne. Bei genauerem Hinsehen sah sie, dass es behindertengerecht mit einer Reihe von Stützvorrichtungen versehen war. Die verzierten Fliesen sahen teuer aus. Nicht ihr Geschmack, auch die Armaturen nicht... Egal, hier gab es nichts Auffälliges zu finden. Neben der Toilette lagen auf einem kleinen Absatz in der Wand drei Rollen Klopapier. „Heutzutage auch schon fast ein Luxus," dachte sie.

In dem Spiegelschrank entdeckte sie ein integriertes Medikamentenfach mit einer großen Zahl von Döschen, Fläschchen und einigen Tuben. Sie schrieb die Namen aller 17 Medikamente und Tropfen genau auf. Vielleicht waren sie für den Gerichtsmediziner interessant. Zum Beispiel wegen Intoxikationserscheinungen bei Überdosierung oder wegen schwerwiegender Wechselwirkungen. Die Leichen waren- soweit sie wusste- längst eingeäschert worden. Wahrscheinlich war in der Gerichtsmedizin keine toxikologische Untersuchung veranlasst worden- jedenfalls stand nichts in dem Obduktionsbericht. Wurde wohl vergessen...

Dann ging sie zurück in den großen Raum. Die Einrichtung war altmodisch, aber sicher nicht billig. In einer Nische stand das Bett. Ihr fiel auf, dass die Fernbedienung für das elektrisch verstellbares Lattenrost auf dem Boden lag. Offensichtlich war jemand darauf getreten. Die Bedienungsknöpfe waren alle eingedrückt. Als sie das Bedienungsteil hochhob, sah sie, dass die Knöpfe verklemmt waren. Das deutete auf eine erhebliche Gewalteinwirkung hin.

Der Bettbezug war stark verschmutzt. Dies passte nicht zu dem gehobenen Ambiente. Die Matratze lag etwas verkippt. Sie rief einen der Polizisten. Gemeinsam hob die schwere Matratze an. In dem Lattenrost war eine Latte durchgebrochen und eine angebrochen. Sie machte schnell einige Fotos zur Dokumentation.

Die weitere Untersuchung des Raums erbrachte keine weiteren Auffälligkeiten. Im Schrank hingen einige Kleider, Blusen und Röcke. Die Tote hatte 23 Paar Schuhe gehabt. Im Regal standen zahlreiche Bücher und Bildbände. Die Titel sagten der Kripobeamtin nichts. Also ging sie in das nächste Apartment.

Dort hatte sich schon einer der Polizisten umgesehen. Nach seinem kurzen Bericht schaute Frau Rasch-Sucher schnell im Bad nach, ob auch hier ein Medikamentenschrank war. Sie zählte 14 verschiedene Tablettenschachteln. Davon standen drei auf dem Nachttisch. Diese markierte sie auf ihrer Liste mit einem Stern, denn sie waren wahrscheinlich noch kurz vor dem Tod eingenommen worden. Mit dem Polizisten zusammen hob sie Matratze an. Das Lattenrost war nicht beschädigt. Irgendwie fehlte aber etwas. Sie überlegte, was sie vergessen haben könnte. Da fiel es ihr auf. Auf dem Nachttisch und auch sonst in dem Apartment standen keine Fotos von Verwandten...

In dem nächsten Apartment hatte nach ihrer Liste ein Mann gewohnt. Schon in der Tür nahm sie einen strengen ekeligen Geruch wahr. Das war eindeutig mehr als die Duftnote „herb männlich." Das Wohnzimmer sah ungepflegt aus. Auf dem Teppich neben dem Bett war ein großer gelblicher Fleck. Das Bettzeug hatte zum größten Teil eine gelblich-bräunliche Verfärbung angenommen. Frau Rasch-Sucher war sofort klar, wieso keiner der anderen diesen Raum näher untersucht hatte. Sie ging zum Fenster und öffnete es weit. Dann ging sie schnell in das nächste Apartment.

Dort sah alles -jedenfalls auf den ersten Blick- geordneter aus. Auch hier hatte ein Mann gewohnt. Der war aber nicht unter den Toten. Bisher hatten sie auch seine Leiche noch nicht gefunden. Vielleicht lebte er sogar noch. Sie suchte nach irgendwelchen Anhaltspunkten, die ihr bei den Überlegungen, wo er zu suchen sei, hätten helfen können. Sie fand nichts Derartiges. Den Namen kannten sie nach Auskunft von Herrn Fänger schon: Heribert Korn. Er hatte auch eine entsprechende Vermisstenanzeige mit einem älteren Foto herausgegeben. Das Foto erinnerte sie irgendwie an jemanden. Sie konnte sich aber erinnern an wen. War jetzt auch nicht so wichtig. Sie müssten ihn erst einmal finden – tot oder lebendig.

Zum Schluss warf sie noch kurz einen Blick in den Schrank. Zu ihrer Überraschung standen dort zwei Bierkästen mit leeren Flaschen. Auf den Etiketten stand alkoholfrei. Das ist merkwürdig sinnierte sie. „Die lassen sich teure, edle Weine ins Haus bringen und der trinkt alkoholfreies Bier".

Wahrscheinlich kein Genussmensch, vielleicht ein Abstinenzler oder Veganer.

In diesem Moment schaute Herr Hänker, die die Apartments auf der anderen Seite durchsucht hatte, durch die Tür. „Also, ich bin fertig. Etwas Wegweisendes in Richtung Gewaltverbrechen habe ich nicht gefunden. Bargeld, Geldbörsen oder Ähnliches Fehlanzeige! Irgendwelche privaten Papiere habe ich nicht gefunden, auch keine Ausweise, Krankenkassen-Versicherungskarten oder Scheck-karten. Das finde ich schon merkwürdig. Die haben hier ja wohl ziemlich nobel gelebt. Also brauchten die viel Geld. Dass die alles über onlinebanking geregelt haben, glaube ich nicht. Die waren bis auf den, den wir noch nicht gefunden haben, alle weit in den Achtzigern. Außerdem habe ich in den Zimmern keinen PC oder Laptop gesehen. Schon auffällig. Hat das alles das Pflegepersonal gemacht? Das ganze Landhaus wirkt eher wie ein Hotel der gehobenen Klasse…Vielleicht gab es auch noch anderes Servicepersonal. Da brauchen wir unbedingt noch mehr Informationen."

\#

Frau Fatimi fühlte sich gesundheitlich endlich wieder einigermaßen fit. Bei ihrem morgendlichen Check-up war alles in Ordnung gewesen. Außer ihrer Psyche. Ihre Stimmung war sehr gedrückt. Sie litt in der Quarantäne unter einer quälenden Langeweile. Da sie nichts anderes zu tun hatte, las sie den Werbe-Flyer für die Seniorenresidenz, den sie auf einem Tischchen im Eingangsbereich gefunden hatte. „Ihr neues, idyllisches Zuhause mit Ausblick ins Grüne mitten in

Berlin. Die Landhaus Wohnresidenz an der Wuhle finden sie in schöner Lage in einer großen, über 100 Jahre alten parkähnlichen Anlage mit großen Bäumen in Biesdorf. Das angrenzende Wäldchen und Wiesen stehen unter Naturschutz. Sie laden zu gemütlichen Spaziergängen ein. In der Nähe finden sie einen kleinen Streichelzoo. Für Notfälle steht das nahegelegene Krankenhaus bereit.

Wir bieten unseren Bewohnern ein großes eigenes Apartment (etwa 30 m²) mit allen Vorzügen einer geselligen Hausgemeinschaft: lebendige Atmosphäre und ein abwechslungsreiches Programm mit Ausflügen, geselligen Themenabenden und einen regen Austausch mit den Bewohnerinnen und Bewohnern untereinander.

Sie legen Wert auf eine ausgewogene Ernährung? Sie möchten mit allen Sinnen genießen? Die Mahlzeiten werden nach ihrem Geschmack täglich frisch in der eigenen Küche, mit guten Zutaten und Diäten nach modernen Erkenntnissen, zubereitet. Die liebevoll angerichteten Mahlzeiten können sie in dem stillvollen Tagesraum oder im Sommer auf der Terrasse genießen.

Weitere Leistungen: Ergotherapie, Seniorengymnastik mit Kraft- und Balancetraining, Friseur und Massage nach Vereinbarung im Haus.

Die Pflegefachkräfte des Pflegedienstes ermöglichen eine erweiterte Hilfe bei Schmerzen und schwerer Pflegebedürftigkeit und tragen zu einer intensiven Begleitung sterbender Bewohner bei.

Klang alles zu schön, um wahr zu sein. Die sieben Bewohner, die sie gefunden hatte, waren tot. Und die „Sterbe-Begleitung"? Frau Petrowka hatte selbst mit dem Tode gerungen und war dann gestorben. Es blieb die Frage: wo waren die anderen Pflegekräfte? Und warum wurde kein Arzt gerufen? Morgen wollte sie im Amt einmal nachfragen, ob es schon etwas Neues über das Landhaus gab.

Sie überflog kurz die Rückseite des Flyers. Dort stand: Anfragen richten Sie bitte an:
ZWK-Immobilienfinanzierung GmbH und Co. KG, Friedrichstr.8, 10961 Berlin.

Sie überlegte. Da sie nichts Besseres zu tun hatte, schrieb sie eine mail an die Kriminalkommissarin, Frau Rasch-Sucher: „Heute habe ich mir noch einmal den Werbeflyer durchgelesen, den ich in der Landhaus Wohnresidenz gefunden hatte (s. Kopie in der Anlage). Dabei ist mir aufgefallen, dass als Kontaktadresse die Immobiliengesellschaft genannt wird und nicht der Pflegedienst. Vielleicht lohnt es sich einmal nachzuforschen, ob die Bewohner nicht nur einen Vertrag mit der Immobiliengesellschaft hatten. Dann wäre möglicherweise diese für die Organisation des Pflegedienstes verantwortlich gewesen."

\#

Heribert Korn war sehr besorgt. Kerstin lag nur noch im Bett. Sie war auch durch viele gute Worte und mit Unterstützung nicht zu bewegen, aus dem Bett zu kommen. Sie jammerte immer nur: „Ich bin zu schwach." Als er nachmittags nach ihr gesehen hatte, redete sie ständig vor sich hin. Wirres und

Unzusammenhängendes. Jedenfalls verstand er nicht, was sie ihm mitteilen wollte. Dabei redete sie unentwegt. War das ein Delir? Er erinnerte sich, dass ihm Ärzte im Krankenhaus schon mehrfach gesagt hatten, er hätte ein Delir gehabt. Aber damals hatte er noch viel Alkohol getrunken. Kerstin trank überhaupt keinen Alkohol! Er war total verunsichert. Kerstin war der einzige Mensch, den er noch hatte. Wenn er die Schilder an der Ladentür richtig verstanden hatte, lauerte draußen irgendetwas sehr Gefährliches namens Corona.

Mi 29.4.20

Die morgendliche Besprechung der Mordkommission wurde wegen des Corona-Lockdowns als Telefonkonferenz durchgeführt.

Frau Statthalter: „Guten Morgen, haben sie in dem Landhaus noch etwas Wesentliches gefunden?"

Frau Rasch-Sucher: „Eigentlich nicht, zumindest was die Suche nach den Pflegekräften angeht. Da war auch alles leergeräumt. Nur in dem Spind von der verstorbenen Frau Petrowka hingen noch zwei Kittel."

Frau Statthalter: „Aber warum haben die alles mitgenommen? Was gibt es im Landhaus Wertvolles? Wenn es- wie wir vermuten- um Geld geht, was könnten sie dann mitgenommen haben?"

Herr Hänker: „Bargeld, Scheckkarten etc. wir haben nichts Derartiges gefunden. Die Bewohner waren alle über 80. Die werden nicht alles online gemacht haben. Es gab auch keine Computer oder Laptops."

Frau Statthalter: „Aber mit Scheckkarten könnte man doch nicht so viel anfangen…"

Herr Hänker: „Doch, die hätten über Ostern genügend Zeit gehabt, mit irgendwelchen illegalen Programmen die PIN-Nummern etc. zu knacken und dann irgendwo in einem der ehemaligen GUS-Staaten Geld abzuheben. Jetzt in der Corona-Krise dauert es bestimmt noch länger als sonst, alles nachzuverfolgen. Und dann ist das Geld schon weg…"

Frau Rasch-Sucher. „Klingt plausibel. Aber dazu müssten sie über die Grenze gekommen sein. Das ist zurzeit fast unmöglich…"

Herr Hänker: „Das glaube ich nicht. Denken sie doch mal an vielen Flüchtlinge, die mit Schleusern nach Westeuropa kommen. Erinnern sie sich an die schrecklichen Leichenfunde in Lastern, die über Ungarn usw. gekommen waren? Warum soll das nicht auch umgekehrt gehen, zum Beispiel in einem Versteck in einem Laster mit Lebensmitteln. Vielleicht hinter Schweinehälften." Er lachte. „Es sind doch jetzt wegen des Corona-Lockdowns alle froh, wenn die Lieferketten noch aufrechterhalten werden können. Ansonsten hilft an der Grenze vielleicht immer noch die bekannte Wunderwaffe: Geld. Zöllner verdienen schlecht."

Frau Statthalter: „Hm. Da könnten sie recht haben. Vor allem würde, da alle Bewohner tot sind, keinem auffallen, wenn

Geld fehlt. Apropos, wer sind eigentlich die Erben? Haben sie die schon ermittelt?"

Frau Rasch-Sucher: „Nö, aber Herr Fänger von der Direktion 6 hat mir bei Übergabe der Unterlagen zu diesem Fall versichert, dass er das Einwohnermeldeamt in Marzahn-Hellersdorf und das Nachlassgericht benachrichtigen wollte. Die können kraft Amtes Nachforschungen machen. Ich werde da gleich mal nachfragen."

Herr Hänker: „In dem Zusammenhang fällt mir noch ein, dass das Pflegepersonal möglicherweise auch Testamente, die sei begünstigen, mitgenommen haben könnte. Das hört man immer wieder, dass ältere Menschen ohne direkte Verwandte ihren Pflegepersonen etwas vererben. Die benachteiligten entfernten Verwandten behaupten in solchen Fällen immer, dass das Erbe illegal erschlichen wurde. Aber häufig sind die Pflegerinnen die Einzigen, die sich um die Alten wirklich gekümmert haben. Vielleicht haben die Pflegekräfte die Testamente mitgenommen, um abzuwarten, wie sich der Fall entwickelt. Wir wissen nicht, was die über den Zustand bzw. Tod der Bewohner wussten. Wir kennen auch den Grund für ihre Flucht nicht. Vielleicht haben die, als sie sich aus dem Staub wegen des Corona-Lockdowns gemacht haben, einfach „Vorsorge" getroffen- für sich selbst natürlich."

Frau Rasch-Sucher: „Da könnte etwas dran sein. Zumindest einige der Bewohner waren wohlhabend. Ich habe Rechnungen von einem teuren Catering Service und einer Weinhandlung gefunden. Auch hat Frau Richter gesagt, dass ihre Großtante, also Frau Todt, vermögend gewesen sei. Aber

-soweit wir wissen- haben zumindest Frau Todt und Herr Müller doch Frau Richter bzw. Herrn Dr. Winkelhuber Generalvollmachten erteilt. Sehr häufig werden Familienangehörige, die zeitlebens eine Generalvollmacht haben, auch der Haupterbe. Also, auch da müssen wir mal nachhaken."

Herr Hänker: „Frau Statthalter, sie haben das Landhaus gestern nicht von innen gesehen. Alles sehr edel. Das spricht für viel Geld. Das wirkte nicht wie eine Demenz-Wohngemeinschaft."

Frau Statthalter: „Sie sprachen eben von Demenz-WG. Was wissen wir eigentlich über den Gesundheitszustand der Bewohner vor Corona? Gab es irgendwelche Hinweise auf eine Demenz? Da gibt es schon entsprechende Konzepte für die Raumplanung. Die Mutter einer meiner Freundinnen wohnt in einer solchen WG."

Frau Rasch-Sucher: „Ehrlich gesagt, wissen wir nicht, wie die Landhausbewohner gelebt haben und ob sie krank oder geistig beeinträchtigt waren. Ich habe zwar gestern bei allen die vorhandenen Medikamente erfasst. Aber wer weiß, ob die auch alle eingenommen wurden. Kann ich mir bei der großen Anzahl nicht vorstellen- ich habe bis zu 17 Medikamente bei einer Person gefunden. Man würde wahrscheinlich schwer krank, wenn man die alle zusammen einnehmen würde. Ich werde da mal in der Gerichtsmedizin nachfragen. Aber jetzt fällt mir ein, dass wir keine Rezepte oder Zettel mit Arztterminen gefunden haben. Das ist schon merkwürdig. Wer sollte ein Interesse daran haben, die zu beseitigen?

Zumindest haben wir hier einen Namen: Dr. Hohm soll laut Frau Richter der Hausarzt von Frau Todt gewesen sein."

Frau Statthalter: „Na, dann hat der gestrige Tag-auch wenn es zunächst nicht so aussah und noch viele Fragen offen sind- doch Ansatzpunkte für weitere Ermittlungen ergeben. Ach übrigens, was stand denn auf den Zetteln aus dem Büro am Helene-Weigel-Platz?"

Frau Rasch-Sucher: „Da mache ich gleich dran. Ach, fast hätte ich es vergessen. Die Amtsärztin, die die Leichen in dem Landhaus gefunden hat, hat mir eine merkwürdige mail geschickt. Die ist wohl in Quarantäne. Jedenfalls hat sie viel Zeit zum Lesen. Da hat sie den Werbeflyer der Landhaus Wohnresidenz durchgearbeitet und meint daraus entnehmen zu können, dass die Immobiliengesellschaft, also der Vermieter, für die Organisation des Pflegepersonals verantwortlich ist."

Frau Statthalter: „Unwahrscheinlich. Darum können wir uns vielleicht kümmern, wenn alle anderen Spuren zu nichts geführt haben. Zum Schluss noch die wichtige Frage: Haben sie irgendetwas gefunden, das für einen gewaltsamen Tod spricht?"

Frau Rasch-Sucher: „Ich weiß nicht, ob man das als Hinweis bezeichnen kann. In dem ersten Zimmer waren zwei Latten in dem Lattenrost zerbrochen. Aber wenn ich die Obduktions- befunde anschaue, dann wog die Bewohnerin 117kg. Schwer zu sagen, ob das ausreicht, um Latten in dem Lattenrost zum Zerbrechen zu bringen. Heutzutage haben doch viele

Menschen massives Übergewicht. Gerade diese Menschen kaufen sich solche elektrisch steuerbaren Lattenroste. Das müssten die doch aushalten. Das einzig Auffällige war, dass die Fernsteuerung offensichtlich beschädigt war. Ob durch Gewalt ist schwer zu sagen. Ich habe ein paar Fotos gemacht, die ich mal den Kollegen von der Kriminaltechnik zeigen und um eine Bewertung bitten."

Frau Statthalter: „Sie wissen, dass uns die Presse in diesem Fall im Nacken sitzt. Also, wenn sie etwas Wichtiges herausbekommen, bitte informieren sie mich umgehend. Ansonsten schlage eine Telefonkonferenz Montagmorgen vor."

Frau Rasch-Sucher suchte die Blätter aus dem Büro am Helene-Weigel-Platz aus ihren Unterlagen heraus. Ihre Russisch-Kenntnisse waren schon ein bisschen eingerostet, aber sie hatte sie bei ihrer Arbeit immer wieder brauchen können. Die Zettel waren eindeutig mit kyrillischen Buchstaben beschrieben. Aber die Handschrift war nur schwer zu entziffern. Es sah aus wie eine Art Dienstplan. Aber wenn sie das Datum richtig entziffert hatte, war er schon weit über ein Jahr alt. Zumindest hatte sie jetzt einige Namen. Die konnte sie für ihre weiteren Nachforschungen benutzen. Dabei gab es aber die Schwierigkeit der Transkription der kyrillischen Buchstaben in lateinische. Manchmal gab es mehrere Möglichkeiten. Sie seufzte. Sie würde wohl alle Varianten eingeben müssen und sehen, was sei finden würde.

Erst einmal einen Kaffee. Dann setzte sich die Kripobeamtin an ihren sogenannten multifunktionalen Arbeitsplatz, gab ihren Identifizierungscode ein und loggte sich in das

„Polizeiliche Landessystem zur Information, Kommunikation und Sachbearbeitung" (Poliks) ein. Damit hatte sie Zugriff auf eine Vielzahl von Datenbanken. Als erstes recherchierte sie, ob die von ihr ermittelten Namen im Ausländerzentralregister gespeichert waren. Sie war überrascht. Nur der Name von Frau Petrowka war dort mit Adresse verzeichnet. Das hieß aber, dass die anderen illegal in Deutschland waren und nirgendwo gemeldet waren. Sie machte noch einen Versuch in dem Visa-Informationssystem (VIS) der EU. Vielleicht hatten die Pflegekräfte nur befristete Visa und arbeiteten dann für kurze Zeit illegal in dem Landhaus. Aber immer nur kurze Zeit arbeiten, machte keinen Sinn.

Auf den Zetteln aus dem Büro am Helene-Weigel-Platz hatte sie außer Frau Petrowka noch 9 Namen gefunden. Die ersten fünf hatten Visa für Deutschland erhalten. Aber diese waren Ende 2019 ausgelaufen. Die anderen vier hatten ein Visum, das bis zum 31.3.2020 gültig war. „Hm! Das ergibt vielleicht doch einen Sinn. Die wechseln sich ab und sind zumindest legal in Deutschland, wenn auch ohne Arbeitserlaubnis," dachte Frau Rasch-Sucher. „Dann will ich mal schauen, ob die auch am 31.3. ausgereist sind". Bei ihren Recherchen in verschiedenen Dateien fand sie aber keine entsprechenden Einträge. Waren die noch in Deutschland? Sie entschloss, sich die vier Namen auf die Fahndungsliste zu setzen.

Sie ging alle Einträge noch einmal durch, um zu schauen, ob sie auch gegebenenfalls in deren Heimatland die Polizei um Mithilfe bei der Suche bitten könnte. Als sie die Visa-Daten durchsah, stellte sie fest, dass alle Pflegekräfte aus Orten in

Transnistrien stammten. Sie hatte keine Ahnung, wo das war. Irgendeine autonome russische Teilrepublik im Kaukasus dachte sie. „Die helfen uns bestimmt nicht bei der Fahndung." Da sie nichts übersehen wollte, schaute sie rasch noch einmal im Internet nach. Überrascht stellte sie fest, dass Transnistrien ein Teil von Moldawien war.

Es lag nordwestlich von Odessa. Das sagte ihr etwas. Sie las weiter. Transnistrien hatte sich von Moldawien losgesagt und hatte eine eigene Verwaltung. Es war aber noch von keinem Staat der Welt anerkannt worden. „Die werden uns bei der Suche bestimmt nicht unterstützen. Da gibt es auch kein Auslieferungsabkommen..." dachte sie resigniert.

„Wenn die im Wechsel gearbeitet haben, dann hätten am 1.4.2020 die anderen kommen müssen. Sind sie aber nicht! Sehr wahrscheinlich wegen der vielen Corona-bedingten Sanktionen in allen europäischen Ländern. Da konnten sie nicht anreisen. Sie hätten über mehrere Grenzen: Moldawien, Ukraine und Polen nach Deutschland kommen müssen. Das ist zurzeit wegen der Corona-Krise unmöglich. Es wäre eine ganz einfache, aber auch schreckliche Erklärung für ihr Fernbleiben und damit die Todesfälle in dem Landhaus!"

Je länger sie nachdachte, umso mehr erschien ihr die Erklärung plausibel. Aber warum wurde dann überall so gründlich aufgeräumt? Was gab es denn dann zu verbergen? Und wer war für die Organisation der Pflegekräfte zuständig und verantwortlich? Es lag zumindest unterlassene Hilfeleistung vor!

Und vor allem warum wurde kein Arzt verständigt? Sie musste unbedingt noch einmal bei Dr. Hohm anrufen. Sie hatte es schon ein paar Mal versucht. Und wieder ging in der Praxis keiner an das Telefon.

In diesem Moment erhielt sie eine kurze mail als Antwort auf ihre Anfrage bei der Kriminaltechnik. „Nach den Fotos handelt es sich um einen Lattenrost der Firma Schlaf_Wandler. Die sind laut Hersteller für bis zu 200 kg ausgelegt. Also wesentlich mehr als 117 kg. Das Bedienungsteil hat eine stabile Kunststoff-Hülle. Laut Hersteller hält die auch etwa 200 kg aus- ist also trittsicher 😊, falls mal jemand beim Aufstehen darauf tritt. Schlussfolgerung: die beiden festgestellten Beschädigungen sprechen für eine massive Gewalteinwirkung."

Hm, dann liegt wohl doch mehr vor als unterlassene Hilfeleistung. Aber wer war Anfang April im Landhaus? Wenn ihre Überlegungen stimmten, dass die Pflegekräfte zur Ablösung im April aus Transnistrien kommen sollten, nicht dort waren, war mit hoher Wahrscheinlichkeit außer den Bewohnern nur Frau Petrowka noch in dem Landhaus. Die war inzwischen auch tot. Also könnte sie den Fall zu den Akten legen? Wenn die Beschuldigte verstorben war, wurden meist von der Staatsanwaltschaft die Ermittlungen eingestellt. Das sollte Frau Statthalter entscheiden…

#

Frau Fatimi überlegte, ob sie Frau Dr. Haupt morgen anrufen und fragen sollte, ob sie schon am 30.4. kommen sollte. Ab dem wahrscheinlichen Zeitpunkt ihrer Ansteckung waren dann schon mehr als 14 Tage vergangen. Die Tage der Quarantäne waren quälend lang für sie.

Ihr war schon lange nichts Kreatives mehr eingefallen. Die Wohnung hatte sie mehrfach geputzt und aufgeräumt. Alle Bücher schon mindestens einmal gelesen. Das Fernsehprogramm bestand aus öden Wiederholungen. Und vor allem aus Expertenrunden zu Corona. Auch wenn sie glaubte als in Hygienefragen gut ausgebildete Amtsärztin zumindest annähernd zu verstehen, worüber die Experten sich so ereiferten, blieb doch die Erkenntnis: Im Grunde weiß keiner, wie sich die Pandemie weiterentwickelt. Es war mit einer zweiten Welle zu rechnen, die meist schwerer verlief als die erste. Insbesondere die wirtschaftlichen und sozialen Folgen für die Gesellschaft waren noch völlig unklar. Sie hatte für sich selbst eine klare Folgerung gezogen. Sobald sich androhte, dass die befürchtete zweite Welle kam, würde sie sich ein Abonnement bei Netflix oder Amazon prime besorgen. Vielleicht nicht besonders kreativ, aber hoffentlich unterhaltsam.

\#

Seine Hände zitterten. Da taten sie schon länger. Mal mehr, mal weniger. Aber so schlimm wie heute war es noch nie. Früher half ein kleiner Schnaps. Aber er hatte keinen. Auch spürte Heribert Korn, dass heute etwas anders war. Er hatte Angst. Angst, dass Kerstin stirbt.

Do 30.4.20

Als Frau Richter zu dem vereinbarten Termin in der Keithstraße erschien, war Frau Rasch-Sucher noch nicht da. Sie hatte Herrn Hänker gebeten, mit Frau Richter zu sprechen. Ihr Sohn sei krank. Sie müsse mit ihm zum Kinderarzt. Der habe aber strenge Maßnahmen wegen der Corona-Pandemie eingeführt. Daher müsse sie erst einmal draußen warten und wüsste noch nicht, wie lange es dauert.

„Ich darf mich kurz vorstellen. Mein Name ist Hänker. Frau Rasch-Sucher ist akut verhindert. Bitte nehmen sie doch Platz. Ich würde das Gespräch gern aufnehmen, um danach später das Protokoll zu verfassen, dass ich ihnen dann zur Unterschrift zuschicke."

Die Rechtsanwältin nickte und setzte betont weit entfernt auf den Stuhl und behielt die Mund-Nasen-Maske auf. Sie deutete darauf. „Wegen Corona. Könnten sie bitte ihre Maske auch aufbehalten." Ihr ganzes Verhalten hatte etwas Unnahbares. „Es reicht, wenn schon meine Lieblingstante daran gestorben ist".

„Ihre Tante war doch schon 87 Jahre alt!"

„Ja, aber kerngesund. Alter ist jetzt die Standarderklärung für einen Tod bei COVID-19. Die Ärzte machen sich das ein bisschen einfach."

„Hm, hatte sie gar keine Vorerkrankungen?"

„Nicht, dass ich wüsste."

„Meine Kollegin hat aber in ihrem Badezimmer im Medizinschrank 13 verschiedene Medikamente oder Tropfen gefunden."

„Davon weiß ich nichts. Das müssen sie Dr. Hohm fragen. Das ist der Hausarzt meiner Tante."

„Machen wir. Sie müssten uns dann als Generalbevollmächtigte eine Schweigepflichtsentbindung geben."

„Das mache ich selbstverständlich! Obwohl ich nicht weiß, worauf sie hinauswollen."

„Sie sagten doch selbst, dass die Ärzte es sich mit der Diagnose COVID-19 sehr einfach machen. Wir von der Mordkommission müssen alles berücksichtigen, auch Vorerkrankungen und Medikamente."

„Aber was soll ihre subtile Anspielung? Wieso Mordkommission?"

„Na ja, bei unklaren Todesfällen- wie denen im Landhausmüssen wir ein Tötungsdelikt ausschließen. Das gilt natürlich bei sieben unklaren Todesfällen ganz besonders. Dazu müssen wir allen Spuren nachgehen, bevor wir unseren Bericht schreiben bzw. den Fall zu den Akten legen können."

„Gibt es denn überhaupt irgendwelche konkrete Anhaltspunkte für eine unnatürliche Todesursache? Wenn ich das Obduktionsgutachten richtig verstanden habe, gibt es keine!"

„Hm, die toxikologischen Befunde stehen noch aus..."

Es entstand eine lange Pause. Herr Hänker konnte von dem Gesicht der Rechtsanwältin wegen der Mund-Nasen-Maske nur wenig sehen. Auch bedecken ihre Haare fast die ganze Stirn. Daher konnte sie die Mimik der Rechtsanwältin nicht sicher einschätzen. Verschränkte Arme. Ihr ganzes Auftreten hatte etwas Abweisendes. Möglicherweise wollte sie von irgendetwas ablenken.

„Auch stellt sich bei unklaren Todesfällen der Frage nach einem möglichen Motiv für eine Tötung."

„Jetzt sprechen sie schon von Tötung!"

„Also, ich wollte- nur um nichts zu übersehen- noch kurz nach den Vermögensverhältnissen ihrer Großtante fragen."

„Aber das habe ich doch schon ihrer Kollegin erzählt."

„Also gibt es etwas erben... Wer wird denn Erbe?"

„Das ist zynisch in einer solchen Situation von Erben zu sprechen. Meine Großtante ist auf schreckliche Art und Weise - allein und ohne jeden Beistand- zu Tode gekommen und sie sprechen von erben. Das ist doch völlig zweitrangig."

„Das beantwortet meine Frage nicht. Wissen sie, wer Erbe wird?"

„Natürlich, ich habe selbst mit ihr das Testament ausgearbeitet. Ich habe sie dabei juristisch beraten. Den größten Teil bekommt eine noch zu gründende Stiftung. Ich kriege eine kleine Summe als Entschädigung dafür, dass ich mich als einzige Verwandte immer um sie gekümmert habe."

„Gibt es denn noch andere Verwandte?"

„Hm, einen Cousin von mir. Der hat sich aber nie um Frau Todt gekümmert. Der arbeitet – soweit ich weiß- in Brüssel."

„Also noch einmal, könnte jemand ein Interesse an einem vorzeitigen Tod ihrer Großtante haben?"

„Glaube ich nicht!"

Es entstand wieder eine lange Pause. Frau Richter und Herr Hänker saßen sich bewegungslos mit hochgezogenem Mund-Nasen-Schutz gegenüber. Sie beobachteten sich genau. Herr Hänker überlegte, ob die Rechtsanwältin nicht gerade mehr preisgegeben hatte als sie beabsichtigte. Ihre Mimik, die sie wegen der Maske nur erraten konnte, verriet nichts, aber die Stimmlage war irgendwie verändert.

„Vielleicht können sie noch erzählen, was sie über die anderen Bewohner des Landhauses wissen."

„Wenig. Ich habe mich mit ihnen im Wesentlichen nur bei irgendwelchen Feiern im Landhaus oder gelegentlichen Kaffeekränzchen unterhalten, zu denen meine Tante mich eingeladen hatte."

„Das spricht für ein fröhliches Treiben in dem Landhaus!"

„Ja, die Alten wollten ihr Leben genießen. Zu DDR-Zeiten hatten sie dazu kaum Gelegenheit und vor allem kein Geld."

„Das heißt also, dass sie jetzt über Geld verfügten?"

„Ja, die waren alle zumindest wohlhabend. Da sie alle keine direkten Erben hatten, hatten sie beschlossen, gemeinsam einen schönen Lebensabend zu verbringen."

„Woher wissen sie das?"

Die Rechtsanwältin zögerte.

„Na, das hat mir meine Tante erzählt."

„Kannten die Bewohner sich also schon von früher – aus DDR-Zeiten?"

„Meines Wissens nach - ja. Außer Herrn Schaumann, der ist erst auf Einladung von meiner Tante dazu gestoßen. Sozusagen als Unterhalter. Der war einmal ein sehr bekannter Schauspieler und Entertainer. Sie war schon zu DDR-Zeiten ein großer Fan von ihm. Aber meine Tante war enttäuscht von ihm. Er war längst nicht so humorvoll wie erwartet. Wahrscheinlich war er nach seinem letzten Alkoholexzess zu schwer hirngeschädigt. Er hatte zu der Zeit, als in das Landhaus kam, viel vergessen. Seine Gedächtnis-aussetzer waren alles andere als lustig. Allenfalls manchmal ungewollt tragisch-komisch. Herr Dr. Hohm hatte ein Wernicke-Korsakoff-Syndrom vermutet. Aber mit der Zeit wurde es ganz langsam besser: Das Gedächtnis und auch ein bisschen sein Charme und Humor. Wahrscheinlich, weil er keinen Alkohol mehr getrunken hat."

„Und hatten die anderen Bewohner irgendwelche geistigen Beeinträchtigungen, zum Beispiel eine Demenz?"

„Hm, soweit ich das beurteilen kann, allenfalls eine leichte. Die ab und zu mal etwas vergessen. Aber wenn es genauer wissen wollen, müssen sie Herrn Dr. Hohm fragen."

„Wir sind jetzt ein bisschen von dem Thema Geld abgekommen. Was wissen sie über die Vermögensverhältnisse der anderen Landhausbewohner?"

„Das kann und darf ich nicht sagen."

„Warum denn nicht?" Langsam machte Herrn Hänker die Art der Rechtsanwältin, seine Fragen zu beantworten, zornig. Sie waren abwehrend. Ungenau. Auf Dritte verweisend. Das kannte er vor allem aus der Vernehmung von Beschuldigten. Frau Richter war aber hier nur als nächste Angehörige geladen worden. Nicht als Beschuldigte. Noch nicht!

„Na, ganz einfach. Die waren alle Mandanten von mir. Da gilt über den Tod hinaus die rechtsanwaltliche Schweigepflicht."

„Auch bei Verdacht auf ein Tötungsdelikt?"

„Natürlich!"

„So kommen wir nicht weiter. Ich hätte von ihnen als Bevollmächtigte ihrer Großtante mehr Unterstützung erwartet!" Herr Hänker merkte, dass er zu laut geworden war. „Ok, dann beenden wir das Gespräch hier erst einmal. Ich behalte mir aber vor, sie in dieser Sache noch einmal vorzuladen."

„Tun sie das," sagte Frau Richter patzig.

Als die Rechtsanwältin den Raum verlassen hatte, stöhnte der Kripobeamte: „das ist aber eine harte Nuss!" Langsam legte sich sein Zorn. Ein langes Wochenende ohne Bereitschaftsdienst stand vor der Tür...

#

Frau Fatimi hatte sich entschlossen, nicht im Gesundheitsamt anzurufen. In der ganzen Woche hatte sie keiner aus dem Amt angerufen und nachgefragt, wie es ihr geht. Die hatten sie einfach vergessen.

Traurig dachte Frau Fatimi, dass so etwas in Syrien nicht möglich gewesen wäre. Sie hätte jetzt tot in der Küche liegen können. Hier in Deutschland gab es – normalerweise- mehr Freiheiten als in ihrer Heimat. Aber hier konnte man auch sterben, ohne dass irgendjemand Notiz davon nahm. Das war den Bewohnern im Landhaus passiert.

Wieder einmal fühlte sie sich furchtbar einsam. Sie fing an zu weinen.

#

Heribert Korn war den Tränen nahe. Kerstin atmete immer schwächer. Den ganzen Tag saß er neben ihrem Bett. Er konnte doch nicht schon wieder zusehen, wie ein von ihm geliebter Mensch ganz langsam starb...

Er war verzweifelt, denn er wusste nicht, wie er ihr helfen könnte. Er wusste nicht einmal, ob sie einen Hausarzt hatte. Und selbst wenn. Der Hausarzt im Landhaus war auch nicht gekommen, als die Russin ihn gerufen hat. Den Frauen im

Landhaus hatte er nicht mehr helfen können. Obwohl er alles versucht hatte. Auch Wiederbelebungsmaßnahmen. Es hatte alles nichts genutzt. Sie waren alle gestorben. Die Russin lag auch krank im Bett. Er fühlte sich so allein. Bedrückend. Daher war er aus dem Landhaus abgehauen. Abhauen- das war so eine Art Notfallreflex bei ihm. Nur weg. So schnell es ging. Er war zur U-Bahn-Haltstelle gelaufen. Da stand ein Taxi. Das hatte er genommen.

Fr 1.5.20

„Sonst gab es am 1. Mai in Berlin immer Demonstrationen und auch heftige Randale. Diesmal sind diese weitgehend ausgeblieben- wegen Corona. Ganz unerwartete Effekte eines Virus. Vielleicht könnte die Pandemie noch helfen, endlich die blutigen Konflikte in ihrem Heimatland zu beenden," dachte Frau Fatimi. „Aber das sind alles Fanatiker, die glauben, dass Allah auf ihrer Seite ist. Gotteskrieger fürchten keinen Virus."

„Aber offensichtlich fürchten - wie aus den Nachrichten zu entnehmen war- auch einige Staatsmänner, z.B. in den USA und Brasilien das Corona-Virus nicht. Wahrscheinlich hielten auch sie sich für unverletzlich. Zumindest ignorierten sie es, trugen keinen Mund-Nasenschutz und forderten die Bevölkerung in ihrem Land auf, weiter zu arbeiten. Das sei gut für das Bruttosozialprodukt. Bolsonaro heißt bezeichnenderweise mit Vornamen Messias. Und Trump legte bei seinen „America first" Kompagnien schon fast missionarischen Eifer an den Tag. Beide zählten Evangelikale zu ihren Hauptwählergruppen. Sind auch sie durch Gott vor dem Corona-Virus geschützt?"

„Im Mittelalter galt eine Seuche wie die Pest als Strafe Gottes! Und jetzt war sogar in dem Gottesstaat Iran ein Lockdown verhängt worden." Als in der Seuchenhygiene ausgebildete Amtsärztin sah sie den Umgang von Trump und Bolsonaro mit der Corona-Pandemie äußerst kritisch. „Am Ende des Jahres wird man wahrscheinlich die schrecklichen Folgen dieser Politik sehen," dachte sie.

„Seuchen wie die Pest haben große Teile der Bevölkerung Europas getötet. Bei der Eroberung Mexikos durch die Spanier wurde die indigene Bevölkerung durch die Cocolitzli-Seuche fast ausgerottet. Diese war durch aus Europa eingeschleppte Viren verursacht worden. Das Corona-Virus ist-soweit man das bisher klären konnte- für alle Menschen neu. Also für alle potentiell gefährlich."

Für sie persönlich war heute der letzte Tag der Quarantäne. Sollte sie sich darüber freuen? Sie wusste nicht, was sie in ihr Tagebuch schreiben sollte. Dabei hatte sie das Tagebuch extra für diese Zeit gekauft. Auch um eine Beschäftigung zu haben. Aber viele Tage waren so langweilig gewesen, dass sie abends gar nicht wusste, was sie hineinschreiben konnte. An einigen Tagen blieb daher die Seite leer. „Vielleicht wäre *Unerträgliche Bedrücktheit des Seins* ein Titel für mein Tagebuch."

„Aber im Grunde hatte vor allem in dieser Zeit Angst mein Leben bestimmt. Erst die Angst, ob ich an COVID-19 erkranke.

Daher immer der morgendliche Check-up. Dann die Angst, andere angesteckt zu haben. Und schließlich Angst vor den ungewissen Folgen für die Allgemeinheit...Wie kann es nach der Pandemie weiter gehen?"

Sa 2.5.20

Frau Fatimi ging frühmorgens einkaufen. Vor dem Supermarkt stand schon eine Reihe von Menschen. Alle mit Mund- und Nasenschutz und in etwa 1,5m Abstand. Auf den Bürgersteig erkannte sie die Abstandsmarkierungen. Vor dem Eingang stand ein gelangweilter Security-Mitarbeiter, der mit seinem Smartphone spielte. Ab und zu ließ er jemanden in den Laden. Als sie dran war, forderte er sie auf: *„Desinfizieren"*. Dann stand da noch ein Schild: Bitte Einkaufskorb benutzen.

Als Amtsärztin begrüßte sie diese Hygienemaßnahmen natürlich. Aber anderseits fühlte sie sich dadurch eingeengt. So kaufte sie schnell das Nötigste und war froh, als sie wieder im Freien auf der Straße stand. Die Maßnahmen hatten etwas Bedrückendes, aber nicht so stark wie die Quarantäne. Diese hatte sie jetzt endlich überstanden. Sie hatte Glück gehabt, sie war zwar (corona-) positiv, aber jetzt wieder (symptom-)frei...

Aber keiner wusste, wie lang die Immunität anhält. Möglicherweise ist es wie bei den Influenza-Viren. Die mutieren ein wenig und die Gefahr einer neuen Infektion bleibt. Wegen dieser Ungewissheit bleibt auch die Angst...

#

Heribert Korn war hundemüde. Er hatte fast die ganze Nacht nicht geschlafen, weil Kerstin neben ihm nur noch unregelmäßig atmete. Es war nur noch ein Schnaufen. Er blieb liegen. Ab und zu schreckte er hoch. Immer wenn Kerstin laut nach Luft schnappte. Er fühlte sich zu schwach, um noch irgendetwas zu unternehmen.

So 3.5.20

Abends hatte Frau Fatimi zufällig beim Durchzappen im Fernsehen eine alte Kriminalkomödie mit Harry Schaumann als charmantem Juwelenräuber und Herzensbrecher gefunden. Die Vorliebe vieler Deutscher für Krimis verstand sie nicht, aber mangels vernünftiger Alternativen entschloss sie sich, den Film zu Ende anzusehen. Vielleicht konnte sie dann diese Leidenschaft besser verstehen. Eins musste man Harry Schaumann lassen: seine Bewegungen hatten Eleganz und Leichtigkeit, insbesondere beim Tanzen. Auch seine Mimik war ausdrucksvoll, immer mit einem leichten ironischen Touch.

Irgendwie wirkte die Handlung des Films aber viel zu konstruiert. In der Realität gab es viel mehr psychische und körperliche Gewalt im Zusammenhang mit Verbrechen. So galante Verbrecher gab es nicht, allenfalls wenn sie sich als Hochstapler oder Heiratsschwindler betätigten. Und dann kam das dicke Ende für die Frauen später. In dem Film gab es aber ein happy end. Völlig unrealistisch...

Aber sie konnte jetzt besser nachvollziehen, warum Harry Schaumann so beliebt gewesen war. War, denn der Film war 14 Jahre alt. Was war passiert? Warum war er plötzlich im wahrsten Sinne des Wortes von der Bildfläche verschwunden?

#

Frau Kerstin Fenn atmete nicht mehr. Weil ihm nichts Besseres einfiel, machte Heribert Korn jetzt wieder das Gleiche wie im Landhaus. Er versuchte sie wiederzubeleben, so wie er es bei dem Erste-Hilfe-Kurs gelernt hatte. Dazu begann er, so kräftig er konnte, Luft in ihren Mund zu pusten. Das ging ganz schwer. Also pustete er noch kräftiger und immer schneller...

Ihm wurde schwindelig und warm. Sein Puls raste. Er sah nur Sternchen. Seine Gedanken zerflossen. Kurz erinnerte er sich an einen amerikanischen Kriminalfilm, in dem der Mörder die schönen weiblichen Opfer würgte und dabei lang und anhaltend küsste, solange bis sie tot waren... Er glaubte, der Film hieß „The Kiss of death."

Er atmete wieder ruhiger und hielt inne. Kerstin war tot. Nichts half mehr. Auch keine intensiven Wiederbelebungsmaßnahmen. Dann war das wirklich ein „kiss of death" gewesen. Stolz dachte er: „Ich kann nicht nur Entertainment, Komödie oder Krimi, ich kann auch Drama."

Mo 4.5.20

Frau Fatimi kam morgens überpünktlich ins Büro. Frau Dr. Haupt begrüßte sie: „Schön, dass sie wieder da sind. Wie geht es Ihnen?" Sie wartete die Antwort nicht ab und erkundigte sich auch nicht danach, wie es Frau Fatimi in der Quarantäne ergangen ist. Sie fuhr fort: „In der letzten Woche ist die Zahl der Neuinfektionen in Deutschland deutlich zurückgegangen auf weniger als 1000 pro Tag. Während sie in Quarantäne waren, gab es keine besonderen Vorkommnisse hier im Bezirk. Wir haben nur noch eine niedrige Rate an Neuinfektionen. Außerdem haben wir einige Medizinstudenten zur Nachverfolgung von Kontaktpersonen zugewiesen bekommen. Ich hoffe daher, dass hier jetzt alles ruhiger abläuft und wünsche ihnen einen guten Restart."

Auf Nachfrage erfuhr Frau Fatimi, dass Harry Schumann immer noch nicht gefunden worden war. Die Antwort klang nicht nach intensiven Nachforschungsbemühungen. Vielleicht vergessen in dem Trubel? „Ihre Befürchtung, dass er ein Superspreader werden könnte, hatte sich -Gott sei Dank- nicht bewahrheitet. Wir haben hier in Marzahn-Hellersdorf keine Häufung von Fällen. In Berlin gibt es zurzeit nur noch drei Corona-Cluster, je eins in Lichtenberg, in Mitte und in Neukölln. Aber das betrifft uns erst einmal nicht."

Frau Fatimi ging in ihr Zimmer und saß etwas ratlos vor ihrem PC. Hier läuft alles so geschäftsmäßig kühl ab, dachte sie. Vielleicht waren im Gesundheitsamt Gefühle auch fehl am Platz. In Syrien wären in einer solchen Situation sicher mehr Emotionen im Spiel gewesen. Sie überlegte, was besser sei.

Auch nach langem Überlegen fand sie auf diese Frage keine befriedigende Antwort...

Da sie noch keine Aufgaben zugeteilt bekommen hatte, versuchte sie doch noch einmal die Fährte nach Herrn Schaumann aufzunehmen. Sie wollte sich nicht später vorwerfen lassen, sie wäre dem Fall nicht genügend nachgegangen. Sie telefonierte zunächst mit Herrn Fänger von der Kripo.

„Guten Morgen, Frau Fatimi. Wie ist es Ihnen in der Quarantäne ergangen? Ich hatte Glück, mein Test war negativ."

„Nicht besonders, vor allem viel Langeweile," antwortete sie und wunderte sich, dass sie auch schon fast geschäftsmäßig geantwortet hatte. „Jeder muss mit seiner Depressivität in der Quarantäne allein klarkommen. Ich habe das gerade so geschafft," dachte sie.

„Also, Ihren Herrn Schaumann haben wir noch immer nicht gefunden. Er heißt übrigens richtig: Heribert Korn. Schaumann ist sein Künstlername. Der hat früher in Zehlendorf, genauer gesagt Wannsee gewohnt. Da habe ich schon nachgefragt. Mehr Informationen habe ich leider noch nicht für sie."

Möglicherweise lief Herr Schaumann/Korn immer noch durch die Stadt- als Superspreader von einem potenziell todbringenden Virus. Wenn ihre Befürchtungen stimmten, könnte er schon vielen den Tod gebracht haben. Sie entschloss sich daher, weiter nachzufragen bei den Kollegen, in deren Bezirk es ein Corona-Cluster gab.

Zuerst rief sie bei ihrer Kollegin, Frau Medicu vom Gesundheitsamt Lichtenberg an. Lichtenberg war von Biesdorf aus leicht zu erreichen. Vielleicht war Herr Schaumann irgendwie dorthin gekommen. Frau Medicu sagte, dass sie im Bezirk das Infektionsgeschehen ganz gut unter Kontrolle hätten. Sorge bereitete ihr nur ein Hochhauskomplex an der Landsberger Allee, in dem vor allem Flüchtlinge aus dem Nahen Osten untergebracht sind. „Frau Fatimi, wir haben mit den Corona-Testungen Schwierigkeiten, weil viele Leute dort den Sinn nicht verstehen und deshalb nicht mitmachen. Ich habe gehört, dass sie fließend Arabisch sprechen. Da hätte ich eine ganz große Bitte. Könnten sie nicht heute um 11 Uhr kommen und den Bewohner die Notwendigkeit des Tests erklären. Ich möchte einen Polizeieinsatz vermeiden. Die Stimmung ist ohnehin schon sehr aufgeheizt wegen der Quarantäne, die wir verhängt haben."

„Da frag ich mal Frau Dr. Haupt, unsere Leiterin, ob die das genehmigt."

Hinter dem Hochhaus waren auf einem weiträumigen Parkplatz über 100 Menschen versammelt. Frau Fatimi war nervös. Sie schwitzte. Sie hatte noch nie vor so vielen Menschen gesprochen. Vorne standen ohne ausreichenden Abstand untereinander die Männer mit vor dem Brustkorb verschränkten Armen. Sie wusste, dass arabische Männer sich von einer Frau kaum etwas sagen ließen. Die Frauen mit Kopftuch standen mit ihren Kindern mit dem nötigen Abstand untereinander weit hinter den Männern. Sie versuchte über ein Megaphon die Notwendigkeit des Corona-Tests und seine Durchführung auf Arabisch zu erklären. Zum Schluss wies sie darauf hin, dass alle teilnehmen müssten. Da entstand in einer Gruppe junger Männer Unruhe.

Ihre Lichtenberger Kollegin dankte ihr und bat sie, noch lange zu bleiben, bis klar war, ob die Gruppe, in der die Unruhe entstanden war, sich testen ließ. Sie veranlasste, dass die beiden mitgekommenen Mitarbeiter eines Sicherheitsdienstes diese Gruppe zuerst zu dem weißen Untersuchungszelt brachten. Einige von ihnen murrten zwar, aber nachdem Frau Fatimi energisch auf die drohenden Sanktionen hingewiesen hatte, unterzogen sich dann doch alle der Testung.

„Wir vermuten, dass ein oder zwei junge Männer den Virus in den Hochhauskomplex gebracht haben. Sie zeigten schon letzte Woche leichte Symptome. Unser Dolmetscher sagte, dass er sich nur schlecht mit ihnen verständigen konnte, da sie vorgaben, nur aramäisch als Muttersprache zu sprechen. Sie können nicht zufällig aramäisch?"

„Doch, ein klein bisschen. Es wird auch in Syrien, wo ich herkomme, noch gesprochen. Ich kann es mal versuchen. Worum geht es Ihnen? Nachverfolgung und den Ansteckungsherd?"

„Genau."

Als einer der beiden jungen Männer Frau Fatimi erzählt hatte, dass er nachts illegal Taxi fährt, wurde sie hellhörig. Da könnte er sich angesteckt haben. Auf gut Glück zog ihr Smartphone heraus und suchte nach dem Bild von Harry Schaumann, das sie gespeichert hatte. Auf die Frage, ob er diesen Mann schon einmal gesehen hatte, sagte der Taxifahrer sofort: „Ja." Seine Deutschkenntnisse waren aber nicht ausreichend, um zu klären, wann und wo. Frau Fatimi ging davon aus, dass er Harry Schaumann nicht im Fernsehen gesehen hatte. „Wo?" fragte sie daher auf aramäisch. „Taxi! Immer sprechen. Ganz Fahrt."

Mühsam versuchte sie mit einem Sprachkauderwelsch aus Arabisch, Aramäisch und Deutsch zu klären, wann er ihn gesehen hatte. Nach einigem Hin und her ergab sich als wahrscheinlicher Zeitpunkt: vor etwa zwei Wochen nachts. Sie konnte dann mit geduldigen Nachfragen noch herausbekommen, dass der Taxifahrer nur in Marzahn Fahrgäste „aufsammelte", da dort nachts keiner Taxi fahren wollte. Es gab dort wohl nur wenig zu verdienen.

Aha, endlich habe ich eine Spur von Harry Schaumann. Wenn der irakische Taxifahrer sich nicht geirrt hatte, war der Schauspieler zumindest vor 14 Tagen noch am Leben... Die Frage, wohin er mit dem Taxi gefahren sei, konnte der Fahrer nicht konkret beantworten. Er macht mit den Armen eine große ausfahrende Bewegung und deutete in Richtung Innenstadt.

Zu ihrer Kollegin sagte sie: „Möglicherweise kenne ich den „Anstecker" des Taxifahrers." In kurzen Worten berichtete sie Frau Medicu über den Landhaus-Fall und die bisher erfolglose Suche nach dem fehlenden Bewohner. Sie musste die Suche nach Harry Schaumann unbedingt intensivieren, denn mutmaßlich hatte er den irakischen Taxifahrer infiziert. Wenn sie ihn richtig verstanden hatte, hatte der Schauspieler im Taxi unentwegt gesprochen und dabei wahrscheinlich den Corona-Virus verbreitet. Der Fahrer hatte dann den Virus in dem Hochhauskomplex eingeschleppt. Dort waren mindestens 30 Personen schon jetzt an COVID-19 erkrankt. Vier davon befanden sich schon im Krankenhaus. Wie viele noch zusätzlich Corona positiv in dem Test und damit potenziell gefährdet sind, würde sich noch zeigen müssen.

Sie hatte also leider recht gehabt: Harry Schaumann war mit großer Wahrscheinlichkeit ein Superspreader.

Sie fragte Frau Medicu, was sie über die anderen Corona-Infektionscluster wusste. Nach deren Informationen war im Wedding ein Männerwohnheim betroffen und in Neukölln eine türkische Großfamilie. „In beiden Fällen handelt es sich um Personen, die sehr beengt wohnen, sowie auch die Flüchtlinge hier in dem Heim. In dem Männerwohnheim leben vor allem ehemalige schwer Alkoholabhängige. Vielleicht sind da auch welche darunter, die weitertrinken. Nach meiner Erfahrung hier im Bezirk haben die auch häufig schwere körperliche Erkrankungen. Sie haben deshalb ein besonders hohes Risiko, an COVID-19 lebensgefährlich zu erkranken. Haben sie denn nicht letzte Woche die Rundmail von der Senatsgesundheitsverwaltung bekommen, dass bei der Nachverfolgung besonders auf Obdachlose zu achten ist. Es wird befürchtet, dass sich unter ihnen wegen des oft schlechten körperlichen Zustands der Virus explosionsartig verbreiten kann und damit flächendeckend Infektionen die Folge sein könnten."

„Nein, habe ich nicht bekommen. Ich war letzte Woche selbst in Quarantäne, weil ich Kontakt zu einer COVID-19 Patientin hatte."

„Oh! Na, dann vielen Dank noch mal."

„Auch Harry Schaumann war oder ist alkoholabhängig," dachte sie auf dem Rückweg.

#

Bei der morgendlichen Telefonkonferenz berichtete zunächst Frau Rasch-Sucher über ihre Ermittlungsergebnisse von letzter Woche. „Zuerst zu dem Wichtigsten. Die Kriminaltechnik geht davon aus, dass nur eine Gewalteinwirkung für die zerbrochenen Latten in dem Lattenrost und die Beschädigungen an der Fernbedienung verantwortlich sein kann."

„Hm, das war das Bett einer der Toten, bei denen Dr. Fleischhacker Burking nicht ausschließen wollte. Das heißt also, dass wir doch von Mord oder zumindest Totschlag ausgehen müssen," resümierte die Staatsanwältin. „Dann ergibt sich natürlich sofort die Frage nach dem Täter bzw. der Täterin. Soweit wir wissen, war nur das Pflegepersonal in dem Landhaus. Oder gibt es weitere Verdächtige? Was haben sie denn über das Pflegepersonal herausbekommen?"

„Also auf den Zetteln aus dem Büro am Helene-Weigel-Platz standen außer Frau Petrowka noch neun Namen. Die ersten fünf hatten Visa für Deutschland, die Ende 2019 ausgelaufen waren. Die anderen vier hatten ein Visum, das bis zum 31.3.2020 gültig war. Die waren also legal in Deutschland, aber ohne Arbeitserlaubnis. Wahrscheinlich haben die im Wechsel im Landhaus gearbeitet. Aber dann hätten die anderen zum 1.4.2020 kommen müssen. Hinweise für eine Ausreise der letzten vier am 31.3. bzw. eine entsprechende Wiedereinreise der anderen habe ich aber nicht gefunden. Wenn das zutrifft, dann war wahrscheinlich außer Frau Petrowka Anfang April kein Pflegepersonal in dem Landhaus!"

„Hm, und wer sollte dann die Täterin sein? Frau Petrowka? Die ist jetzt auch tot. Formal könnte ich dann die Ermittlungen einstellen. Voraussetzung wäre, dass wir genügend Anhaltspunkte dafür haben, dass sie die Täterin war. Haben wir die?"

„Nein. Von ihr haben wir keine Aussage. Ihre letzten Worte sollen laut der Ärztin Frau Harm-Loose auf der Intensivstation „Alles verflucht" oder so ähnlich gewesen sein."

„Das ist vieldeutig und kein Geständnis! Anderseits ist zu bedenken, dass sie die Möglichkeit gehabt hätte, im Landhaus gründlich aufzuräumen. Sie haben es ja sozusagen clean vorgefunden. Keine Bargeld, keine Scheckkarten etc.. Es bleiben also noch zu viele Fragen, um die Ermittlungen jetzt beenden zu können. Vor allem bleibt die Frage, warum war nur Frau Petrowka da? Wer ist denn für die Organisation der Pflegekräfte verantwortlich gewesen? Und vor allem die Frage: Hatte noch jemand zu Zugang zum Landhaus?"

„Anfang April galten wegen der Corona-Pandemie in Altenheimen die Besuchsbeschränkungen des Senats... Sie haben doch mit Frau Richter gesprochen. Wusste sie irgendetwas zu diesen Fragen, Herr Hänker?"

„Hm, so direkt habe ich sie dazu nicht gefragt bzw. nicht fragen können. Frau Richter war in dem Gespräch sehr abwehrend. Sie hat kaum Auskunft gegeben und eher versucht, mich auszufragen. Insgesamt hatte ich den Eindruck, dass sie irgendetwas verbergen wollte. Aber sie hat vielleicht Angaben zu einem möglichen Motiv gemacht. Sie sagte, dass die Bewohner des Landhauses wohlhabend waren. Sie kannten sich wohl schon lange und wollten gemeinsam einen schönen Lebensabend verbringen. Herr Schaumann sei auf Einladung ihrer Großtante dazu gekommen, sozusagen als Unterhalter. Er hatte aber wohl schon erhebliche Gedächtnisprobleme."

„Hat Frau Richter etwas zu dem Gesundheitszustand der anderen gesagt, z.B. ob die auch schon dement waren."

„Nein, sie hat auf den Hausarzt verwiesen. Also noch einmal, ich hatte den Eindruck, dass sei nicht offen war."

„Was sollte sie denn verbergen wollen? Etwa, dass ihre Tante und vielleicht auch die anderen dement waren? Also Erbschleicherei möglich war? Da müssen sie nachforschen. Geld ist immer ein Motiv! Aber was ist eigentlich mit dem Herrn Schaumann? Gibt es da denn keine Spur? Der kann doch nicht einfach so durch die Stadt laufen. Sein Gesicht kennt doch fast jeder aus dem Fernsehen oder aus Filmen."

„Herr Fänger hatte schon eine Vermisstenanzeige veranlasst."

Nach der Telefonkonferenz versuchte Frau Rasch-Sucher wie mehrfach in der letzten Woche die Arztpraxis von Herrn Dr. Hohm zu erreichen. Zu ihrer Überraschung meldete sich schon nach dem zweiten Klingeln eine helle mädchenhafte Stimme: „Praxis Dr. Neuer, Held am Apparat." Sie wurde auch sofort durchgestellt, als sie sich mit Mordkommission meldete.

„Neuer. Was kann ich für sie tun?" sagte eine wohlklingende Sopranstimme.

„Hm, ich wollte Herrn Dr. Hohm sprechen."

„Ich bin die Nachfolgerin. Ich habe die Praxis heute offiziell übernommen. Herr Dr. Hohm ist vor wenigen Wochen plötzlich verstorben. Wir hatten ursprünglich eine Praxisübergabe aus Altersgründen erst für das Jahresende geplant."

Die Kripobeamtin brachte ihr Anliegen vor. Nach dem Versprechen, eine offizielle Anordnung der Staatsanwaltschaft per FAX zu schicken, sagte Frau Dr. Neuer zu, Kopien der Patientendokumentation von Frau Todt baldmöglichst an das LKA zu schicken. Auf Nachfrage hatte sie angegeben, persönlich Frau Todt nie behandelt zu haben.

Danach rief Frau Rasch-Sucher noch bei ihrem Kollegen Fänger an und fragte nach dem Stand der Nachforschungen zu Verwandten der Bewohner der Landhaus Wohnresidenz. „Irgendwelche Angaben habe ich noch nicht," sagte dieser. „Wegen des Corona-Lockdowns arbeiten die Rechtspfleger beim Nachlassgericht Lichtenberg überwiegend im Home-

Office. Ich werde mal nachhaken und melde mich, sobald ich mehr weiß."

Ein verheißungsvoller Monatsanfang dachte Frau Rasch-Sucher. Wo auch immer sie nachfragte, gab es keine wesentlichen neuen Informationen. Aber die Staatsanwältin drängelte. Zu allem Überfluss rief auch noch Herr Dr. Winkelhuber aus München an und erkundigte sich an dem Sachstand. Er drohte an, wenn nicht schnell klare Ermittlungsergebnisse vorlägen, würde er persönlich nach Berlin kommen. Nach der ersten Lockerung der Maßnahmen wegen der Corona-Pandemie sei dies wieder möglich...

„Die Hotels haben aber noch geschlossen," dachte die Kripobeamte. „Alles nur hohle Drohungen. Das kannte sie vor allem von den Rechtsanwälten von Beschuldigten."

#

Endlich hatten einige Läden wieder offen. Gleich morgens hatte sich Heribert Korn eine Flasche Schnaps gekauft. Auf dem Etikett stand groß Doppelkorn. Dann ist das genau der richtige für mich dachte er. Wirkt doppelt! Gegenüber von dem Supermarkt entdeckte er eine leere Parkbank in einer kleinen Grünfläche. Das ist meine!

Er gönnte sich gleich einen doppelten Schluck aus der Flasche. „Warum will denn keiner mit mir etwas trinken? Neulich waren wenigstens noch ein paar Kumpels zum Saufen da. Und früher haben das viele gern gemacht. Aber da war ich noch ein Star!" Rührselig schaute er die Flasche an. 40% stand auf dem Etikett. „Ich will aber 100%! Ich will, dass mich jemand

100% liebhat." Er schluchzte. Die Passanten gingen einfach vorüber.

Keiner erkannte ihn. Alle hatten sein Gesicht vergessen.

5.5.20

Kurz nach Dienstbeginn schrillte Frau Fatimis Telefon. „Hier Fänger, wir haben Herrn Korn alias Schaumann gefunden. Hier liegt sturzbesoffen in der Notaufnahme des Auguste-Victoria-Klinikums in Schöneberg. Er hatte bei Aufnahme 3,2 Promille. Er wurde von Passanten am Boden liegend gefunden. Die haben dann die Polizei gerufen. Mit dem Rettungswagen wurde er heute gegen 4 Uhr in die Klinik gebracht."

\#

Frau Rasch-Sucher hatte sich gestern Nachmittag überlegt, heute Herrn Dr. Winkelhuber trotz seiner Drohung anzurufen und einfach zu fragen, was er denn selbst zur Aufklärung des Landhaus-Falles beitragen konnte. Sie hoffte, dass er einige neue Informationen hatte. Beim dritten Versuch hatte sie sein Büro erreicht. Er sei nicht zu sprechen. Wenig später rief die Sekretärin zurück und sagte, er wolle gegen 11 Uhr zurückrufen, da ihm „die Sache sehr am Herzen liege".

Die Kripobeamtin hatte also noch einige Bedenkzeit. Vielleicht würde der Rechtsanwalt wieder etwas impulsiv reagieren. Darauf wollte sie sich vorbereiten. Möglicherweise war es auch eine Chance, ihm ungewollt wichtige Informationen zu entlocken.

„Herr Dr. Winkelhuber, sie haben gestern beklagt, dass unsere Ermittlungen nicht so recht vorankommen. Ich habe sie angerufen, weil ich hoffe, dass sie vielleicht etwas zu den Ermittlungen beitragen können. Sie haben in ihrer Anzeige bei der Staatsanwaltschaft angegeben, dass Mordverdacht besteht. Wie kommen sie darauf?"

„Na, ganz einfach. Wenn sie die Obduktionsgutachten von Dr. Fleischhacker gelesen hätten, dann wüssten sie, dass er einen Tod durch „Burking" zumindest bei zwei der Landhausbewohner nicht ausschließen konnte. Einer davon war mein Großonkel. Wissen sie überhaupt, was „Burking" ist?" fragte der Rechtsanwalt mit deutlich aggressivem Unterton.

„Ja, Tod durch Ersticken. Der Täter sitzt dabei auf dem Brustkorb und hält dem Opfer Mund und Nase zu. Wird in abgewandelter Form auch in manchen totalitären Staaten von der Geheimpolizei als Foltermethode oder zum Erpressen von Geständnissen angewendet."

Es entstand eine lange Pause.

„Wer sollte denn ein Interesse daran haben, ihren Großonkel zu ermorden? Wenn man von einem Verbrechen ausgeht, stellt sich immer die Frage nach dem Motiv."

„Hm, das heißt, sie gehen jetzt auch von einem Mord aus?"

„Wir können ein Verbrechen zum jetzigen Zeitpunkt noch nicht ganz ausschließen... Uns fehlt vor allem ein Motiv. In solchen Fällen stellt sich natürlich immer die Frage, ob die Toten über Vermögen verfügten."

„Ja, hat Ihnen denn Frau Richter nicht gesagt, dass alle Bewohner des Landhauses über einiges an Vermögen verfügten? Die hatten alle Immobilien in Ostberlin geerbt. Nach der Wende habe ich mit Unterstützung von Frau Richter die Rückforderungen gerichtlich durchgesetzt. Das ist mein Spezial-gebiet. Meist kam es nicht zu Rückübertragungen der Immobilien, sondern zu hohen Ausgleichszahlungen."

„Aha, daran schließt sich gleich meine zweite Frage an. Gibt es rechtmäßige Erben? Kennen sie vielleicht jemanden, der seine Erbschaft beschleunigen wollte und bei den alten Leuten vielleicht etwas nachgeholfen hat?"

„Eine Unverschämtheit. Schon die Formulierung der Frage! Also Erben mit Anspruch auf einen Pflichtanteil gab es außer mir, Frau Richter und deren Cousin nicht. Alles übrige Geld- ich spreche hier von einigen Millionen Euro- sollte in eine noch zu gründende Stiftung eingebracht werden. Wir haben schon vorab auf unseren Pflichtteil verzichtet: Frau Richter und ich sollten Stiftungsvorstand werden. Stiftungsrecht ist auch ein Spezialgebiet von mir."

„Eitel und impulsiv", dachte Frau Rasch-Sucher. Aber diese Charaktereigenschaften des Rechtsanwalts hatten es ihr ermöglicht, ihm wichtige Informationen zu entlocken. Sie stichelte weiter: „Dann sind also sie und Frau Richter die Nutznießer..."

„Noch so eine Unterstellung und ich hänge sofort auf. Es ist zwar eine private Stiftung. Aber sie soll natürlich einem wohltätigen Zweck dienen. Sie soll ökologische Projekte in

Neuseeland unterstützen, zum Beispiel gefährdete endemische Arten, insbesondere die herrlichen Kauri-Bäume vor dem Aussterben bewahren. Das ist in Deutschland vielleicht nicht bekannt, aber Neuseeland ist von der Klimakatastrophe und dem Overtourism schwer betroffen. Die alten Herrschaften aus dem Landhaus waren dreimal gemeinsam in Neuseeland. Sie haben dabei die dortige Natur bzw. die noch vorhandenen Reste in ihr Herz geschlossen. Als dann die Idee von einer Stiftung und die Frage nach deren Ziel aufkam, habe ich ihnen einen entsprechenden Vorschlag gemacht. Alle haben sofort zugestimmt." Er hatte sich richtig ereifert. Die Stiftung schien auch ihm ein Anliegen zu sein.

„Klingt alles nachvollziehbar und gut durchgedacht," schmeichelte die Kripobeamtin ihm. „Ist das bisher nur eine Vision- Sie sprachen von einer zu gründenden Stiftung- oder gibt es schon konkrete Projekte?"

„Sie sind offensichtlich im Stiftungsrecht nicht so bewandert! Ist auch ein kompliziertes Rechtsgebiet. Frau Richter und ich haben mit den Bewohnern schon entsprechende Erbverträge gemacht. Wir sind gerade dabei als Vorbereitung in Neuseeland eine größere ländliche Immobilie zu erwerben. Da wollten die Landhaus-Bewohner im Mai hinfahren. Da ist da Nebensaison und es ist dann nicht so voll. Frau Richter sollte in ihrem Urlaub dort alles vorbereiten…"

„Wenn ich sie richtig verstanden habe, dann ist aber das Geld oder zumindest der größte Teil davon noch in Deutschland."

„So genau weiß ich das nicht. Das hat im Wesentlichen Frau Richter geregelt."

„Wie denn? Wir haben keine entsprechenden Unterlagen in den Apartments der Landhaus-Bewohner gefunden."

„Das kann ich Ihnen nicht sagen. Wie gesagt, das macht alles Frau Richter in Berlin vor Ort." Das war eindeutig eine ausweichende Antwort. Sie überlegte, wie sie Herrn Dr. Winkelhuber noch mehr Informationen entlocken konnte. Ihr fiel so schnell nichts ein.

„Woher kennen Sie denn Frau Richter?"

„Wir haben zusammen Jura studiert. Wir haben dann auch noch eine Zeitlang in der gleichen Kanzlei in München gearbeitet. Frau Richter wollte vor allem die Rückforderungen der Immobilien ihrer Großtante durchsetzen. Später hat sie sich dann für ein anderes Rechtsgebiet entschieden und ist aus persönlichen Gründen nach Berlin gegangen. Ich bin in München geblieben und habe mich auf Stiftungsrecht spezialisiert." Wahrscheinlich auch wieder nur die halbe Wahrheit! Frau Rasch-Sucher glaubte, kritische Untertöne gehört zu haben. Vielleicht waren die beiden mal ein Paar. Dann gab es Knatsch wegen einem Anderen und Frau Richter ist nach Berlin gezogen.

„Herr Dr. Winkelhuber, dann danke ich Ihnen für die Informationen. Die werden uns bei den weiteren Ermittlungen sicherlich helfen. Ich hoffe, dass wir sie dadurch schneller abschließen können."

Die Kripobeamtin überlegte: „Wenn wir jetzt davon ausgehen, dass Geld das Motiv für die Morde an den Landhaus-Bewohnern war, dann hätten wir jetzt zwei neue Verdächtige. Aber Herr Dr. Winkelhuber hatte auf Nachfrage entrüstet angegeben, dass er den ganzen April in München war. Wegen des Corona-Lockdowns hätte er gar nicht weggekonnt. Und Frau Richter hatte behauptet, dass sie erst nach Ostern aus Neuseeland wegen des dortigen Lockdowns nach Berlin zurückgekehrt sei. Zu diesem Zeitpunkt waren die Landhausbewohner nach den Obduktionsgutachten schon sicher tot.

Dagegen sprach das FAX vom Gründonnerstag mit einer Berliner Nummer. Sie hatte vergessen, bei der Kriminaltechnik nachzufragen. Also erkundigte sie sich jetzt dort. Der Kollege aus dem Bereich Cybertechnik erklärte ihr, dass es kein Problem sei, ein FAX aus Berlin loszuschicken, wenn man in Neuseeland sei. Dafür gäbe eine Reihe von technischen Möglichkeiten. Am einfachsten ohne großen technischen Aufwand gehe es aber mit einer speziellen Software oder über entsprechende FAX-Dienste im Internet. So etwas gäbe es schon einige Jahre. „Also, von überall auf der Welt möglich, sogar aus dem fernen Neuseeland."

Wieder was gelernt, dachte sie. Sie wusste, dass die Cyberkriminalität in den letzten Jahren rasant zugenommen hatte. „Wenn alles so einfach war. Man konnte (fast) alles online machen und dann verschlüsselt in irgendwelchen clouds speichern. Natürlich auch in einem Land, in dem ein polizeilicher Zugriff von Deutschland aus nicht möglich war.

Und dabei am Swimming-Pool neben seiner Geliebten im Liegestuhl sitzen und einen Aperol schlürfen."

„Möglicherweise haben wir auch deshalb in dem Büro am Helene-Weigel-Platz und im Landhaus nichts gefunden. Die machen alles elektronisch, z.B. ihre Dienstpläne Abrechnungen etc. und speichern die dann in einer cloud. Dort könnte ein Dienstplan von den Pflegekräften abgerufen werden, z.B. über ihr Smartphone mit einem persönlichen Passwort, auch aus Transnistrien. So ist es sehr wahrscheinlich gewesen. Insbesondere, wenn man bedenkt, dass diese illegal in Deutschland arbeiteten. Bloß keine verdächtigen Papierunterlagen hinterlassen... Und den Laptop haben sie einfach mitgenommen..."

Da werden wir nichts mehr finden, stellte die Kripobeamtin resigniert fest. Aber Tatsache bleibt, dass in dem Landhaus überhaupt keine Unterlagen zu irgendwelchem Zahlungsverkehr der Bewohner zu finden waren. Auch alles online? „Frau Richter und Herr Dr. Winkelhuber hatten eine Generalvollmacht von ihren Verwandten. Aber die fahren doch nicht nach Neuseeland ohne Kreditkarte. Also brauchen die ein eigenes Konto. Andererseits, wenn die Rechtsanwälte mit nach Neuseeland gereist wären und dort alle Rechnungen beglichen hätten... Dann hätte das aber schon etwas von Bevormundung. Ob die Alten sich das ohne Weiteres einfach gefallen ließen, ist doch sehr fraglich. Oder sie waren doch schon deutlich dement- was Frau Richter bestreitet. Dann würde sich sofort die Frage stellen, ob sie überhaupt noch geschäftsfähig waren, als sie die Generalvollmacht und den

Erbvertrag für die Stiftungen unterschrieben haben. Auch das dürfte kaum festzustellen sein, wenn nicht Herr Dr. Hohm entsprechende Untersuchungen gemacht hatte."

Auf Heimweg dachte Frau Rasch-Sucher entmutigt: „Alles digital und dadurch angeblich einfacher. Aber nicht für die Polizei... Und wurde die Welt dadurch lebenswerter? Ein kleiner Virus reichte schon, um die Fassade der digitalen Scheinwelt einstürzen zu lassen. Behauptet wird zwar von allen Seiten etwas Anderes, nämlich dass das Virus die Digitalisierung beschleunigt hätte. Vielleicht! Aber warum ist es mit aller künstlichen Intelligenz bisher nicht gelungen, eine vernünftige, praktikable, nicht so eingreifende Strategie für einen Lockdown zu entwickeln? Quarantäne und Kontaktsperre haben schon die Venezianer eingeführt- bei der Pestepidemie vor über 600 Jahren..."

Sie war zuhause angekommen. Dort lauerten ihre beiden Kinder, die sich seit Wochen Tag für Tag wegen des Lockdowns langweilten und dadurch immer missmutiger und aggressiver geworden waren...

#

Frau Fatimi hatte auf der Notaufnahme des Auguste-Victoria Klinikums angerufen. Sie hatte darauf hingewiesen, dass Herr Korn wahrscheinlich Corona positiv ist. Sie erhielt die Auskunft, dass er stationär aufgenommen werden sollte und dies vorher geklärt werde. Zurzeit könne er selbst keine Auskunft geben. Sie könne es gern morgen noch einmal versuchen...Und wenn sie sich ausweisen könne, dann könne sie auch mit ihm sprechen.

Mi 6.5.20

Frau Rasch-Sucher fand morgens in ihrem Postfach Kopien der elektronischen Patientendokumentationen aus der Praxis Dr. Hohm vor. Das war ja mal schnell gegangen. Die Dokumentation bestand neben einer Vielzahl von Laborzetteln etc. im Wesentlichen aus den Untersuchungsterminen, Abrechnungsnummern, Diagnosenummern, verordneten Medikamenten sowie gelegentlich kurzen Textbausteinen, geordnet nach den Kürzeln: An, Dia, Med, Bef und ÜW. Das konnte man – wie es gelegentlich geschah- nicht als digitale Krankengeschichte bezeichnen.

Es war keine Erzählung, die Auskunft gab über das gesundheitliche Befinden wie z.B. Schmerzen des Betreffenden, sondern eine Art Rechnung. Diese war auch nur von Eingeweihten zu entschlüsseln. Da sie einige Erfahrung mit Dateien hatte, wollte sie es versuchen. Zunächst musste sie die Begriffe für die Kürzeln finden. An stand offensichtlich für Anamnese= Vorgeschichte. Sehr häufig stand dahinter: dito oder unverändert. Nicht besonders aufschlussreich, aber es war seit der letzten Untersuchung wohl nicht viel passiert. Die meisten der Bewohner hatte lange Listen von Medikamenten, die sich auch meist von Termin zu Termin nicht änderten. Bei etlichen stand n.B. dahinter. Also nur Bedarfsmedikamente.

Dia bedeutete bestimmt Diagnose. Dahinter standen immer ein Buchstabe und Nummern. Das war ein international üblicher Code zur Abrechnung und Ähnlichem. Die Kripobeamtin hatte sich dazu eine Übersichtsdatei aus dem Internet für die ICD-10 Diagnosenummern heruntergeladen.

So konnte sie die Zahlenblöcke medizinischen Diagnosen zu ordnen. Sie stöhnte, dies war keine Aufgabe für eine Kriminalkommissarin bei der Mordkommission.

Nachdem sie sich über eine halbe Stunde mit den Diagnosenummern beschäftigt hatte, war ihr klar, wonach sie suchen musste. Für die Frage, ob die Landhausbewohner noch in der Lage waren, ihre Belange rechtlich verbindlich allein zu erledigen, musste sie vor allem nach F-Nummern suchen. Mit ihnen wurden psychiatrische Erkrankungen codiert. Nachdem sie die Patientendokumentation von allen Bewohnern durchgegangen war, stellte sie fest, dass alle bei zumindest einem der letzten drei Untersuchungstermine die Diagnose F06.7 bekommen hatten. Sie schaute schnell in ihrer Liste nach. Dabei handelte es sich um eine leichte kognitive Störung. Entweder hatte es sich Dr. Hohm sehr einfach gemacht oder es hatten wirklich alle Landhaus-Bewohner eine leichte geistige Beeinträchtigung. Aber was hieß bei über 80-Jährigen leichte Störung? Was konnten sie noch?

Bei einigen hatte er noch vermerkt: F32.0. Das war eine leichte depressive Störung. Hm, das passte nicht zu dem Bild einer fröhlichen Gesellschaft alter Menschen, die nach Neuseeland fliegen.

Daher suchte die Kripobeamtin, ob sie unter dem Kürzel Bef, den sie als Befund gedeutet hatte, nach näheren Angaben. Es gab in nur einer Patientendokumentation hierzu Angaben aus 2020. Da stand Depression und Schlafstörungen leicht gebessert. Zu den geistigen Fähigkeiten stand nichts nur Befunden. Bei den anderen Bewohnern fand sie Einträge wie

Gangstörungen, Obstipation, klagt über Schwäche, Schwindel usw.. Hören noch schlechter etc., Überweisung Orthopäde...

Obwohl sie über eineinhalb Stunden die Patientendokumentationen der Landhaus-Bewohner durchgegangen war, hatte sie nichts gefunden, was sie hinsichtlich der Frage einer möglichen Beeinträchtigung von deren geistigen Fähigkeiten weitergebracht hätte. Herrn Dr. Hohm konnte sie nicht mehr fragen, was er mit leichter kognitiver Störung gemeint hatte. Sie hatte schon öfter gehört, dass Hausärzte sich scheuen, die Diagnose einer Demenz zu stellen. Angeblich fürchten sie negative Auswirkungen auf ihre Patienten oder deren Angehörigen. Hatte Dr. Hohm deshalb nur F06.7 dokumentiert?

Sie seufzte. Das Problem, dass auch langwierige Ermittlungen sie oft nicht weiterbrachten, kannte sie nur zu gut. Überhaupt sah ihre Arbeit meistens anders aus als die in den Krimis im Fernsehen dargestellte. Viel Arbeit am PC bzw. Schreibtisch. Verdächtige wurden meist zur Vernehmung vorgeladen. Nur sehr selten gab eine rasende Verfolgungsjagd mit dem Auto durch die ganze Stadt. Das SEK wurde meist nur bei einer Verhaftung oder einem Überfall angefordert.

Gerade als sie die pdf-files der Patientendokumentationen schließen wollte, fiel ihr ein, dass sie die Unterlagen von Herrn Schaumann/Korn noch nicht durchgegangen war, weil dieser nicht unter den toten Bewohnern im Landhaus gewesen war. Nur deren Todesumstände sollte sie klären. Aber Frau Richter hatte erwähnt, dass Dr. Hohm bei ihm ein Wernicke-Korsakoff-Syndrom diagnostiziert hatte. Das musste doch auch irgendwo dokumentiert sein...Nach der Liste aus dem Internet hatte es den Code F10.6.

Eine entsprechende Codierung fand sie aber bei Herrn Korn nicht. Hm, was bedeutete das? Dass Dr. Hohm nicht sorgfältig arbeitete? Oder etwa, dass Frau Richter sich dies ausgedacht hatte. Sie hatte keine entsprechenden medizinischen Kenntnisse...Vielleicht war diese Diagnose schon irgendwo in der Presse aufgetaucht, als der Entertainer plötzlich von der Bildfläche verschwand. Und Frau Richter hatte sie einfach übernommen. Könnte sein, aber sie hatte behauptet, dass der Hausarzt diese Diagnose gestellt hatte. Auch hatte sie eine entsprechende Symptomatik, nämlich eine Gedächtnisstörung beschrieben.

„Bin ich da auf etwas gestoßen?" fragte sich die Kripobeamtin. Es hatte auch schon Betrugsverfahren gegen Ärzte in Berlin gegeben... Sie entschloss sich, Herrn Dr. Fleischhacker zu fragen. Seine Quarantänezeit müsste vorüber sein. Beim dritten Versuch hatte sie ihn am Telefon. Sie schilderte ihm den Fall.

„Hm, auch Ärzte sind nur Menschen. Da gibt es sicher auch einige, die wissentlich betrügen. Heutzutage wird der ärztliche Alltag durch unzählige Regelungen und Verordnungen von Seiten des Gesetzgebers und der Krankenkasse bestimmt. Darüber klagen die niedergelassenen Ärzte schon lange. Insbesondere darüber, dass man gar alle Vorschriften kennen kann. Dr. Hohm war doch schon alt und hat sich vielleicht nicht mehr für die neuen Vorschriften interessiert, weil er seine Praxis abgeben wollte. Das ist die eine Seite. Aber auf der anderen Seite gibt es trotz der vielen Vorgaben viele Bereiche, die nicht klar geregelt sind. Ein praktisches Beispiel: ein Psychiater würde bei einem Alzheimer Demenz-Patienten F0 dokumentieren, ein Neurologe G30. Beides ist richtig und es müsste beides zusammen dokumentiert werden. Häufig wird aber nur eins angegeben."

„Das ist interessant. Gibt es denn für ein Wernicke-Korsakoff-Syndrom auch noch eine andere Nummer außer F10.6?"

„Hm, dass weiß ich jetzt nicht aus dem Kopf. Ich kenne mich als Gerichtsmediziner mit den ICD-10 Codierungen nicht so gut aus. Aber einiges weiß ich doch. Möglicherweise wird es auch unter Vitaminstörungen in der ICD-10 codiert, denn es wird durch einen Mangel an Vitamin B1 verursacht und nicht durch zu viel Alkohol. Wahrscheinlich war Herr Korn wie auch die andern Landhaus-Bewohner Privatpatient. Ich bin kein niedergelassener Arzt, aber soviel ich weiß, muss man da als Arzt aufpassen, welche Behandlungsdiagnosen man bei der Abrechnung angibt. Die privaten Krankenkassen haben nämlich manchmal Ausschlussklauseln. Da wird dann von wohlmeinenden Ärzten bei Privatpatienten die Diagnose halt ein bisschen -sagen wir mal- angepasst. Es gibt da einen Gestaltungsspielraum- einen legalen natürlich. Vielleicht gehört F10.6 dazu... Sehen sie mal bei Vitaminstörungen nach!"

„Hm, also im Klartext: da wird gemogelt. Jetzt verstehe ich langsam, warum ich immer nur F06.7 leichte kognitive

Störung als Diagnose gefunden habe... Gibt es dazu eventuell auch noch neurologische Codes?"

„Natürlich, denn die Ursachen können vielfältig sein, unter anderem degenerative Erkrankungen wie Alzheimer oder Parkinson oder Durchblutungsstörungen des Gehirns oder auch kleine Schlaganfälle..."

„Und was bedeutet dann leichte kognitive Störung genau?"

„Hm, darauf kann ich ihnen leider keine Antwort geben. Da müssten Sie einmal einen Neurologen oder Psychiater fragen. Soweit ich weiß, haben die dafür eine Reihe von Tests. Einen dieser sogenannten Demenztests hat sogar der amerikanische Präsident Trump bestanden."

„Und was sagt einem dann die Testergebnisse zur Geschäftsfähigkeit?"

„Das kann ich Ihnen nicht sagen. Das muss in entsprechenden Gutachten geklärt werden. Aber haben sie denn bei den Landhaus-Bewohner irgendwelche Unterlagen oder Befunde über kognitive Defizite?"

„Dr. Hohm hat in der Patientendokumentation nichts Derartiges vermerkt."

„Tests machen Hausärzte leider häufig nicht. Die schreiben nur wenige Befunde auf. Die interessieren vor allem die ICD-10 Codes zur Abrechnung. Wenn der Hausarzt keine entsprechenden Befunde dokumentiert hat, kann man nichts Genaues zu dem Schweregrad der kognitiven Defizite sagen."

„Puh, das war alles es aufschlussreich. Vielen Dank. Aber es heißt auch, dass ich die Patientendokumentationen noch einmal nach neurologischen Krankheitscodes durchgehen muss. Mich hatte der gute Gesundheitszustand der Bewohner schon überrascht."

Frau Rasch-Sucher machte sich schnell wieder an ihre ICD-10 Liste. Aha, unter sonstige alimentäre Mangelzustände – was auch immer damit gemeint war- fand sie eine Wernicke-Enzephalopathie E51.2. Diesen Code hatte Dr. Hohm bei Heribert Korn angegeben. Dann hatte Dr. Fleischhacker also recht mit seiner Annahme...Sie schaute in der Liste nach, welche Nummer für Schlaganfall in der ICD-10 stand: I63. Diesen Code fand sie bei drei der Landhausbewohner. Die waren also nicht so gesund, wie Frau Richter behauptet hatte.

Zum Schluss sah sie noch bei den neurologischen Erkrankungen nach: Alzheimer hatte die Nummer G30 und Parkinson G20. Bei der Durchsicht der Patientendokumentationen stellte sie fest, dass Dr. Hohm bei je zwei Bewohnern diese Codes angegeben hatte. Summa summarum hatten alle Landhaus-Bewohner eine ICD-10 Diagnose, die auf eine Hirnschädigung hinwies.

„Das war kein Mogeln mehr, Frau Richter hat schlicht falsche Angaben über den Gesundheitszustand der Verstorbenen gemacht. Schwer vorstellbar, dass die Bewohner noch einfach so nach Neuseeland reisen konnten. Bei der langen Flugzeit. Auch war fraglich, ob sie noch geschäftsfähig waren, als sie die Vollmachten und ihre Testamente abgefasst haben. Frau Richter hatte angegeben, ihnen dabei geholfen zu haben...," dachte Frau Rasch-Sucher. Sie lud Frau Richter für den nächsten Tag noch einmal vor.

Kurze Zeit später rief Dr. Fleischhacker an: „Entschuldigung, hatte ich ganz vergessen: während ich in Quarantäne war, sind die Befunde aus der Toxikologie gekommen. Da wir eben nicht darüber gesprochen haben, wollte ich nur kurz nachfragen, ob sie sie bekommen haben..."

„Nein, steht denn etwas Wichtiges drin? Ich habe bei der Besichtigung des Landhauses- fast hätte ich gesagt des Tatortes- die dort gefundenen Medikamente bei jedem Bewohner dokumentiert. Das waren bis zu 17!"

„Ja, das ist ein Riesenproblem in der Altersmedizin. Für jede Erkrankung ein oder manchmal sogar mehrere Medikamente... Oft werden sie nicht eingenommen, sondern nur „aufbewahrt für Notfälle!" Haben sie denn Unterlagen darüber, was der Hausarzt aktuell verordnet hat?"

„Ja, aber oft stand n.B., also nach Bedarf dahinter. Wer den Bedarf festgestellt hat, ist nicht klar. Dr. Hohm ist schon im März gestorben. Vielleicht das Pflegepersonal, vielleicht die Betreffenden selbst. Machen sie es nicht so spannend. Ist denn irgendetwas von Belang herausgekommen?"

„Ja, deswegen rufe ich ja an. Bei allen Bewohnern haben wir Beruhigungs- bzw. Schlafmittel nachgewiesen. Und bei vier von ihnen auch noch opiathaltige Schmerzmittel. Die festgestellten Konzentrationen waren nicht besonders hoch. Aber es ist hinlänglich bekannt, dass die toxischen Dosen bei Älteren wesentlich niedriger sind als bei Jüngeren. Genaues lässt sich meist nicht sagen, da große individuelle Unterschiede bestehen. Da kommt es auch noch auf andere Faktoren an, wie z.B. Trinkverhalten. Wenn jemand zu wenig Flüssigkeit trinkt, dann ist die Wirkung der Medikamente meist stärker."

„Zumindest kann man folgern, dass die erwähnten Medikamente bei Patienten mit Atemproblemen wie einer COVID-19 kontraindiziert sind, da sie atemdepressiv wirken, also die Atmung dämpfen. Das gilt besonders für die Bewohner, die zusätzlich noch opiathaltige Schmerzmittel bekommen haben… Vielleicht sind die vom Hausarzt verordneten Schlafmittel, auch die nach Bedarf einfach weitergegeben worden, obwohl es ihnen schlechter ging. Möglicherweise aus Unkenntnis der Nebenwirkungen. Vielleicht sind sie auch bewusst verabreicht worden, um den Bewohner den Tod zu „erleichtern". Das wird nicht selten gemacht. Da spricht bloß keiner drüber. Die Grenze zum „Nachhelfen" ist fließend."

„Hm, das ist dann so wie Einschläfern bei kranken Hunden, oder? Aber was heißt das jetzt konkret für die Landhausfälle?"

„Sterbehilfe ist ein ganz schwieriges und heikles Thema. Nach einem Urteil des Bundesverfassungsgerichts ist Beihilfe zum Suizid nicht strafbar. Die Betreffenden müssen aber die Medikamente selbst einnehmen. Also hängt es wesentlich davon ab, ob die Bewohner noch bei Bewusstsein waren … COVID-19 ist nur wahrscheinlich. Viren konnten ja nicht mehr nachgewiesen werden. Aber eine Corona-Infektion wird von der Mehrzahl der älteren Menschen überlebt und sie sind nicht bewusstseinsgestört."

„Alles sehr interessant. Aber es hilft mir nicht weiter. Deshalb noch einmal nachgefragt: Bestätigen die toxikologischen Befunde die Mordhypothese?"

„Hm, ich würde sagen, dass sie sie zumindest deutlich verstärken."

\#

Frau Fatimi fuhr schon früh morgens in das Auguste-Viktoria Klinikum. Sie war darüber informiert worden, dass Herr Korn zum Alkoholentzug auf einer geschützten psychiatrischen Station untergebracht worden war. Auf dem weitläufigen Gelände fand sie die Station erst in der hintersten Ecke.

Der Stationsarzt Dr. Rausch hatte sie gewarnt: „Der ist noch voll im Alkoholentzug. Da werden Sie nicht viel herausbekommen. Teilweise wirkt er auch delirant." Sie hatte trotzdem darauf bestanden, versuchen zu dürfen, ihn zu befragen. Es ging ihr um Informationen von ihm über die Zeit, nachdem er das Landhaus verlassen hatte. Der Stationsarzt stimmte einem Gespräch mit Herrn Korn erst zu, als sie drastisch auf die Konsequenzen bei einer Nicht-Nachverfolgung eines Corona-Infizierten hingewiesen hatte. Als Beispiel nannte sie die Verbreitung des Virus in dem Hochhauskomplex in Lichtenberg.

Herr Korn lag in einem Isolierzimmer. Daher musste sie Schutzkleidung anziehen. Im Bett lag ein Mann, der schwer atmete. Er hatte nur ein Flügelhemd an, die Notausstattung des Krankenhauses für Patienten, die nichts mehr anzuziehen hatten. Sein Alter war kaum zu schätzen. Dem Augenschein nach sehr alt. Er schien vor sich hin zu sprechen. Jedenfalls bewegten sich seine Lippen ständig. Bei genauem Hinsehen war es kein Sprechen, so ein Zittern.

Der Mann, der jetzt aufrecht vor ihr im Bett saß, zitterte. Nicht nur mit den Händen, sondern der ganze Körper. Er musste sich mit beiden Armen im Bett abstützen. Trotzdem schwankte er leicht hin und her. Schweißtropfen bedeckten seine Stirn. Er sah sehr ungepflegt und verlebt aus. Das Leben hatte breite Furchen auf seiner Stirn und auch auf den Wangen hinterlassen. Eine aufgekratzte schmale Wunde zog sich von der linken Augenbraue bis in die Geheimratsecke. Das Gesicht wirkte leicht aufgedunsen. Die langen Haare waren feucht und klebten in Strähnen an seinem Kopf. Am Hinterkopf war eine große kahlen Stelle zu sehen. Darauf prangte in der Mitte eine gelbliche Kruste. Er hatte offensichtlich wiederholt versucht, diese loszukratzen, denn sie war unterblutet. Sein Bart war stoppelig und ungepflegt. Einzelne kleine Essensreste hatten sich darin verfangen. Eine rötliche Sauce klebte an seiner Backe und in den Barthaaren über der Oberlippe.

Ein Maskenbildner hätte es wahrscheinlich, wenn er den Auftrag gehabt hätte, Harry Schaumann das Aussehen eines Alkoholikers zu geben, nicht eindrucksvoller machen können. Aber das hier war kein Film, sondern live und real. Sie hätte ihn nicht erkannt, obwohl sie Filme mit ihm gesehen hatte.

Harry Schaumann sah aus wie ein völlig heruntergekommener Alkoholiker. Das war er eigentlich auch.

Er machte fahrige Bewegungen, griff zunächst an dem Wasserglas auf dem Nachttischschrank vorbei. Die Eleganz seiner Bewegungen war völlig verschwunden. Er versuchte aufzustehen, konnte dies aber wegen des starken Zitterns nicht.

Dieser Mann soll einmal der galante, charmante Harry Schaumann gewesen sein? Kaum zu glauben. Der Glanz war verblichen und der Lack war ab. Er hatte nichts mehr mit dem eleganten und schlagfertigen Entertainer gemein. Daher sprach die Amtsärztin ihn mit Herr Korn an. Das fand sie in der aktuellen Situation passender.

Sie konnte jetzt verstehen, warum er nicht erkannt worden war, als er mutmaßlich in den letzten Wochen durch Berlin gegeistert ist. Was er genau in dieser Zeit gemacht hatte, außer sich zu besaufen, wollte sie in einem Gespräch mit ihm klären.

„Ich bin eine Amtsärztin vom Gesundheitsamt Marzahn-Hellersdorf. Ich möchte gern mit Ihnen sprechen."

„Aha." Er deutete auf die Bettkante. „Schöne Frau, setzen sie sich doch". Dabei klopfte er auf das Bett neben ihm. Das war von dem einst großen Charmeur geblieben. Ein allenfalls kläglicher Rest.

„Und wer sind sie?"

„Ikke, ich bin Heribert!"

„Ja und weiter?"

„Na, früher hieß ich Schaumann, jetzt heiße ich wieder Korn."

„Herr Korn, wie alt sind sie?"

„Weiß ich nicht genau. Ist das denn wichtig? 1948 geboren. Da können sie selbst nachrechnen."

„Wissen sie denn, welchen Tag und welches Datum wir heute haben."

„Nö, ist auch nicht wichtig. Interessiert mir nicht mehr. Wichtig ist nur noch Alkohol!"

„Wissen sie denn, wo wir jetzt hier sind?"

„Sachte ikke doch schon, völlig uninteressant." Er machte eine weit ausladende Bewegung und fiel dabei fast aus dem Bett. Mühsam konnte er sich gerade noch abstützen.

„Was haben sie denn in den letzten Tagen gemacht?"

„Habe ikke vergessen, völlig vergessen!"

Frau Fatimi sah den neben ihr stehenden Stationsarzt Dr. Rausch traurig an. „Sie hatten wohl recht. Von Herrn Korn sind keine sachdienlichen Auskünfte zu bekommen. Aber ich wollte nichts unversucht lassen. Das ist meine Pflicht als Amtsärztin bei jemandem, der wahrscheinlich Corona-Superspreader ist."

„Na, möglicherweise erholt er sich wieder ein bisschen. Als Herr Schaumann war er nach unseren Unterlagen mehrfach hier in Klinik. Immer zum Alkoholentzug. Schon zweimal hatte er ein Delir. Er kam jedes Mal in ähnlich schlechten, völlig betrunkenen Zustand. Er hat dann wohl den Weg von irgendeiner Saforgie in der Stadt zu seinem Haus am Wannsee nicht mehr geschafft. Aber er hat sich zu unserem Erstaunen jedes Mal wieder berappelt. Bis auf das letzte Mal, da hatte er wohl eine Wernicke-Enzephalopathie mit bleibenden Gedächtnisstörungen. Auch die Reha hat nicht viel gebracht. Nach unseren Unterlagen hat ihm dann eine alte Freundin einen Platz in einem Pflege- und Altenheim besorgt. Seine Frau hatte sich schon vorher wegen seiner Alkoholexzesse von ihm scheiden lassen. Im Internet habe ich gestern Zeitungsnotizen zu dem Scheidungsprozess gefunden. Danach soll er, wenn er betrunken war, gewalttätig gegenüber seiner Frau gewesen sein. Er soll sie auch erheblich verletzt haben."

„Also, so gar nicht der galante Schauspieler! Aber wenn sie sagen, er hat sich meist nach dem Alkoholentzug wieder gebessert, dann würde ich es gern, wenn er sich auch diesmal wieder erholen sollte, noch einmal versuchen, ihn zu befragen."

„Können sie gern machen. Am besten rufe ich sie an, wenn ich den Eindruck habe, dass er wieder Auskunft geben kann," schlug Dr. Rausch vor. „Aber erwarten sie nicht zu viel. Er hat wahrscheinlich das Meiste endgültig vergessen."

Auf ihrem Rückweg wollte Frau Fatimi nicht wieder über das Gelände des OP-Neubaus gehen und wählte daher den Weg links durch eins der Gebäude. So kam sie auch schneller zu ihrem Auto, das sie in der Thorwaldsenstraße geparkt hatte.

Sie war ganz in Gedanken, seitdem mehrere Weißkittel in einer Ecke des Gebäudes hatte rauchen sehen. Aber nicht das Rauchen, sondern irgendetwas Anderes hatte sie gestört. Es fiel ihr aber nicht ein was. So ging sie den Gang weiter entlang. Dann kam eine sich automatisch öffnende Tür. Sie wäre- immer noch in Gedanken vertieft- fast dagegen gelaufen, weil sie sich nicht automatisch öffnete.

Da sie bis vor wenigen Monaten in einem Krankenhaus gearbeitet hatte, wusste sie, dass an der Wand große Türschalter zu finden waren. Sie drückte darauf. Die Tür öffnete sich. Sie ging noch einige Schritte weiter und stutzte. Dort standen drei Tragen mit Metalldeckeln. Oh, Schreck! Leichen dachte sie. „Wo bin ich hier hingeraten? In die Pathologie! Zu viele Leichen wegen Corona?! Oder warum stehen die drei hier draußen auf dem Gang?" Ihr wurde schwindelig. Als sie sich an einer der Tragen festhalten wollte, fiel der Metalldeckel scheppernd zu Boden. Sie glitt zu Boden. Als sie sich wieder an der Trage langsam hochzog, da sah sie es. Die Leiche hatte ein Band um den Kopf. Das sollte verhindern, dass der Kiefer nach dem Tod herunterklappt. Das hatte sie in Aleppo öfter gesehen. Und dies war es, was sie vorhin bei den Rauchern gestört hatte. Sie hatten ihren hinter den Ohren angebundenen Mundschutz unter dem Kinn "aufgehängt". Das hatte sie an die Kinnbänder bei Leichen erinnert.

Sie hatte es verdrängt, aber nicht vergessen.

Nachdem sie fluchtartig das Krankenhaus verlassen, beschloss sie, sich nach dem Schock erst einmal etwas abzulenken. Die

Cafés hatten wegen des Corona-Lockdowns noch geschlossen. Was also gab es zur Ablenkung? Shopping? War nicht ihr Ding. Außerdem zurzeit noch gar nicht möglich. Denn fast alle Läden außer den systemrelevanten Lebensmittelläden hatten ebenfalls noch geschlossen. Nach kurzem Nachdenken kaufte sie sich eine Tafel Schokolade. „Ist gut für die Nerven!"

Auf dem Rückweg zu ihrem Auto bemerkte Frau Fatimi noch einige Passanten, die ihren Mundschutz unter ihr Kinn aufgehängt hatten. „Wenn sie sich nicht an die Hygieneregeln halten, sind vielleicht auch sie bald Leichen", dachte sie düster.

Do 7.5.20

Auf die Vernehmung von Frau Richter hatte sich Frau Rasch-Sucher eingehend vorbereitet. Dafür hatte sie einen umfangreichen Fragenkatalog zusammengestellt. Genau wie ihr Kollege Hänker hatte sie bei dem bisherigen Gespräch mit der Rechtsanwältin den Eindruck gehabt, dass diese allenfalls die nötigsten Informationen auf die Fragen der Kripobeamten preisgab. Oft hatte sie auch nur ausweichend geantwortet. Wenn sie Generalvollmachten und Patientenverfügungen von den Bewohnern in der Landhaus Wohnresidenz hatte, müsste sie in deren Interesse wesentlich besser informiert sein.

Frau Richter nahm ihr gegenüber Platz. Sie nahm ihren Mundschutz nicht ab. So konnte sie ihre Mimik kaum beurteilen. Die Stimmung der Rechtsanwältin war von Anfang an leicht gereizt. „Warum laden sie mich hier offiziell als Zeugin vor? Ich habe doch ihrer Kollegin schon alle Fragen beantwortet. Freundlich ohne offizielle Vorladung! Schließlich habe auch ich ein großes Interesse an der Aufklärung der schrecklichen Todesfälle. Hat Herr Hänker ihnen ihr Gesprächsprotokoll nicht zugeleitet?"

„Doch, aber zwischenzeitlich haben sich noch eine ganze Reihe von Fragen ergeben," die Kripobeamtin deutete auf den Schreibblock, der vor ihr lag. „Fangen wir noch einmal ganz vorne an. Sie sind in Besitz von Generalvollmachten und Patientenverfügungen von allen Landhausbewohnern außer Herrn Müller, richtig?"

„Ja, aber das habe ich doch schon Herrn Hänker gesagt."

„Das ist ungewöhnlich. Meist werden Angehörigen oder guten Bekannten Vollmachten erteilt. Was wissen sie über Angehörige von den Verstorbenen?"

„So ungewöhnlich ist das nicht. Ich habe als Rechtsanwältin, die sich auf Betreuungsrecht spezialisiert hat, bei einer ganzen Anzahl von älteren Klienten die Betreuung übernommen, teils von Amtswegen, teils weil die Betreffenden ihren Angehörigen nicht trauen. Aber zu ihrer Frage: Die Landhaus-Bewohner hatten alle außer Herrn Müller und Frau Todt keine näheren Angehörigen mehr. Das wissen sie doch, was soll die Frage?"

„Na, soweit wir das bisher recherchieren konnten, hat zumindest Herr Korn einen Sohn, Edgar Korn..."

„Das ist mir nicht bekannt."

„Haben sie ihn denn nicht nach Angehörigen gefragt, als sie mit ihm die Inhalte der Vollmachten besprochen haben?"

„Klar habe ich das. Das gebietet schon die rechtsanwaltliche Sorgfaltspflicht. Er hatte auf Nachfrage keine Angehörigen angegeben. Er war allgemein sehr vergesslich. Vielleicht hat er seinen Sohn vergessen…"

„Hm, vielleicht erzählen sie einfach mal, wie es dazu kam, dass sie Bevollmächtigte von fast allen Bewohnern geworden sind."

„Das ist eine längere Geschichte… Also gut, ich fange mal vorne an. Meine Großtante hatte davon gehört, dass das Landhaus renoviert und zu einem Altenheim umgebaut werden sollte. Das war anders geplant gewesen. Zunächst waren etwa 15 bis 18 Bewohner vorgesehen. Dann hatte es aber rechtliche Probleme gegeben. Denn nach dem Berliner Wohnteilhabegesetz wäre keine betreute Wohngemeinschaft mit mehr als 11 Bewohnern möglich gewesen. Wegen der vielen juristischen Probleme habe ich dann vorgeschlagen, dass mich die Interessenten, die meine Großtante aus ihrem Freundes- und Bekanntenkreis gefunden hatte, bevollmächtigen, um mit dem Investor zu verhandeln. In dem Zusammenhang habe ich sie, weil das mein Fachgebiet ist, gleich hinsichtlich einer Patientenverfügung beraten."

„Klingt plausibel. Sollte das also eine betreute Demenz-WG werden?"

„Wie kommen sie denn darauf?" fragte Frau Richter entrüstet.

„Ja, wofür brauchten die Bewohner denn sonst eine Betreuung?"

„Also, hier bringen sie etwas durcheinander. Mit Betreuung ist nicht die rechtliche Betreuung, sondern die pflegerische Betreuung gemeint…"

„Aber sie haben gegenüber Herrn Hänker gesagt, dass die Bewohner auch 2020 noch nicht schwer krank waren…Das heißt doch, dass sie es dann bei Unterzeichnung der Pflegeverträge auch nicht waren. Wozu brauchten sie dann eine pflegerische Betreuung?"

Frau Richter kochte. „Sie wollen mich nicht verstehen oder sie hören nicht richtig zu. Eine betreute Wohngemeinschaft war nur geplant. Damals waren die späteren Bewohner gesundheitlich noch gut beieinander. Ich habe den Vorschlag einer Vollmacht nur vorsorglich gemacht, um besser mit dem Investor verhandeln zu können. Das sagte ich doch schon. Und letztendlich ist aus dem Landhaus etwas ganz anderes geworden. Das, was sie gesehen haben mit nur acht Bewohnern."

„Wenn ich die Unterlagen richtig gelesen habe, dann hat ihre Großtante vorher in Pankow gewohnt…"

„Ja, sie hatte dort eine wunderschöne Altbauwohnung mit Blick in einen Park. Es war eine Eigentumswohnung."

„Wie hat sie denn dann von dem Investor oder der Landhausrenovierung in Biesdorf erfahren? Das ist doch ein anderer Bezirk! Wie der Berliner sagt Jottwede"

„Sie war bis etwa 2003 selbst im Immobiliengeschäfte tätig. Angefangen hatte es mit den ererbten Immobilien. Die hatte sie um 1995 zu einem sehr guten Preis, also über dem damals üblichen Marktwert an eine Immobilienfinanzierungsgesellschaft verkauft. Dies war für sie der Anreiz, sich weiter in diesem Geschäftsfeld zu betätigen. Vor allem hat sie die Immobilien von Bekannten an Käufer vermittelt. Einige ihrer Bekannten hatten die Immobilien ebenfalls nach der Wende zurückbekommen."

„Dann war sie also Maklerin tätig. Aber noch einmal, woher kannte ihre Großtante den Investor?"

„Hm, das war keine Einzelperson, sondern eine Finanzierungsgesellschaft. Mit der hatte sie als Maklerin einige Immobiliengeschäfte gemacht."

„War das etwa die ZWK-Immobilienfinanzierung GmbH und Co. KG, in der Friedrichstraße?"

„Ja, ich glaube für die war sie hauptsächlich tätig. Die hat sie kennengelernt, als es um den Verkauf von einer der geerbten Immobilien ging. Wie gesagt, die haben ihr einen sehr guten Kaufpreis geboten."

„Ich habe trotz mehrerer Versuche diese Finanzierungsgesellschaft bisher nicht telefonisch erreichen können... Können sie mir mehr zu ihr sagen?"

„Nein, vielleicht ist in dem Corona-Lockdown das Büro nicht besetzt. Die Immobiliengeschäfte hat meine Großtante selbstständig gemacht. Sie war eine gepflegte ältere Dame. Mit ihrem seriösen Auftreten hat sie viele Kunden für die ZWK gewonnen. Also ich gehe davon aus, dass diese Finanzierungsgesellschaft zuverlässig ist. Die gibt es schon über 25 Jahre. Keine riskanten Bauträgergeschäfte oder ähnliches."

„Hm, sie sprachen vorhin davon, dass eine betreute Wohngemeinschaft rechtlich nicht möglich war. Wie ist das denn dann geregelt worden? Haben sie die Verträge gemacht?"

„Eigentlich war ich nur beratend tätig. Na, ganz einfach der Mietvertrag und der Vertrag über die Erbringung der Pflege- und Betreuungsleistungen sind mit der ZWK abgeschlossen worden. Dabei ging es um die individuell erforderlichen Serviceleistungen. Alle Bewohner haben sich ihr Wohnrecht auch noch durch eine Kapitaleinlage bei einem Fund der ZWK gesichert."

„Das ist ja interessant. Ich habe gesehen, dass die ZWK Fonds für Pflegeimmobilien selbst auflegt und vertreibt..."

„Was wollen sie damit andeuten?"

„Nichts, aber ich hätte da noch ein paar Fragen. Wenn sie die Verträge gemacht haben, dann müssten sie doch den – wie sie sagten- Investor oder die leitenden Mitarbeiter der ZWK Finanzierungsgesellschaft kennen?"

„Ich wüsste nicht, was das hier zur Sache tut. Es geht um den gewaltsamen Tod der Landhaus-Bewohner, unter anderen meiner Großtante! Warum haben sie da noch nichts ermittelt? Kein Wunder, wenn sie ihr Augenmerk auf irgendwelche Immobilienfinanzierer richten statt auf das Pflegepersonal. Das ist doch verantwortlich für die Betreuung der älteren Menschen. Was soll die ganze Fragerei nach dem Investor?" In dem schmalen Schlitz zwischen weit hochgezogenem Mundschutz und in die Stirn gekämmten Haaren sah die Kripobeamtin die Augen der Rechtsanwältin drohend funkeln.

„Kennen sie den Werbeflyer der Landhaus Wohnresidenz?"

„Was soll denn diese idiotische Frage?" fragte Frau Richter gereizt.

„Nun, dort steht auf der Rückseite als Ansprechpartner für die Landhaus Wohnresidenz nur die ZWK Finanzierungsgesellschaft. Ein Pflegedienst wird nicht genannt. Nach meinen Recherchen im Internet hat der Pflegedienst in dem Landhaus auch schon zweimal gewechselt. Sie haben vorhin gesagt, dass die Bewohner keinen Pflegedienst im üblichen Sinne benötigten, sondern ihre persönlich erforderlichen Serviceleistungen frei wählen konnten. Wer war denn dafür der Ansprechpartner bzw. wer sollte das organisieren? Der Immobilieninvestor oder sie als Bevollmächtigte?"

„Das ist doch die Höhe! Was unterstellen sie mir? Dass ich mich nicht um die Bewohner gekümmert hätte! Unerhört!" Sie ereiferte sich. Die in dem Schlitz sichtbare Haut nahm eine rötliche Färbung an. Die Rechtsanwältin war im Begriff aufzustehen.

„Frau Richter," sagte die Kripobeamtin betont langsam. „Sie wollten doch, dass aufgeklärt wird, unter welchen Umständen ihre Großtante und die anderen Bewohner des Landhauses ums Leben gekommen sind. Das haben sie noch vor wenigen Minuten mit Nachdruck gefordert. Eine wesentliche Rolle spielt dabei- ich hoffe, dass sie mir insoweit zustimmen- das Pflegepersonal. Und insbesondere wie viele Pflegekräfte außer Frau Petrowka Anfang April dort waren. Dazu bräuchten wir Dienstpläne etc... Die haben wir aber nicht gefunden, obwohl wir in dem Büro des Pflegedienstes eine Hausdurchsuchung durchgeführt haben. Wir haben also sehr wohl schon Ermittlungen durchgeführt. Aber dort sah es- sagen wir mal- sehr verlassen aus. Die hatten nichts vergessen. Alles leer bis auf einen alten Dienstplan von Ende 2018. Deshalb noch einmal meine Frage: Wer war für die Organisation des Pflegedienstes verantwortlich?"

Die Rechtsanwältin hatte sich wieder gefangen. „Ach, sie sprechen immer von Pflegedienst. Den brauchten die Bewohner gar nicht. Die waren doch gesund und nicht pflegebedürftig. Da können sie Herrn Dr. Hohm fragen."

„Haben wir versucht..."

„Versucht? Sie sollen ermitteln, gegebenenfalls vorladen. Haben sie mit mir ja auch gemacht!"

„Hm, wissen sie gar nicht, dass Dr. Hohm Ende März plötzlich verstorben ist?"

„Nein, woher denn? Schrecklich, so ein guter und verständnisvoller Arzt. Da war ich wohl schon in Neuseeland."

„Jetzt noch einmal zurück zu meiner Frage: Wer war für die Organisation des Pflegedienstes verantwortlich?"

„Na, die ZWK natürlich. Wir haben mit denen einen Pauschalvertrag gemacht. Der schloss Pflegedienstleistungen ein. Der Umfang richtete nach dem Bedarf der Bewohner. Das war Teil des Finanzierungsmodells. Ähnlich wie bei einer Privatkrankenkasse bezahlten die Bewohner zu Anfang, als sie noch gesund waren und keine Pflegeleistungen brauchten, mehr als notwendig. Dieses Geld wurde angespart für den Fall, dass später Pflegeleistungen erforderlich werden."

„Sehr riskantes Modell. Das ist wie bei einer Versicherung. Solche Modelle müssen aber von der staatlichen Aufsicht genehmigt werden…"

„Ob das passiert ist, weiß ich nicht. Aber alle Landhaus-Bewohner hatten noch ausreichend Vermögen für den Fall, dass sie pflegebedürftig geworden wären. Da gab es eine entsprechende Klausel im Vertrag."

„Das klingt nach Knebel-Vertrag."

„Ach, davon verstehen sie doch gar nichts."

„Gut, das tut hier auch erst einmal nichts zu Sache. Ich fasse noch einmal zusammen: Frau Richter, sie als Bevollmächtigte von sieben der Landhaus-Bewohner geben hier jetzt zu Protokoll, dass die Organisation der Pflegeleistungen für diese eine vertraglich geregelte Leistung der ZWK Immobilienfinanzierung war. Richtig?"

„Ja, natürlich nur in dem Rahmen der vertraglichen Vereinbarungen natürlich..."

„Was soll das denn nun wieder heißen?"

„Na, habe ich doch eben gerade erklärt!"

„Gut, dann schicken sie doch bitte umgehend Kopien der Verträge. Ich werde mich dann mal um eine Überprüfung der ZWK Immobilienfinanzierung kümmern..." Frau Rasch-Sucher war froh, dass sie die anstrengende und zähe Vernehmung von Frau Richter endlich beenden konnte. Als die Rechtsanwältin den Raum verlassen hatte, ging sie ans Fenster und öffnete dieses weit. Frau Richter hatte trotz der Maske ein Aerosol verbreitet- mit abstoßender Wirkung? Egal. Sie brauchte erst einmal Luft. Viel frische Luft!

Dann beantragte sie eine Hausdurchsuchung der Räume der ZWK Immobilienfinanzierung in der Friedrichstraße. Sie hatte mehrfach versucht, das Büro telefonisch zu erreichen. Corona hin und her, sie hatte auch auf mehrere mails bisher keine Antwort bekommen. Jetzt war es Zeit für eine Durchsuchung.

Die richterliche Genehmigung für die Durchsuchung kam innerhalb von zwei Stunden. „Der sitzt wohl gerade jemand vor seinem Home-Office Laptop", dachte sie.

Frau Rasch-Sucher verständigte noch schnell ihren Kollegen Hänker sowie das zuständige Polizeirevier, Abschnitt 53 in der Friedrichstraße mit der Bitte um Unterstützung. Irgendwie hatte sie das Bauchgefühl, dass sie sich beeilen müssten. Sie konnte nicht sagen warum, aber sie hatte sich in solchen

Situationen schon immer auf ihr Bauchgefühl verlassen. Und häufig recht gehabt.

Vor der Friedrichstraße 8 stand ein Kleinlaster einer Vermietungsfirma und der Streifenwagen. Das Hochhaus hatte in jeder Etage mehrere Balkone. Auf einigen standen schon Sonnenschirme. Es wirkte nicht wie ein Bürogebäude. Die beiden Geschäfte im Endgeschoss waren leer. Zu vermieten. In einem lag noch Gerümpel in einer Ecke. Die dunkle Verglasung wirkte abweisend und ungepflegt. Die Scheiben waren schon längere Zeit nicht mehr geputzt worden. Vielleicht wegen Corona? Dieser Teil der Straße war eine kurze Fußgängerzone. Sie war fast leer. Nur der Supermarkt gegenüber hatte geöffnet. Irgendwie wirkte alles etwas heruntergekommen und trostlos. Vor den Balkonen des Nachbargebäude hingen große Plakate mit politischen Parolen.

„Wir gehen gleich rein," sagte die Kripobeamtin. Am Eingang blieb sie stehen. Da waren nur Schilder von zwei türkischen Vereinen. „Hm, auffällig, wie bei dem Büro am Helene-Weigel-Platz kein Schild der Firma."

„Total diskret" unkte Herr Hänker „Verkauft und vermietet nur teure Immobilien."

„Diskret vielleicht, aber nicht die richtige Gegend für ein feines Klientel" sagte Frau Rasch-Sucher, während mit den Augen auf der großen Klingeltafel mit über 60 Namensschildern die Klingel der Immobilienfirma absuchte. Sie fand kein entsprechendes Schild, aber eins mit dem Namen

Krischnew. So hieß der ZWK-Geschäftsführer. Das Büro lag also im 8. Stock. In diesem Moment kamen zwei untersetzte, kräftige, muskelbepackte, bärtige Männer ohne Mundschutz durch die Eingangstür. Sie schleppten eine große, offensichtlich schwere Kiste. Als sie die Polizisten sahen, zögerten sie ganz kurz. Aber die Kripobeamtin hatte es bemerkt.

„Na, dann kommen wir auch so rein," sagte Herr Hänker und hielt die Tür offen. Als sie im 8. Stock ankommen, sahen sie, dass in dem hinteren Teil des schlecht beleuchteten, finsteren Flurs eine Tür offenstand. So fiel ein schwacher Lichtschein in den Flur. Als die Polizeibeamten davorstanden, kam gerade jemand heraus. Er drehte ihnen den Rücken und wollte umständlich die Tür schließen. In den Händen hielt er zwei schwarze Kästen, von der Größe her wahrscheinlich Elektrogeräte.

Er drängelte sich ohne Gruß an der Gruppe vorbei und ging hastig zum Fahrstuhl. Frau Rasch-Sucher sah kurz auf das kleine Klingelschild: Krischnew. Es war das gesuchte Büro. Dann rief sie laut: „Stop". Der Mann beschleunigte sein Tempo. Am Fahrstuhl angekommen drückte er sofort den Knopf. Als die Türen sich geöffnet hatten, stürzte er hinein. In diesem Moment stellte einer der uniformierten Polizisten, der den Aufzug erreicht hatte, seinen Fuß vor die Lichtschranke. Der Mann versuchte den Schuh des Beamten mit seinem Fuß wegzustoßen. Nun stand auch der zweite Polizist in der Fahrstuhltür. „Mitkommen!"

„Das ist Freiheitsberaubung! Hilfe!" schrie der Mann.

Frau Rasch-Sucher zögerte nicht lang und sagte: „Kriminalpolizei. Wenn sie jetzt nicht freiwillig mitkommen, lasse ich sie vorläufig wegen Verdunklungsgefahr festnehmen."

„Nix verstehen," der Mann tat plötzlich so, als ob er kein Deutsch könnte und zuckte mit den Schultern und sah die Polizeibeamten fragend an.

„Passport!" sagte Frau Rasch-Sucher scharf.

„Nix Passport" Dann fluchte er in einer Sprache, die keiner der Polizisten verstand.

„Чеченская Республика?" fragte sie. Im Gesicht des Mannes sah sie ein kurzes Zucken. Treffer! Der Mann kam also aus Tschetschenien. Die dortigen Bewohner haben genau wie sie in der DDR in der Schule Russisch gelernt. Sie erklärte dem Tschetschenen auf Russisch noch einmal, dass sie ihn festnehmen würde, wenn er nicht freiwillig mitkommt. Der Mann tat so, als ob er die Kripobeamtin nicht verstanden hatte. Dabei schaute er sich um, als wolle er seine Fluchtmöglichkeiten erkunden. Dies hatte die Kripobeamtin bemerkt. „Komm sie jetzt endlich aus dem Fahrstuhl!" sagte sie auf Russisch.

Der Tschetschene sagte kein Wort. Er hielt immer noch unter jedem Arm ein Elektrogerät festgeklemmt. „Hinstellen" sagte sie und deutete auf die Elektrogeräte. Ganz langsam stellte der Mann eins der Geräte auf den Boden. Blitzartig drehte er sich dann mit dem anderen Gerät in der Hand. Mit diesem schlug er mit voller Wucht gegen den linken Unterarm des größeren Polizisten. Dieser stöhnte laut auf und trat zurück.

Dadurch war die Lichtschranke nicht mehr blockiert. Die Türen des Aufzugs begannen sofort sich zu schließen. Der andere Polizist trat dazwischen. Der Mann holte noch einmal aus und hieb mit dem schwarzen Gerät auf den rechten Schuh des kleineren Polizisten. Vor Schmerz schrie er laut auf und zog den Fuß zurück. In diesem Moment hatten sich die Fahrstuhltüren geschlossen. Herr Hänker drückte entnervt auf alle Knöpfe gleichzeitig. Die Anzeige über der Tür des Aufzugs zeigte aber an, dass dieser Stockwerk für Stockwerk nach unten schwebte.

Frau Rasch-Sucher alarmierte die zuständige Polizeiwache, Abschnitt 53. Der ganze Vorfall hatte maximal eine Minute gedauert. „Mist" sagte sie laut. „Sind sie verletzt? fragte sie die Polizisten. Der größere zog Jacke und Hemd aus. An seinem Unterarm war ein großer blutunterlaufener Fleck zu sehen. Nachdem der andere seinen rechten Schuh ausgezogen hatte, kam ein blutiger Strumpf zum Vorschein. „Ich rufe schnell einen Rettungswagen. Der kann sie in die Notaufnahme zum Röntgen bringen. Am besten ins Urban-Krankenhaus." Sie stöhnte. „Was machen wir jetzt? Der ist weg! Vielleicht gehörte der zu den beiden Männern unten mit dem Kleinlaster. Kann sich jemand noch erinnern, ob der eine Aufschrift oder Werbung hatte?"

„Hm, der hatte eine Aufschrift von einer Firma für Miet-Transporter. Da stand: Klein-Laster mit Herz. Klein war ganz klein geschrieben und Herz stand auf einem großen roten Herz. Das habe ich mich gewundert, weil neulich in der Zeitung stand, dass die Firma wegen des Corona-Lockdowns pleite gemacht hat. Wer braucht denn zurzeit noch Transporter?"

„Prima, vielen Dank, das gebe ich gleich zur Fahndung raus"

„Das hier ist total schiefgelaufen. Ich hatte mit so etwas nach den Erfahrungen am Helene-Weigel-Platz auch nicht gerechnet. Da ich auch hier telefonisch oder per mail keinen erreicht habe, bin ich davon ausgegangen, dass hier schon alle ausgeflogen sind."

„Das wollten sie offensichtlich gerade. Und wir konnten sie nicht einmal daran hindern. Aber wer ein solchen Einsatz wie der Tschetschene zeigt und Polizisten angreift, der hat doch etwas zu verbergen oder Dreck am Stecken bzw. beides," sagte Herr Hänker. „Die schnappen wir eh nicht mehr. Da wollen wir uns lieber die Räumlichkeiten ankucken. Vielleicht sind wir ja noch nicht ganz zu spät gekommen."

„Ok, wir warten auf den Rettungswagen für die Kollegen". Nachdem diese von Sanitäter in Schutzanzügen abgeholt worden waren, versuchten der Kripobeamte die Tür zu dem Büro der Immobilienfinanzierungsgesellschaft zu öffnen. Es gelang ihm nicht. Frustriert trat Herr Hänker mit voller Kraft dagegen. Die Tür blieb standhaft. „Also dann jetzt volles Programm mit Kriminaltechnik," sagte Frau Rasch-Sucher. „Einen Durchsuchungsbeschluss haben wir ja. Ich warte draußen, ein bisschen frische Luft kann in Zeiten des Corona-Lockdowns nicht schaden. Besser als diese stickige Luft hier auf dem dunklen Flur. Auch wegen der unsichtbaren Aerosole."

Als sie aus Haus kamen, sahen sie an der Ecke Franz-Klühs-Straße/ Friedrichstraße einen Streifenwagen mit eingeschaltem Blaulicht, der die Straße versperrte. Davor standen zwei Polizeibeamte. Frau Rasch-Sucher ging auf sie zu, stellte sich kurz vor und zeigte ihre Dienstmarke. Der eine Polizist berichtete kurz: „Wir haben die Flüchtigen noch erwischt. Als der Alarm von ihnen rausging, war gerade ein Streifenwagen in der Wilhelmstraße. Der ist dann in Franz-Klühs- Straße gefahren. Der Kleinlaster hätte ihn fast gerammt. Kurz danach kam der erste Streifenwagen von der Wache. Ist ja nicht weit. Die Kollegen haben dann den Transporter vorne und hinten eingekeilt."

Am Ende der Franz-Klühs flackerten mehrere Blaulichter. „Herr Hänker, wir kucken mal nach den Flüchtigen, ob sie jetzt eine Aussage machen." Nach ein paar Schritten sahen sie, dass an der Hecktür des Transporters tatsächlich die Aufschrift: Klein-Laster mit Herz prangte. Frau Rasch-Sucher ging schnell weiter. Die drei Männer standen mit den erhobenen Händen gegen den Transporter gelehnt. Ein Polizist klopfte sie gerade nach Waffen ab. Ein anderer Streifenwagenpolizisten hatte vorsorglich seine Dienstwaffe gezückt.

Die Kripobeamtin befahl den Männern sich umzudrehen. Es war der Mann aus dem Fahrstuhl sowie die beiden kräftigen, untersetzten, bärtigen Männer, die bei ihrem Eintreffen eine große Kiste aus der Eingangstür geschleppt hatten. Sie sprach die drei Männer auf Russisch an. Keine Reaktion. Auch nach mehrfacher Aufforderung geben sie keine Antwort. Daraufhin sagte sie: „Alle drei sind vorläufig festgenommen. Legen sie den Männer Handschellen an."

„Bitte bringen sie die Männer in die Arrestzelle auf ihrem Revier. Ich komme mit. Wahrscheinlich werden die Männer nichts sagen und auch nichts verstehen. Obwohl ich glaube, dass sie zumindest ein bisschen Deutsch können. Wahrscheinlich sind sie Tschetschenen. Ich versuche auf der Wache noch einmal, ob ich auf Russisch mit ihnen ins Gespräch komme. Vielen Dank. Gute Arbeit!"

„Jetzt wollen wir mal sehen, was die Männer so schnell wegbringen wollten." Einer der Polizisten öffnete die Ladetür von dem Kleinlaster. Auf der Ladefläche standen zwei große Kisten aus Metall. „Sehen aus wie Serverschränke" sagte der Polizist, der auf die Ladefläche gesprungen war. „Ein PC, noch zwei einzelne Server und zwei große Flachbildschirme."

„Aha, die sind beschlagnahmt. Die Berechtigung zur Beschlagnahme ergibt sich aus dem gerichtlichen Durchsuchungsbeschluss. Bringen Sie die Geräte bitte in die Abteilung Cyberkriminalität. Ich hoffe, dass sie dort entschlüsseln können, was auf den Servern gespeichert wurde. Wahrscheinlich etwas Illegales, sonst hätten die Männer sie nicht so eilig weggeschleppt und die Kollegen tätlich angegriffen."

„Herr Hänker, können sie dann bitte mit den Kriminaltechnikern der KTI die Hausdurchsuchung bei der ZWK durchführen. Dazu sind wir ja nicht mehr gekommen, weil die Männer getürmt sind."

Als die Kriminaltechniker das Büro der ZWK Immobilienfinanzierung im 8. Stock des Hochhauses öffneten, fanden sie nur einen kleinen Raum von etwa 15 m^2 und ein winziges Bad mit Toilette vor. Eine Sitzgruppe für Verkaufsgespräche gab es nicht. „Das ist doch kein Büro, in dem Immobilien verkauft werden," stellte Herr Hänker fest. Das Fenster zum Innenhof war lange nicht mehr geputzt worden. Daher wirkte alles sehr düster. Die Möblierung bestand nur noch aus einem Schreibtischstuhl und einem stabilen Schreibtisch. Auf dem Boden fanden sich Abdrücke der schweren Serverschränke sowie etliche Kabel und Stecker. Keine Lampen, nur Neonlampen an der Decke. An der Wand keine Bilder oder Tafeln für Organisationsaufgaben.

„Hier finden wir wohl nichts mehr. Die Server wurden gerade abtransportiert, als wir gekommen sind und bevor wir die Durchsuchung beginnen konnten. Die Kollegen vom Abschnitt 53 haben den Transporter aber stoppen können. Die Server etc. sind auf dem Weg in ihre Abteilung. Ich hoffe, dass sie die Sicherheitscodes der Server knacken können."

Als Frau Rasch-Sucher auf der Polizeiwache 53 ankam, wurde sie von einem uniformierten Polizisten zu einem Raum für Verhöre geführt. „Wir haben keine Personalien aufnehmen können. Die Männer haben keine Angaben gemacht. Bei der Leibesvisitation haben wir keine Ausweispapiere gefunden. Auf ihren Smartphones sind nur Apps mit kyrillischen Buchstaben. Mehr haben wir bisher nicht ermitteln können. Sie werden noch kurz erkennungsdienstlich erfasst: Foto, Fingerabdrücke etc. Vielleicht finden wir da etwas. Bis wir fertig sind, können sie vielleicht etwas trinken. Der Getränkeautomat steht auf dem Gang ganz hinten."

Frau Rasch-Sucher setzte sich auf einen Stuhl im Flur vor dem Vernehmungsraum und wartete. In Gedanken ließ sie den Nachmittag noch einmal Revue passieren: die Aussage von Frau Richter, dass die ZWK verantwortlich war für Organisation der Pflege im Landhaus. Durchsuchung ZWK geplant. Bei Eintreffen dort werden elektronische Geräte gerade weggeschafft. Nicht einmal drei Stunden nach der Aussage von Frau Richter! Zufall? Die Kripobeamtin glaubte nach ihrer langen Berufserfahrung nicht mehr an Zufälle. Also, was hatte Frau Richter mit der ZWK Immobilienfinanzierung zu tun? Und vor allem was wussten die Männer mit Kleinlaster? Waren sie nur Handlanger? Wer hatte sie beauftragt?

„Schütz, ich bin der Rechtsanwalt der von ihnen Festgenommenen." Frau Rasch-Sucher schreckte aus ihren Gedanken hoch. Vor ihr stand ein großer schlanker Mann, Mitte 50. Elegant gekleidet mit einem dunklen Anzug und einem schwarzen Mundschutz. Wie konnte der so schnell benachrichtigt werden bzw. von der Festnahme erfahren haben? So ein schnelles Zusammenspiel kannte sie nur vom „organisierten Verbrechen".

„Herr Schütz, ich bin Kriminalhauptkommissarin Rasch-Sucher. Wie haben sie denn von den Festnahmen erfahren?"

„Telefonisch von ihrem Auftraggeber. Er ist verärgert darüber, dass die elektronischen Geräte noch nicht geliefert wurden."

„Hm, das ging aber schnell. Wir sind noch dabei, die drei Männer erkennungsdienstlich zu erfassen und sie sind schon hier. Die Festnahme erfolgte erst vor etwa 45 Minuten! Wer ist denn der Auftraggeber?"

„Mandantengeheimnis. Das sage ich ihnen nicht!"

„Aber sie könnten uns ein bisschen helfen, indem sie uns die Namen der Festgenommen verraten."

„Die kenne ich auch nicht."

Die Kripobeamtin merkte, wie Ärger langsam in ihr hochstieg. „Aber dann können sie noch gar keine Erteilung zur rechtlichen Vertretung der drei Männer vorweisen. Die brauchen sie aber. Wenn wir die erkennungsdienstlichen Maßnahmen beendet haben, können sie mit den Festgenommenen etwa 15 Minuten sprechen. Wenn sie dann bei der polizeilichen Vernehmung dabei seien wollen, müssen sie aber eine schriftliche Mandatserteilung vorweisen."

„Und sie müssen mir erst den Grund für die Festnahme mitteilen..."

„Es handelt sich um eine vorläufige Festnahme nach §127 StPO und bei einem der Männer auch wegen tätlichem Angriff gegen Vollstreckungsbeamte nach StGB §114. Wir waren gerade dabei, eine gerichtlich genehmigte Hausdurchsuchung der ZWK Immobilienfinanzierung in der Friedrichstraße durchzuführen. Die Männer waren dabei, Server und andere elektronische Geräte aus dem Büro abzutransportieren. Es besteht also der dringende Verdacht, dass Beweismittel vernichtet werden sollten."

„Woher wissen sie denn, dass die elektronischen Geräte Beweismittel sind?"

Die beiden standen sich im Flur kampfbereit gegenüber, wegen Corona natürlich mit einem gebührenden Abstand von 1,5m. Beide mit Mundschutz. Sie starrten sich an. Frau Rasch-Sucher war fast einen Kopf kleiner. Herr Schütz hielt ihrem Blick jedoch nicht lange stand und senkte zuerst die Augen.

„Das sage ich ihnen aus ermittlungstaktischen Gründen nicht!"

Langes Schweigen. Dann begann der Strafverteidiger auf dem Gang auf und ab zu gehen.

Nach einer Weile wurde er zu den Festgenommenen gelassen. Er unterhielt sich etwa 15 Minuten mit ihnen. Dann kam er mit unterschriebenen Formularen für eine Mandatserteilung zurück. „Die Männer machen von ihrem Recht auf Aussageverweigerung Gebrauch. Ich bestehe darauf, dass sie sie sofort gehen lassen," sagte er mit Nachdruck.

„Hm, wie haben sie sich denn mit den Festgenommenen verständigt?"

„Ich verstehe ihre Frage nicht!"

„Na, ganz einfach, bei der Festnahme konnten sie angeblich kein Deutsch verstehen. Darf ich die Mandatserteilungen einmal sehen... Aha, die sind in deutscher Sprache. Sind sie sicher, dass die alles verstanden haben, was sie unterschrieben haben."

„Selbstverständlich. Was soll die Unterstellung?"

„Wir können die Männer nur gehen lassen, wenn sie einen festen Wohnsitz nachweisen können. Daher werde ich die Angaben, die sie beim Erkennungsdienst gemacht haben, erst einmal überprüfen lassen. Ausweispapiere etc. konnten die Herren nämlich nicht vorlegen. Die Server werden erst nach einer eingehenden kriminaltechnischen Untersuchung freigegeben."

„Das können sie nicht ohne hinreichende Begründung nicht machen!"

„Wie schon gesagt, haben wir einen richterlichen Durchsuchungsbeschluss. Es geht um Ermittlungen in einer Mordsache mit sieben Toten!"

„Oh, ich habe in letzter Zeit gar nichts von einer Mordserie gehört! Hier in Berlin?" Der Rechtsanwalt war sichtlich erstaunt.

Die Kripobeamtin grinste: „Ermittlungstaktik... Und wenn Corona die Nachrichten beherrscht, kommen andere Ereignisse in den Medien vielleicht etwas zu kurz... Oder werden vergessen."

„Da die Männer keine Aussage machen wollen, gehe ich mal davon aus, dass alle Anfragen über sie laufen sollen...Daher wäre es nett, wenn sie mir eine Visitenkarte geben könnten."

„Selbstverständlich!"

Als der Strafverteidiger mit seinen drei neuen Mandanten die Polizeiwache verlassen hatte, trommelte die Kripobeamtin kurz mit den Händen an die Flurwand. „Verflucht, wieder keinen Schritt weiter! Aber die kommen bei den Grenzschließungen wegen Corona nicht weit." Da fiel ihr Blick auf die Visitenkarte des Rechtsanwalts. Sie wäre nicht überrascht gewesen, wenn er die gleiche Adresse wie Frau Richter gehabt hätte. Dort stand aber eine andere Adresse: Krefelder Straße 23. Wie auch immer, sie würde Frau Richter noch einmal vorladen.

\#

Kriminalhauptkommissar Jäger vom Polizei-Abschnitt 51 fuhr in die Bänschstraße 19. Dort war von einer erregten älteren Dame gemeldet worden, dass ihr Hund, ein Mops ständig an der Tür der Nachbarin hochsprang und laut bellte. Sie hatte ihre Nachbarin, Frau Fenn schon 14 Tage nicht mehr gesehen. Sie mache sie Sorgen wegen ihr. Auch meinte sie einen komischen Geruch aus der Nachbarwohnung wahrzunehmen. Daraufhin war ein Streifenwagen dorthin gefahren. Die Kollegen hatten die Tür verschlossen vorgefunden. Da auf Klingeln keine Reaktion erfolgte, haben sie die Tür wegen Gefahr im Verzug gewaltsam geöffnet und im Schlafzimmer Frau Fenn tot im Bett liegend aufgefunden.

Die Leiche war vollständig zugedeckt und hatte die Hände von dem deutlich durch schon einsetzende Verwesung aufgequollenen Bauch gefaltet. Im Unterleib zeichnete sich auch eine leichte Grünfärbung ab. Nach Heben der Bettdecke hatte sich ein süßlich-stechender Geruch in dem Schlafzimmer ausgebreitet.

Der hinzu gerufene Hausarzt hatte auf dem Totenschein Todesursache unklar angekreuzt. Er hatte gegenüber den Polizisten angegeben, dass er bei der schon deutlich eingetretenen Verwesung die Todesursache nur durch eine äußere Leichenschau nicht sicher angegeben könne. Außerdem hatte er auf kleinere Unterblutungen in dem deutlich angeschwollenen Hals hingewiesen. Er hatte daher die Hinzuziehung der Kriminalpolizei gefordert.

Herr Jäger hasste diesen Teil seiner Tätigkeit. Leichen können sich die Bestatter oder die Gerichtsmediziner ansehen, dachte er grimmig. „Ich verstehe davon sowieso nichts. Ich finde das so ekelig, dass ich gar nicht richtig hinsehen kann. Mal ganz zu schweigen von dem widerlichen fauligen Verwesungsgeruch." Er schaute den Leichnam nur ganz kurz an. „Merkwürdig – die gefalteten Hände. Da hat doch jemand nachgeholfen. Wo ist der? Warum hat der nicht den Hausarzt gerufen? Das aufgedunsene Gesicht. Die kleinen Unterblutungen am Hals. Da kann ein Verbrechen nicht ausgeschlossen werden. Also ist eine gerichtsmedizinische Obduktion notwendig."

Er sah sich noch kurz in der Wohnung um, ob er weitere Indizien für ein Verbrechen finden konnte. Dabei fiel ihm nur auf, dass sowohl im Schlafzimmer als auch im Wohnzimmer mehrere Fotos von einer Frau, wahrscheinlich der Verstorbenen, standen. Fast alle zeigten sie mit einem Mann.

Dieser kam ihm bekannt vor. Aber den Namen hatte er vergessen.

Routinehalber sah er auch noch in die Küche und das Bad. Aus dem Wäschekorb neben der Waschmaschine hing ein verdrecktes Herrenjackett. Bei der genaueren Untersuchung des Wäschekorbes fand er noch eine dazu passende Hose, drei Herrenhemden und vier Herrenunterhosen. „Wo ist der Herr jetzt?" sinnierte er laut. „Da muss ich wohl doch ein ausführlicheres Protokoll schreiben..."

\#

Frau Fatimi hatte nach mehreren Versuchen endlich Dr. Rausch telefonisch erreicht. Sie wollte sich nach dem Zustand von Heribert Korn erkundigen. „Noch keine Besserung. Der ist noch voll im Delir. Da bekommen sie keine vernünftigen Antworten auf Ihre Fragen. Versuchen sie es doch morgen noch einmal. Oder besser wir benachrichtigen sie, wenn er wieder normal ansprechbar ist- aber das kann dauern."

Fr 8.5.20

Bei der morgendlichen Videokonferenz der Mordkommission mit der Staatsanwältin berichtete Herr Hänker kurz über die erfolglose Durchsuchung des Büros der ZWK Immobilienfinanzierung. Anschließend schilderte Frau Rasch-Sucher die Vorgänge auf der Polizeiwache 53, insbesondere ihren Ärger über den Rechtsanwalt Schütz, der die drei Männer zu einer Aussageverweigerung überredet hat. „Der hat seinem Namen alle Ehre gemacht. Er hat sich schützend vor die Männer gestellt. Interessant dabei ist, dass er sie gar nicht kannte und wohl im Auftrag Dritter gehandelt hat. Deren Namen wollte er nicht nennen. Auffällig war auch, dass er nach weniger als einer Stunde nach der Festnahme auf der Wache war. Da die Männer nach der Festnahme nicht mehr telefoniert haben, kommt der Verdacht auf, dass jemand den Vorgang beobachtet hat. Vielleicht so eine Art Begleitschutz. Der hat dann wahrscheinlich den Rechtsanwalt angerufen. Also für mich sieht das alles nach organisiertem Verbrechen aus. Vielleicht haben wir- ohne es zu ahnen- ein großes Fass aufgemacht, als wir das Büro der ZWK Immobilienfinanzierung durchsuchen wollten…"

„Alles ziemlich spekulativ, wir brauchen Fakten", sagte die Staatsanwältin Statthalter.

„Es bleibt noch die Frage, wer hat die Räumung des Büros veranlasst. Ganz kurz nach dem Zeitpunkt, an dem ich gegenüber der Rechtsanwältin Richter angedeutet habe, dass wir die ZWK mal genauer betrachten wollten… Da fallen doch die Parallelen zu dem leeren Büro am Helene-Weigel-Platz auf. Auch das Fehlen von schriftlichen Unterlagen in der Landhaus Wohnresidenz passt in diesen Rahmen."

„Hm, alles nur Vermutungen… Uns fehlt das Verbindungsglied."

„Das ist möglicherweise Frau Richter! Der müssen wir noch einmal auf den Zahn fühlen. Das mache ich heute noch."

„Hm, da würde ich gern dabei sein… Aber was hat das alles mit den ungeklärten Todesfällen in dem Landhaus zu tun?

Vergaloppieren sie sich da nicht ein wenig, Frau Rasch-Sucher?"

„Mag sein, dass ich mich zu sehr auf mein Bauchgefühl verlassen habe. Das ist aber manchmal sehr hilfreich gewesen. Vielleicht sollten wir abwarten, ob die IT-Leute von der KTI die Daten auf den Server entschlüsseln und auswerten können. Solange konzentrieren wir uns auf die Landhaus-Fälle."

„Ok, guter Vorschlag. Ich werde zu der Vernehmung von Frau Richter zu ihnen kommen. Aber wir sollten noch einmal darüber nachdenken, ob wir in diesem Fall nicht irgendetwas vergessen haben zu bedenken. Mir fällt dazu nur ein, dass wir bisher nur die pflegerische Versorgung betrachtet haben, aber mindestens genauso wichtig ist gerade in Zeiten des Lockdowns die Versorgung mit Essen bzw. Lebensmitteln. Ein Blick auf den Stadtplan zeigt, dass der Landhausring ziemlich abgeschieden liegt und es im näheren Umkreis keine Geschäfte gibt. Sie hatten nach ihrem Bericht im Keller zwei Tiefkühltruhen und zwei Stapel von Mineralwasserkästen gefunden. Aber auch die müssen nachgefüllt werden. Und der Lockdown dauert schon Wochen. Da stellt sich natürlich die Frage nach einem Lieferservice."

„Ja, ich habe dort einen Ordner mit Rechnungen bzw. Lieferscheinen gefunden. Den hatte ich nur flüchtig durchgeblättert. Ich kann mich noch die Lieferscheine eines teuren Berliner Catering-Service und einer edlen Weinhandlung erinnern."

„Hm, dann wäre zu klären, ob die Lieferanten Zugang zu dem Landhaus hatten."

„Ja, das wären dann die großen Unbekannten, die immer plötzlich in Krimis auftauchen." Sie lachte kurz. „Aber die Fahrer von Lieferdiensten werden meist sehr schlecht bezahlt… das könnte, wenn sie einen Zugang zu dem Landhaus hatten, durchaus ein Motiv sein. Falls einer von ihnen bemerkt hat, dass es den Bewohnern gesundheitlich schlecht ging, könnte er die Gelegenheit genutzt haben, dort alles auszuräumen, insbesondere Bargeld etc.. Wie heißt es doch: Gelegenheit macht Diebe. Und gegebenenfalls, wenn einer der Bewohner etwas bemerkt hat, also noch nicht tot war, hat er mit einem Kissen oder so nachgeholfen…"

„Diese Möglichkeit müssen wir unbedingt berücksichtigen. Haben sie den Ordner noch?" sagte die Staatsanwältin.

„Ja, ich werde mich gleich daran machen, ihn durchzuarbeiten."

„Gut, dann bis nachher."

Frau Rasch-Sucher suchte den Ordner aus dem Landhaus aus ihren Unterlagen heraus. Sie wählte die Telefonnummer auf dem Lieferschein des Catering-Services. Es lief eine Banddurchsage: „Sehr geehrter Anrufer, aufgrund der Beschränkungen im Corona-Lockdown ist es uns leider zurzeit nicht möglich, Bestellungen zu bearbeiten und auszuliefern. Wir hoffen auf ihr Verständnis. Wir versichern ihnen, dass wir ihnen unseren Service sobald wie möglich wieder zur Verfügung stellen werden."

Die Kriminalbeamtin war verärgert. Schon wieder ein sogenannter Anrufbeantworter, der keine Antwort auf ihre Fragen geben konnte. Sie wollte wissen, wie oft ein Fahrer zum Landhaus gefahren war und wann zuletzt. Wenn es immer derselbe war, dann brauchte sie unbedingt auch noch seinen Namen. Also öffnete sie die Website der Firma, um zu sehen, ob sie doch noch an die gewünschten Informationen kam.

Auf der Website stand groß: Der Catering-Service musste Insolvenz anmelden. Seit Beginn des Lockdowns haben wir nicht mehr genügend Bestellungen erhalten, um unseren Betrieb aufrecht erhalten zu können. Wir werden uns um Überbrückungshilfen der Bundesregierung bemühen und hoffen, den Lieferbetrieb bald wieder aufnehmen zu können. Bis dahin wünschen ihnen alles Gute. Bleiben sie gesund!

„Hm, da kriege ich wohl zurzeit keine Informationen," dachte die Kripobeamtin. „Der Lockdown hat für viele dramatische Auswirkungen. Insolvenz heißt wahrscheinlich auch, dass die Fahrer kein Geld mehr bekommen und arbeitslos werden. Das könnte auch ein Motiv sein, vor allem wenn jemand finanziell klamm ist." Es war einer der wenigen Augenblicke, in denen die Kriminalbeamtin froh war, ihren stressigen Beruf gewählt zu haben. „Mein Gehalt ist sicher."

Sie überlegte, wie sie trotz allem an die gewünschten Informationen kommen könnte. Hinfahren würde nichts bringen, denn sie würde sehr wahrscheinlich einen öden, verlassenen Hof mit den Lieferfahrzeugen und ansonsten verschlossene Türen vorfinden. Anblicke von menschenleeren

Plätzen machten ihr Angst. Sie erinnerte sich noch zu gut an die gespenstische Öde zu Beginn des Lockdowns fast überall. Jetzt war in Berlin schon wieder zumindest auf den Straßen viel Verkehr.

„All diese Gedanken führen zu nichts, so bekomme ich den Namen des Fahrers nicht," dachte sie frustriert. Sie suchte nach Rechnungen oder Lieferscheinen einer Getränkefirma. Auch wieder nichts. Aber im Keller standen doch so viele Kisten... „Vielleicht eine regelmäßige Lieferung, die online abgerechnet wird?"

Als die Staatsanwältin kam, berichtete Frau Rasch-Sucher ihr kurz über ihre erfolglosen Bemühungen. „Der letzte Lieferschein des Catering-Service datiert vom 13.3.20, also vor dem Lockdown. Das passt auch zu der Website, nach der sie danach nicht mehr liefern konnten. Mittlerweile sind sie pleite. Lieferscheine oder Rechnungen einer Getränkefirma habe ich nicht gefunden. Der Fahrer kommt als Täter auch eher in Frage, denn Getränke werden doch auch im Lockdown weiter geliefert worden sein."

„Hm, da haben sie sicherlich recht. Aber nach den Obduktionsberichten waren die Leichen ziemlich ausgetrocknet. Auch ist es fraglich, ob er überhaupt in das Landhaus kam oder nur in den Keller. Die Tür zur Kellertreppe war doch nach ihrem Bericht fest verschlossen!"

„Ja, die einzige Möglichkeit, die noch sehe, ist, dass ich noch einmal in das Landhaus fahre und kucke, ob an den Kisten irgendein Aufkleber zu finden ist, der uns weiterhilft. Dann kann ich auch nachsehen, ob noch Wasservorräte da waren. Schrecklich! Die Vorstellung, dass die Landhaus-Bewohner vielleicht Fieber hatten, aber kein Wasser mehr. Also letztendlich vertrocknet sind. Das muss ich unbedingt überprüfen."

„Gut, aber da es sich ohnehin nur um die Suche nach dem großen Unbekannten handelt, stellen wir die entsprechenden Nachforschungen erst einmal zurück und konzentrieren uns auf die bisher bekannten Verdächtigen. Wenn es dann immer noch Klärungsbedarf gibt, können sie die Suche nach dem großen Unbekannten starten. Aber allgemein gilt, die meisten Tötungsdelikte sind Beziehungstaten. Daher schauen wir mal, was Frau Richter uns noch zu sagen hat."

Als Frau Richter aufgrund der erneuten Vorladung zur Vernehmung kam, war sie sichtbar „geladen". „Was soll ich jetzt schon wieder hier. Das ist die dritte Vernehmung. Was gibt es denn so Wichtiges Neues?"

„Frau Richter, uns sind in den letzten Tagen ein paar – sagen wir mal- Ungenauigkeiten in ihren Angaben aufgefallen. Die wollten wir klären," sagte die Staatsanwältin.

„Na gut, bitte schießen sie los."

„Wir ermitteln hier wegen deren Todes und des Verdachts der unterlassenen Hilfeleistung. Von dem Rechtsanwalt Dr. Winkelhuber aus München wurde sogar ein Mordverdacht geäußert. Kennen sie Dr. Winkelhuber?"

„Ja, wir haben eine Zeitlang zusammen Jura in Würzburg studiert. Von dem Mordverdacht hat er mir nichts gesagt."

„Sie kennen ihn also näher?"

„Jein, wir hatten jetzt häufiger Kontakt wegen der Todesfälle im Landhaus. Einer der Bewohner, Herr Müller war der angeheiratete Großonkel von Dr. Winkelhuber. Er hatte kaum Kontakt zu seinem Großonkel. Ich habe dann, als Herr Müller in die Landhaus Wohnresidenz ziehen wollte, veranlasst, dass Dr. Winkelhuber sein Generalbevollmächtigter wird."

„Also hat er ebenso wie sie ein besonderes Interesse an der Klärung der Todesumstände der Bewohner in der Landhaus Wohnresidenz."

„Ja!"

„Wäre es nicht ihre Aufgabe als Generalbevollmächtigte gewesen, sich um eine angemessene medizinische und pflegerische Versorgung von den Bewohnern zu kümmern? Gerade in Zeiten einer gefährlichen Virus-Pandemie?"

„Hm, ja, aber ich war doch in Neuseeland und dachte, dass alles geregelt sei durch die von mir mit ZWK und dem Rundum Sorglos Pflegedienst abgeschlossenen Verträge…"

„Mit wem genau haben sie diese Verträge denn abgeschlossen?"

„Mit den jeweiligen Geschäftsführern!"

„Wie heißen die?"

„Kann ich Ihnen jetzt nicht mehr sagen. Ich habe nur die mir zugesandten Verträge unterzeichnet. Die Namen habe ich vergessen."

„Verstehe ich sie richtig, dass sie die Geschäftsführer der beiden Firmen nicht persönlich gesehen haben?"

„Das war nicht nötig, der Pflegedienst hatte mir ein Angebot geschickt. Dass hatte die ZWK vermittelt. Das Angebot war günstig. Daher habe ich den Vertrag abgeschlossen."

„Wir haben bei der Durchsuchung der von ihnen genannten Firmen keine Unterlagen mehr gefunden. Haben sie Kopien der Verträge?"

„Ja, außerdem habe ich jedem Bewohner eine Vertragskopie gegeben..."

„Wie erklären sie sich dann, dass wir im Landhaus gar keine schriftlichen Dokumente mehr gefunden haben?"

„Das kann ich ihnen auch nicht sagen..."

„Haben sie denn als Generalbevollmächtigte kontrolliert, ob die Pflegeleistungen ordnungsgemäß erbracht worden sind?"

„Ja, häufiger!"

„Wie haben sie das denn gemacht? In größeren Heimen macht dies der medizinische Dienst der Krankenkassen. Die Mitarbeiter werden extra dafür ausgebildet. Haben sie eine entsprechende Qualifikation?"

„Was soll die Frage? Natürlich nicht, aber ich kann doch beurteilen, ob alles gepflegt und ordentlich aussieht!"

„Hm, und wie war das mit der Medikamentengabe? Wir haben bei den Bewohnern jeweils mehr als 10 Medikamente gefunden. Auch in den Patientendokumentationen von Herrn Dr. Hohm waren viele verzeichnet. Da ist doch ein genauer Plan bei der Einnahme einzuhalten. Wir haben keine entsprechenden Aufstellungen gefunden."

„Die haben ich natürlich nicht genau geprüft!"

„Aber bei älteren Menschen kommt es doch häufig zu schwerwiegenden Nebenwirkungen, zum Beispiel bei Überdosierung. Bei allen Bewohnern des Landhauses wurden Schlafmittel nachgewiesen. Wissen sie, ob sie diese Medikamente regelmäßig eingenommen haben?"

„Nein, ist denn so wichtig?"

„Zur Feststellung der Todesursache und damit auch, wer gegebenenfalls für den Tod verantwortlich ist, schon. Es besteht die Möglichkeit, dass die Schlafmittel gegeben wurden, um so die Atmung zu erschweren und so letztendlich den Tod herbeizuführen…"

„Ach, das ist doch alles Theorie!"

„Nein, bei jemand, der wegen einer Corona-Infektion schlecht atmen kann, könnte dies die eigentliche Todesursache sein…Denn ein Großteil der älteren COVID-19 Patienten hat nach dem bisherigen Wissensstand überlebt. Also ist die Gabe von Schlafmitteln zum „Nachhelfen" als Mord anzusehen."

„Sehr subtil. Wenn sie mir hier diesbezüglich etwas unterstellen wollen, ist das ungeheuerlich. Die Medikamente wurden von den Pflegekräften eingeteilt. Damit habe ich nichts zu tun gehabt." Frau Richter machte Anstalten zu gehen.

„Ich habe sie nicht beschuldigt. Ich habe nur dargestellt, warum es für uns wichtig ist zu wissen, wie die Medikamenteneinnahme ablief und wann die Bewohner zuletzt Schlafmittel erhalten haben. Anderes Thema: Was können sie uns über die Pflegekräfte sagen?"

„Soweit ich weiß, hatten die alle eine Ausbildung als Krankenschwester."

„Aus welchem Land kamen die denn?"

„Aus den ehemaligen GUS-Staaten."

„Genauer wissen sie das nicht? Haben sie sich denn nicht mal persönlich mit denen unterhalten?"

„Ja, natürlich."

„In welcher Sprache denn?"

„Auf Russisch. Ich habe Russisch noch in der DDR gelernt und zwei Semester in St. Petersburg studiert, bevor ich dann in Würzburg mein Studium beendet habe."

„Konnten die Bewohner des Landhauses denn auch Russisch?"

„Außer meiner Großtante, die Russischlehrerin in der DDR war, nicht. Die anderen sind ja noch unter den Nazis zur Schule gegangen."

„Und wie haben sich dann die Pflegekräfte mit den Bewohnern verständigt?"

„Das weiß ich nicht so genau…"

„Hm, wie oft und wann zuletzt waren sie in der Landhaus Wohnresidenz?"

„Vor meiner Abreise nach Neuseeland Anfang März. Da waren alle noch wohlauf."

„Aber da war schon bekannt, dass eine Corona-Epidemie auch in Deutschland zu befürchten ist. Sie sind trotzdem nach Neuseeland geflogen…"

„Ja, ich habe mich auf die Aussagen des Gesundheitsministers verlassen, der gesagt hat, dass das Gesundheitssystem in Deutschland gut vorbereitet ist."

„Hm, noch einmal zurück zu meiner Frage, wie oft waren sie im Landhaus und haben dort mit dem Pflegepersonal über die Bewohner gesprochen?"

„Häufig, genau kann ich das nicht sagen. Es war auch mehr ein informeller Austausch bei den regelmäßigen „Kaffeekränzchen", die die Landhaus-Bewohner mindestens einmal wöchentlich veranstaltet haben. Dazu wurde ich regelmäßig eingeladen. Wenn ich konnte, bin ich auch hingefahren. Das Pflegepersonal war bei den „Kaffeekränzchen" auch anwesend. Manchmal haben sie dann Musik angestellt und mit den Bewohnern ein bisschen getanzt. Das mochten die sehr gern. Hm, zurück zu ihrer Frage: Die Pflegekräfte haben mir bei solchen Gelegenheiten berichtet, wenn es Probleme gab. Das war aber selten."

„Also, ihre Angaben sind sehr vage. Nennen sie doch bitte mal ein Beispiel!"

„Was sollen diese Unterstellungen und die ganze Ausfragerei. Lange lasse ich mir das nicht mehr bieten..."

„Zurück zu ihrem Neuseelandurlaub. Wann sind sie zurückgekommen?"

„Ich konnte wegen der strengen Quarantäne-Bestimmungen in Neuseeland zunächst nicht zurückfliegen. Daher bin ich hier verspätet angekommen. Da waren die Bewohner im Landhaus schon tot!"

„Woher wissen sie das?"

„Ich habe eine Kopie der Obduktionsberichte! Mir reicht jetzt ihre Fragerei."

„Als Generalbevollmächtigte haben sie doch eine Verantwortung für die Bewohner. Wieso haben sie sich nicht von Neuseeland aus nach ihnen erkundigt und gegebenenfalls Hilfe, zum Beispiel eine Krankenhauseinweisung organisiert?"

„Das war nicht nötig, denn alle in ihrer Patientenverfügung hatten extra angegeben, dass sie eine Intubation ablehnen. Das heißt, eine Beatmung, wie sie oft bei einer schweren

COVID-19 Erkrankung erforderlich ist, kam überhaupt nicht in Frage. Alle hatten den Wunsch geäußert, in Ruhe zu sterben."

„Aha, vielleicht ein Grund, Schlafmittel zu geben!"

Frau Richter stand auf und ging zur Tür. An der Tür stoppte sie und überlegte einen Augenblick. Dann drehte sie sich um und sagte mit einem kalten Lächeln: „Wenn sie mich schon wieder beschuldigen wollen, wie hätte ich das denn machen sollen? Ich war in Neuseeland!"

„Hm, Frau Richter, sie haben in einem FAX an das Gesundheitsamt Marzahn angegeben, erst am 15.4.2020 nach Berlin zurückgekehrt zu sein. Stimmt das?!

„Natürlich."

„Wir haben uns die Mühe gemacht, alle Flüge von Neuseeland nach Deutschland, die noch Anfang April durchgeführt worden sind, zu checken..." Lange Pause. „Eine Lisa Richter, geb. am 22.3.1968 ist nur auf einem Condor-Flug verzeichnet, der am 7.4.2020 in Frankfurt spätabends angekommen ist. Was haben sie dazu zu sagen?"

„Dazu sage ich gar nichts. Das hat nichts mit den Todesfällen im Landhaus zu tun!"

„Oh, das kann man so nicht sagen. Sie als Generalbevollmächtigte haben die Aufgabe, sich um das Wohl der Vollmachtgeber zu kümmern. Insbesondere bei einer Pandemie mit einem lebensgefährdenden Corona-Virus! Was haben sie nach ihrer Ankunft in Deutschland gemacht?"

„Darüber muss ich ihnen keine Auskunft geben!"

„Es geht hier um den Vorwurf der unterlassenen Hilfeleistung! Das betrifft nicht nur das Pflegepersonal, sondern auch sie als General- bzw. Vorsorgebevollmächtigte! Da tragen sie doch zumindest eine Mitverantwortung! Sie können sich da nicht auf irgendwelche Verträge mit irgendwelchen Firmen berufen. Nach der Rechtsprechung sind sie persönlich verpflichtet, zu kontrollieren, ob die vereinbarten Leistungen- hier die Pflege der Bewohner- auch erbracht werden. Wieso sind sie nicht gleich, nachdem sie wieder in Deutschland waren, nach Berlin gefahren und haben sich um- ich nenn das jetzt mal so- ihre Schützlinge gekümmert? "

„Hab ich doch!" sagte Frau Richter sichtlich erregt.

„So?! Sie haben nach den uns vorliegenden Unterlagen am 16.4.20, also über eine Woche nach Ihrer Ankunft in Frankfurt, dem Gesundheitsamt Marzahn mitgeteilt, dass sie wieder in Berlin sind..."

„Nein, ich bin in Berlin am 8.4. angekommen und habe sofort versucht, jemand in der Landhaus Wohnresidenz telefonisch zu erreichen. Das ist mir aber nicht gelungen. Außerdem habe ich verzweifelt versucht, Herrn Dr. Hohm zu erreichen. Auch der war nicht zu erreichen. Dann habe ich noch spätabends ein FAX an das Gesundheitsamt Marzahn geschrieben mit der dringenden Bitte, dass ein Mitarbeiter umgehend in dem Landhaus nachschaut..."

„Da haben sie also die Verantwortung einfach weiter geschoben..."

„Ich verwahre mich gegen diese empörende Unterstellung. Aufgrund der Corona-Regelungen des Senats durfte ich das Heim gar nicht besuchen."

„Hm, die sehen aber nur vor, dass Alten- und Pflegeheime nicht besucht werden durften. Sie haben uns doch erklärt, dass die Landhaus Wohnresidenz juristisch von ihnen so konzipiert wurde, dass die gesetzlichen Regelungen für Heime nicht gelten. Als Juristin kennen sie also die feinen Unterschiede. Trotzdem berufen sie sich jetzt auf die Corona-Regelungen für Heime. Machen sie es sich da nicht etwas zu leicht, die Verantwortung abzugeben?"

„Schon wieder so eine Unterstellung. Was hätte ich denn machen sollen?"

„Sie hätten zum Beispiel zu der Praxis von Herrn Dr. Hohm fahren können, um nachzufragen. Oder sie hätten direkt zum Landhaus fahren können... Die Zahlenkombination – 4 mal die Null- für die Tür dürfte ihnen bekannt gewesen sein."

„Ja, aber wenn sie mich hier als Beschuldigte vernehmen wollen, verweigere ich die Aussage."

„Ihre schroffe Reaktion ist sehr aufschlussreich...Ich wollte nur fragen, warum sie, wenn sie so besorgt waren- wie sie behaupten- nicht selbst in dem Landhaus nachgeschaut haben..."

„Ach, die waren alle schon tot!"

Lange Pause.

„Sie waren also doch dort?"

„Von mir bekommen sie keine Antwort mehr. Nicht ohne Anwalt!"

„Gut, bisher habe ich sie als die Generalbevollmächtigte der meisten Bewohner befragt. Jetzt klingt es so, als ob sie etwas zu verbergen haben und sich nicht selbst beschuldigen wollen. Hm, das ist ihr gutes Recht. Aber es schürt natürlich auch Verdacht! Wer soll denn ihr Rechtsbeistand sein?"

„Herr Rechtsanwalt Schütz, der hat seine Kanzlei in der Krefelder Straße."

Frau Rasch-Sucher, die bisher geschwiegen hatte, grinste. Da hatte ihr Bauchgefühl wieder einmal richtig gelegen. Die beiden Rechtsanwälte kannten sich also. Wahrscheinlich sogar sehr gut.

„Hm, ich fasse noch einmal zusammen," sagte die Staatsanwältin mit Nachdruck. „Damit nichts Falsches im Protokoll steht: Sie waren also nach ihrer Rückkehr nach Berlin, noch vor Ostern in dem Landhaus. Sie sagten weiter aus, dass alle Bewohner bei ihrem- hm, wie soll ich das nennen? Besuch schon tot waren. Richtig?"

Die Rechtsanwältin Richter nickte kurz.

„Wie haben sie denn festgestellt, dass die Bewohner tot waren?"

Keine Antwort.

„Haben sie noch irgendwelche Ergänzungen zu machen?" fragte die Staatsanwältin abschließend.

„Nein."

Jetzt schaltete sich Frau Rasch-Sucher ein. „Ich hätte da noch ein paar „neutrale" Fragen und möchte sie kurz um deren Beantwortung bitten."

Lange keine Reaktion…

„Sie sagten, dass sie von allen Landhaus-Bewohnern außer Herrn Müller eine Generalvollmacht hatten, also auch von Herrn Schaumann alias Korn?"

„Ja."

„Was können sie uns denn über dessen augenblicklichen Aufenthaltsort sagen?"

„Nichts"

„Aber sie haben doch auch für ihn Verantwortung übernommen. Haben sie sich denn nicht bemüht, ihn zu finden?"

„Nein, das habe ich in dem ganzen Durcheinander schlicht vergessen."

\#

Bei der Obduktion von Frau Fenn stellte der Gerichtsmediziner Dr. Fleischhacker fest, dass sie eine schwere Arteriosklerose und die charakteristischen Lungenveränderungen für eine COVID-19 aufwies. Gestorben war sie an einem inneren Ersticken. Zudem fand er bei Frau Fenn noch

Hinweise für eine Kompression des Brustkorbs: kleinere zyanotische ekchymatöse Einblutungen am Hals und an den Augenlidern. Auch wies die Leiche eine Rippenserienfraktur links auf. Er war verwundert. Diese Befundkonstellation war sehr selten. Bisher hatte er sie so nur vor wenigen Wochen bei einigen Fällen aus der Landhaus Wohnresidenz gesehen.

Er schickte daher Frau Rasch-Sucher in einer kurzen mail einen Hinweis auf diesen neuen Fall.

Sa 9.5.20

„Wir haben Corona." Diesen Satz hatte Frau Fatimi gehört, als sie mit ihrem Auto die Rosa-Luxemburg-Straße entlang gefahren war. Vor der Volksbühne hatten sich wieder Demonstranten gegen den Corona-Lockdown der Regierung versammelt. Was sollte er der Satz bedeuten? Oder war es nur das Bruchstück eines Satz, den sie im Vorbeifahren mitbekommen hatte? Wie auch immer, dieser Satz ging ihr auf dem ganzen Weg nach Hause nicht aus dem Kopf. Sie fing an, an ihren Deutschkenntnissen zu zweifeln. Nach einiger Überlegung kam sie zu dem Schluss, dass der kurze Satz „Wir haben Corona" in etwa heißen sollte: wir haben die Corona-Krankheit, also COVID-19. Aber was machten die dann vor der Volksbühne? Die gehörten ins Krankenhaus oder zumindest in Quarantäne.

Die Ärzte aus dem Auguste-Viktoria Klinikum hatten sich noch nicht gemeldet. Sie hoffte, dass sie es nicht vergessen.

\#

Was in Heribert Korns Gehirn abging, ist unbeschreiblich. Bunte Bilder jagten sich, wurden mal kleiner, mal größer. Gesichtsschädel, die explodierten. Die herausgeschleuderten Gehirne zerplatzten wie Seifenblasen. Zurück blieben große Löcher im Gehirn. Immer wieder tauchten Fratzen mit Mündern auf, die ihre Riesenlippen zu einem Schmollmund formten. Dazu hörte er die Stimme von Zoé Schlund: Kiss me. Aber sie hatte Haifischzähne! Auch hörte er schmatzende und unheimliche Verdauungsgeräusche. Schlimmer als in jedem Horrorfilm. Er schrie laut vor Angst. Vor ihm stand eine leuchtende Flasche mit seinem Lebenselixier – Alkohol! Er wollte danach greifen, aber er zitterte so stark, dass er die Flasche nicht fassen konnte.

So 10.5.20

Berliner Sonntagszeitung: **Corona- und immer noch kein Ende!** In den letzten Wochen hat das Robert-Koch Institut langsam sinkende Fallzahlen gemeldet. Dann kamen schon Hoffnungen auf ein baldiges Ende der Corona-Pandemie auf. Und wichtiger für alle: ein Ende des Lockdowns schien in Sicht. Nun aber schlagen die Virologen Alarm, denn in Lichtenberg und Wedding kamen es zu deutlichen Häufungen von Fällen. Diese sogenannten Cluster betreffen in Lichtenberg einen Hochhauskomplex, in dem vor allem Flüchtlinge und Asylsuchende aus arabisch sprechenden Ländern untergebracht sind. Bisher mussten von den über 100 mit Corona Infizierten 22 ins Krankenhaus eingeliefert werden. Dort sind trotz Intensivtherapie schon 6 an COVID-19 gestorben.

Im Wedding haben sich viele Bewohner eines Männerwohnheims infiziert. Dort leben vor allem Alkoholkranke. Wie der Leiter auf Nachfrage am Telefon mitteilte, ist die genaue Zahl der Corona-Infizierten nicht bekannt, denn in dem Heim herrscht eine große Fluktuation der Bewohner. Das Gesundheitsamt Mitte schätzt die Zahl der Infizierten auch mindestens 80. Den Amtsärzten bereitet dieser Corona-Ausbruch große Sorgen, da sie befürchten, dass die Infektion auf die Obdachlosenszene übergreifen könnte. Die Wohnungslosen gelten als Hochrisikogruppe, da sie häufig schwere Vorerkrankungen, unter anderem schwere Lungenerkranken, auch Tuberkulose haben. Bisher führen die Amtsärzte 12 COVID-19-Todesfälle auf das Cluster im Männerwohnheim im Wedding zurück. Zudem besteht ein erhebliches Risiko, dass Wohnungslose das Corona-Virus großflächig weiterverbreiten.

Die Infektionswege sind laut den zuständigen Gesundheitsämtern noch unklar. Zumindest für Lichtenberg konnte ein potenzieller „Superspreader" wahrscheinlich gemacht werden. Er ist wohnungslos und noch nicht gefunden worden. Vom ihm geht also möglicherweise weiterhin eine erhebliche gesundheitliche Gefährdung der Bevölkerung aus.

Mo.11.5.20

Bei der morgendlichen Videokonferenz der Mordkommission berichtete Frau Rasch-Sucher kurz über den Bericht der IT-Experten aus der Kriminaltechnik. „Die haben nur herausgefunden, dass Proxy-Server eingesetzt wurden, so dass dadurch dem Internetprovider nicht bekannt ist, welche Verbindungen zu welchen IP-Adressen hergestellt wurden. Also bekommen wir keine Daten von dem Provider aus der Vorratsdatenspeicherung. Da schöpft man natürlich Verdacht. Weil die Firma sich um Immobilienfinanzierungen gekümmert hat, liegt der Verdacht nahe, dass sie möglicherweise für die Geldwäsche aufgebaut wurde. Dafür spricht der Name des Geschäftsführers Alexander Krischnew. Der Name taucht mehrmals in unserer speziellen Datenbank „Esok" für die organisierte Kriminalität von Bürgern der ehemaligen Sowjetunion auf."

„Die paar Mosaiksteine, die wir bisher gefunden haben, sprechen ebenfalls stark dafür. Daher werde ich die IT-Abteilung anweisen, weiter zu versuchen, die Daten auf den Servern zu entschlüsseln. Ich habe die entsprechenden Unterlagen für weitere Ermittlungen an das LKA 3 Wirtschaftskriminalität geschickt," sagte die Staatsanwältin.

„Gut, dann können wir uns auf die Ermittlungen in dem Landhaus-Fall konzentrieren," sagte Frau Rasch-Sucher. „Fassen wir noch einmal kurz zusammen, was wir bisher wissen: Verdacht auf fünf Morde, dazu noch zwei natürliche Todesfälle und ein Flüchtiger... Alle waren wahrscheinlich Corona-infiziert...Der Flüchtige ist noch nicht gefunden. Bisher hatten wir als Hauptverdächtige das Pflegepersonal. Wir wissen aber nicht, ob die Pflegekräfte als Täter überhaupt in Frage kommen. Denn möglicherweise gibt aber eine ganz einfache Erklärung: Sie waren Anfang April gar nicht da, weil sie wegen der Corona-bedingten Grenzschließungen nicht aus Transnistrien zur Ablösung nach Berlin kommen konnten. Es war nur noch Frau Petrowka da. Daraus ergibt sich die Frage, wo waren die andern Pflegekräfte Ende März? Vielleicht sind die auch aus Angst vor Corona vorzeitig abgehauen. Sehr wahrscheinlich sogar! Denn sie waren illegal in Deutschland und hatten daher keine Krankenversicherung..."

„Tja, und in einem Altenheim kann man sich bekanntlich als Pflegekraft leicht infizieren und umgekehrt leicht andere anstecken. Besonders schwer Pflegebedürftige sind gefährdet... Wer kommt denn dann als Täter im Landhaus-Fall noch in Frage?"

„Frau Petrowka natürlich. Aber die ist selber gestorben! Und wenn man die letzten Worte von ihr nicht als „alles verflucht" interpretiert, sondern als „alles versucht", was wahrscheinlich angemessener ist, weil sie als einzige Pflegekraft noch im Landhaus ausgeharrt hat, dann hat sie versucht nach Kräften den Bewohnern zu helfen... Sie konnte als einzige bleiben. Ich habe nämlich zwischenzeitlich herausbekommen, dass sie eine längere Aufenthaltsgenehmigung hatte. Wenn wir Frau Petrowka ausschließen, dann bleiben als Tatverdächtige noch Frau Richter, die zugegeben hat, schon am 8.4. wieder in Berlin gewesen zu sein, oder der große Unbekannte, der Fahrer von dem Getränkelieferdienst... Und natürlich der flüchtige Herr Schaumann!"

„Wieso ist der denn noch nicht gefunden worden. Dessen Gesicht ist doch aus Film und Fernsehen zumindest den Älteren bekannt!"

„Hm, ich forsche noch einmal nach. Vielleicht ist vergessen worden, uns zu übermitteln, dass er gefunden wurde. Ich werde auch noch einmal nach Herrn Krischnew suchen."

„Es bleibt die Frage, ob und gegebenenfalls welche Rolle Frau Richter bei den Todesfällen im Landhaus zukommt," sagte die Staatsanwältin.

„Wahrscheinlich wollte sie von Anfang an jeden Verdacht von sich abwenden. Sie hat gezielt die Verantwortung auf den Pflegedienst geschoben. Vielleicht wusste sie schon, dass wir mit unseren diesbezüglichen Ermittlungen keinen Erfolg haben werden, weil die Pflegekräfte weg sind. Für uns unerreichbar in Transnistrien. Vielleicht hat sie auch die Unterlagen über die Bewohner aus dem Landhaus weggeschafft. Vielleicht hat sie gehofft, dass wir dann die Ermittlungen einstellen. Das hätten wir auch fast getan- ohne die Anzeige von Dr. Winkelhuber!"

„Hm, ziemlich viele Vielleichts! Aber was ist mit Frau Petrowka? Die lebte noch und könnte sie gesehen haben."

„Vielleicht war die schon schwer krank oder hat in ihrer Kammer gelegen, als Frau Richter am 8.4.20 in den Landhausring gefahren ist und mutmaßlich alles sie Belastende beiseitegeschafft hat. Wir haben ja nichts gefunden. Sie ging wohl davon aus, dass die Nachbarn sie kannten und ihren Besuch nicht besonders registriert haben: Bei der Befragung durch die Polizisten des Abschnitts 62 haben die Nachbarn angegeben, sie hätte nichts gesehen. Vielleicht hatten sie es auch schon vergessen. Das heißt, wir können nicht beweisen, dass sie Beweismittel mitgenommen bzw. vernichtet hat. Es ist aber doch merkwürdig, dass in den Büros am Helene-Weigel-Platz und auch der Friedrichstraße alles leer war bzw. gerade abtransportiert wurde, jeweils kurz nachdem ich ihr gegenüber angekündigt hatte, dass wir dort nachforschen wollten."

„Hm, da könnten sie recht haben. Aber das können wir nicht beweisen. Vor allem fehlen uns klare Anhaltspunkte für eine unterlassene Hilfeleistung durch Frau Richter. Aus Neuseeland konnte sie wegen des dortigen Corona-Lockdown mit Quarantäne für Ausländer nicht vorher zurückkommen. Herrn Dr. Hohm konnte sie nicht erreichen, weil der plötzlich gestorben war. Vielleicht auch an COVID-19. Im Landhaus konnte sie Anfang April vielleicht wirklich niemanden mehr telefonisch erreichen. Und am 8.4., als sie nachgesehen hat, waren alle Bewohner nach ihrer Aussage schon tot. Das könnte nach der vagen Todeszeitbestimmung durch Dr. Fleischhacker sogar stimmen..."

Lange Pause.

„Apropos, Dr. Fleischhacker. Er hat mir Freitag spätabends eine mail geschickt, dass er noch eine Leiche obduziert hat, die auch pathologische Veränderungen ähnlich wie bei einem Burking aufwies. Aber die Frau wohnte in der Bänschstraße in Friedrichshain. Über die näheren Umstände hatte er keine Informationen. Nach dem entsprechenden Polizeibericht vom Abschnitt 51 von Kriminalhauptkommissar Jäger ist auch hier eine Fremdeinwirkung nicht sicher auszuschließen. Offensichtlich hat bis vor kurzem in der Wohnung der Verstorbenen ein Mann gelebt. Näheres ist nicht bekannt. Die verstorbene Frau Fenn war aber schon seit zehn Jahren verwitwet."

„Also, ich sehe nicht, was der Fall mit den Landhaus-Fällen oder Frau Richter zu tun haben könnte. Da soll Herr Jäger- wenn nötig- weiter ermitteln. Zurzeit haben wir jedenfalls nicht genügend Hinweise, um Frau Richter juristisch für die Todesfälle im Landhaus zur Verantwortung zu ziehen, moralisch schon eher."

„Hm, das sehe ich etwas anders. Wie haben uns noch nicht eingehend mit der Frage beschäftigt, ob sie diejenige war, die das- was Dr. Fleischhacker als Burking bezeichnet- bei den Landhaus-Bewohnern gemacht hat. Sie war dort. Zu einer Zeit, am 8.4., als die Bewohner nach Dr. Fleischhacker noch nicht sicher tot waren. Und sie blockt entsprechende Fragen vehement ab. Das macht sie doch zumindest verdächtig. Ein Motiv hat sie auch. Sie ist die Erbin eines wahrscheinlich beträchtlichen Vermögens ihrer Großtante. Wenn das kein Motiv ist, einfach einmal beim Sterben ein bisschen nachzuhelfen, durch Burking und/oder „Einschläfern" mit Schlafmitteln."

Die Staatsanwältin machte ein sehr nachdenkliches Gesicht. Nach einer Weile sagte sie: „Vielleicht hatte sie nicht einmal ein schlechtes Gewissen dabei. Sie hat ja betont, dass die Bewohner eine Intubation und intensiv-medizinische Maßnahmen in ihren Patientenverfügungen ausgeschlossen haben. Sie wollen in Ruhe sterben. Und ein Motiv hat sie in der Tat! Ein befreundeter Anwalt hat mir schon vor einiger Zeit mal erzählt, dass Fachanwälte für Betreuungsrecht schlecht verdienen, weil sie vor allem als Betreuer tätig sind. Da bekommen sie nur den amtlich vorgeschriebenen Gebührensatz. Der ist nicht hoch. Ich habe zufällig Freitag in einer anderen Sache mit einem Rechtsanwalt telefoniert, der auch eine Kanzlei in der Osnabrücker Straße nahe dem Landgericht hat. Ich habe ihn gefragt, ob er Frau Richter kennt. Er sagte mir, dass er sie nicht persönlich kenne, aber dass das Haus, in dem sich ihre Kanzlei befindet, einen ziemlich heruntergekommenen Eindruck mache. Er habe auch von Kollegen gehört, dass Frau Richter verschuldet sei."

„Aber sie hat uns doch erzählt, dass den Großteil des Vermögens eine Stiftung bekommen soll," wandte Herr Hänker ein.

„Vielleicht hat sie als Generalbevollmächtigte schon vorher Geld von ihren Schützlingen für sich-nennen wir es mal so – abgezweigt. Wir haben keinerlei Unterlagen über die Finanzen der Bewohner. Vielleicht hat Frau Richter Kontoauszüge etc. den Bewohnern bewusst vorenthalten, so dass diese mögliche Transaktionen nicht mitbekommen haben. Vielleicht waren sie dazu auch geistig gar nicht mehr in der Lage. Auch die diesbezüglichen Angaben von Frau Richter sind äußerst vage. Der Hausarzt Dr. Hohm hat jedenfalls bei allen eine leichte kognitive Störung und bei je zwei Bewohnern eine Alzheimer bzw. Parkinson-Erkrankung diagnostiziert."

„Vielleicht hat Dr. Winkelhuber auch finanzielle Unregelmäßigkeiten vermutet. Zumindest hat er sich zu dem Neuseeland-Urlaub von Frau Richter zweideutig geäußert.

Dies könnte der Hintergrund für die Anzeige wegen Mordverdacht gewesen sein."

„Hm, ist das nicht ein bisschen sehr weit hergeholt, Frau Rasch-Sucher? Die wollen doch die Stiftung gemeinsam leiten…"

„Das schon, aber nur Frau Richter ist in Berlin sozusagen vor Ort. Und war kürzlich auch in Neuseeland „vor Ort". Möglicherweise hat sie da down under schon Einiges zu ihren Gunsten geregelt. Und vielleicht ist auch noch mehr im Spiel. Verschiedene Äußerungen in den Gesprächen mit Frau Richter und insbesondere mit Dr. Winkelhuber deuten darauf hin, dass die beiden mal ein Paar waren. Wahrscheinlich hat Frau Richter ihn verlassen und ist wegen einem Anderen nach Berlin gezogen…"

„Also ist doch mal wieder Eifersucht im Spiel", meinte Herr Hänker.

„Hm, vielleicht ist dieser Andere der Rechtsanwalt Schütz," sagte Frau Rasch-Sucher. „Ich spekuliere mal weiter: Herr Dr. Winkelhuber wusste nicht nur von dem neuen Partner von Frau Richter, sondern er hatte auch erfahren, dass sie- warum auch immer- verschuldet war. Nach eigenen Angaben hatte er keine genaue Kenntnis über die Finanzen der Bewohner, so dass Frau Richter ein bisschen hätte abzwacken können. Wahrscheinlich hat Frau Richter selbst ihm mitgeteilt, dass sie am 8.4.20 wieder in Berlin war. Dann hat er die Obduktionsgutachten gelesen. Und 1 und 1 zusammengezählt. So könnte der Verdacht entstanden sein, dass bei den

Todesfällen nicht alles mit rechten Dingen zugegangen ist. Wie auch immer, das wäre eine Erklärung für seine Anzeige. Schonen wollte er Frau Richter wohl nicht, sondern eher die Wahrheit erfahren…"

„Die Wahrheit…Ob wir die in dem Landhaus-Fall je erfahren," seufzte die Staatsanwältin. „Ich gebe dem zuständigen Nachlassgericht in Lichtenberg einen Hinweis, die sollen mal ihre Abrechnungen als Generalbevollmächtigte überprüfen und kucken, ob sie Geld veruntreut hat. Viel wichtiger ist aber, dass das Nachlassgericht genau die geplante Stiftung überprüft. Stiftung hört sich erst einmal gut an. Ich war letztes Jahr auf einer Fortbildung zu diesem Thema. Es gibt auch private Stiftungen, bei denen nur bestimmte Personen Geld von der Stiftung bekommen. Zudem ist es möglich, dass Stiftungsvermögen innerhalb eines bestimmten Zeitraums von den Begünstigten verbraucht wird. Vielleicht haben Frau Richter und Herr Dr. Winkelhuber, der Spezialist für Stiftungsrecht ist, sich da etwas Hübsches ausgedacht. Gleichzeitig könnten sie vielleicht noch Erbschaftssteuern sparen. Und es sich dann mit dem vielen geerbten Geld gut gehen lassen. Wenn die beiden mit dem Geld erst einmal in Neuseeland sind, haben deutsche Behörden keinen Zugriff mehr. Es gibt kein Auslieferungsabkommen! Möglicherweise ist ihnen der Corona-Virus zuvorgekommen, so dass sie ihre Pläne noch nicht vollständig umsetzen konnten. Frau Richter war gerade in Neuseeland trotz der drohenden Corona-Pandemie. Vielleicht hatte sie dafür einen triftigen Grund, den sie uns verschwiegen hat. Nach der Aussage von Dr. Winkelhuber sollte sie dort eine größere ländliche Immobilie erwerben…"

„Gut, da müssen wir am Ball bleiben, aber bisher fehlen jegliche Beweise für ein Tötungsdelikt oder gar einen Mord, den sie begangen hat," gab Herr Hänker zu bedenken.

„Auch die Ermittlungen zur ZWK laufen weiter. Irgendwie sieht das alles sehr nach Geldwäsche von russischem Schwarzgeld aus. Da könnte Frau Richter durchaus eine wichtige Rolle gespielt haben. Auch ihre Großtante. Die könnte als scheinbar seriöse Person etliche Immobiliendeals eingefädelt haben. Aber das soll das Dezernat für Wirtschaftskriminalität übernehmen. Sie müssen eigentlich nur noch Herrn Korn alias Schaumann finden. Vielleicht kann der uns etwas zu den Todesfällen im Landhaus sagen..."

Als Frau Rasch-Sucher nach der Konferenz noch einmal an ihrem multifunktionalen Arbeitsplatz nach Alexander Krischnew suchte, fand sie in der Esok-Datenbank den Hinweis, dass er auch Alias hatte, also andere Namen verwendete. „Aha, das spricht nicht gerade für ein seriöses Geschäftsgebaren. Die behaupten immer, dass das nur an der Transkription der kyrillischen Buchstaben liegt." Dort stand auch, dass er am 20.3 mit einem Privatflugzeug nach Minsk geflogen war. „Hm, gerade noch rechtzeitig, bevor alle Grenzen ganz dicht waren. Aber Minsk ist doch Belarus. Da ist er ja nicht weit gekommen," dachte die Kripobeamtin. Dann stand da noch ein Vermerk, dass er am 1.4.20 an einer Lungenentzündung in einem Krankenhaus in Смоленск (Smolensk) gestorben war. „Fake? Aprilscherz? Will der nur seine Flucht verschleiern? Oder hat der sich auch mit dem

Corona-Virus infiziert? Wie auch immer, den können wir erst einmal vergessen."

Jetzt fehlte nur noch Herr Schaumann... Von dem fehlte jede Spur. Vielleicht lag der längst tot in irgendeinem Berliner Park. Halt, sie hatte bisher immer nur nach Harry Schaumann in den Datenbanken gesehen. Der hatte doch auch eine Art Alias. Er hieß doch mit bürgerlichem Namen Heribert Korn! Unter diesem Namen nachzukucken, hatte sie vergessen.

Schnell gab sie Heribert Korn unter vermisste Personen ein. Schwupp! Schon hatte sie jemand dieses Namens gefunden. Dieser Jemand war am 20.6.1948 in Berlin geboren. Das war der Gesuchte! Er war am 5.5.20 mit dem Rettungswagen frühmorgens in die Notaufnahme des Auguste-Victoria-Klinikums in Schöneberg gebracht worden. Interessiert las die Kripobeamtin den Bericht über den nächtlichen Einsatz aus dem Polizeiabschnitt 45: Danach war er nach 3 Uhr in der Nacht völlig betrunken und desorientiert in der Kieler Straße hinter einer Imbissbude liegend gefunden worden. Von einem Fußgänger, der mit seinem hyperaktiven Hund, der nachts keine Ruhe geben wollte, noch einmal Gassi gegangen war. Der Rehpinscher hat dabei Heribert Korn erschnüffelt. „Keinen Trüffel, sondern einen abgewrackten ehemaliger Showstar. Der ist an Alkohol zugrunde gegangen. Vielleicht riechen auch Rehpinscher eine Alkoholfahne."

Auf Nachfrage im Auguste-Victoria-Klinikum erfuhr sie nur, dass er dort noch stationär behandelt wurde. „Datenschutz ist eine schöne Sache, aber für unsere Arbeit sehr hinderlich," dachte sie wütend. Sie beschloss, umgehend dorthin zu fahren, in der Hoffnung endlich den Landhaus-Fall abschließen zu können.

\#

Frau Fatimi war morgens von Dr. Rausch angerufen worden, dass es Herrn Korn jetzt wieder besser ging. Er sei – wie der Stationsarzt es nannte- eingeschränkt explorationsfähig. Was auch immer dies heißen mochte. Sie wollte nichts unversucht lassen und fuhr ins Auguste-Viktoria-Klinikum.

Als sie dort ankam, sah sie Dr. Rausch vor der Stationstür mit einer Frau reden. Als er sie erblickte, stellte er die beiden Frauen einander vor. „Sie brauchen jetzt keine spezielle Schutzkleidung mehr. Er ist nicht mehr infektiös. Er hat COVID-19 überstanden und viele Antikörper."

„Ok, dann wollen wir einmal unser Glück versuchen," sagte die Frau Rasch-Sucher. Als sie die Tür öffneten, lag Herr Korn laut schnarchend halb aufgedeckt im Bett. Auf laute Ansprache reagierte er nicht. Erst als Dr. Rausch ihn unsanft anstupste, wurde er langsam wach. Verwirrt sah er sich um. „Wo bin ich hier?" Er schaute eingehend die Geräte in dem Überwachungszimmer an. Mindestens eine Minute starrte er auf den EKG-Monitor. Dieser schien eine hypnotische Wirkung auf ihn zu haben. „Aha, das sieht aus wie ein Krankenhaus!"

„Richtig, kennen sie mich noch?" Keine Reaktion. „Haben sie mich schon einmal gesehen?"

Herr Korn betrachtete den Stationsarzt lange. „Sie kommen mir bekannt vor. Sie haben große Ähnlichkeit mit dem Sohn von meinen Nachbarn!" Seine Sprache war sehr verwaschen und daher schwer verständlich.

„Also, mein Name ist Rausch. Ich bin…"

„Schöner Name," unterbrach ihn Herr Korn und schnalzte dabei mit der Zunge. „Hab ich früher oft gehabt… Da geht dann die Post immer so richtig ab!"

„Hm, also mein Name ist Dr. Rausch. Ich bin der Stationsarzt von dieser Überwachungsstation. Sie sind hier im Auguste-Viktoria Klinikum in Schöneberg. Vielleicht kennen sie es noch von ihren früheren Aufenthalten. Aber hier wurde viel gebaut, seitdem sie das letzte Mal hier waren. Also sie sind hier seit dem 5.5…"

„Schnapszahl, Prost." Er machte eine Geste, als ob er mit seinem Glas anstoßen wollte.

„Also noch einmal, Herr Korn. Sie werden hier seit 6 Tagen intensiv-medizinisch behandelt, weil sie ein Alkoholentzugsdelir hatten…"

„Och, das ist nicht weiter schlimm. Das hatte ich schon ein paar Mal!"

„Das stimmt. Aber jedes Mal hat Ihr Gedächtnis gelitten. Besonders stark beim letzten Mal. Da hatten sie nach unseren Unterlagen eine Wernicke Enzephalopathie. Deshalb mussten Sie damals die Dreharbeiten zu dem Film „Liebe bis zum letzten Herzschlag" abbrechen und wurden in eine Reha-Klinik überwiesen…"

„Schade, ich dachte, dass hier wäre die Filmkulisse. Sie ist ziemlich perfekt. Alles sieht echt aus!"

„Es ist auch alles echt. Dies hier ist ein Krankenhaus." Dr. Rausch betonte jedes Wort. „Es ist das Auguste-Viktoria Klinikum in Schöneberg!"

„Aber ich habe doch am kleinen Wannsee gewohnt!"

„Dies ist nicht Ihr Zuhause, sondern ein Krankenhaus! Sehen sie sich bitte noch einmal genau um. Frau Fatimi und ich sind Ärzte. Sehen sie sich vielleicht auch einmal ihr gepunktetes Nachthemd an!"

„Das ist nicht meins!"

„Richtig!"

Frau Rasch-Sucher und auch Frau Fatimi begannen, die Geduld von Dr. Rausch zu bewundern. Sie fingen aber auch an, daran zu zweifeln, dass sie heute irgendwelche sinnvollen Informationen von dem ehemaligen Filmstar erhalten könnten.

„Wissen sie denn noch, wie sie hierhergekommen sind?"

„Nö, nicht so richtig. Filmriss!" Herr Korn sah den Stationsarzt traurig an.

„Wie gesagt, sie sind vor 6 Tagen hier mit dem Rettungswagen eingeliefert worden. Sie hatten 3,2 Promille!"

„Früher habe ich viel mehr geschafft!" sagte er mit einem Anflug von Stolz.

„Gut, wir wollen jetzt aber nicht über Alkohol reden, sondern ich möchte von ihnen wissen, was sie in den letzten Tagen davor gemacht haben bzw. an was sich noch erinnern," sagte Dr. Rausch mit deutlichem Nachdruck.

„Hm," Herr Korn schien zu überlegen. „Nichts!"

„Was heißt nichts- sie haben davor nichts gemacht oder sie können sich nicht mehr erinnern?"

„Ich würde ihnen wirklich gern helfen, Herr Doktor, aber ich kann es nicht. Alles vergessen." Seine Stimme vibrierte vor Verzweiflung und brach dann ab.

„Also gut, ich sage Ihnen mal, was ich schon weiß und sie sagen mir dann, an was sie sich noch erinnern können."

„Sehr suggestiv," dachte die Kripobeamtin. „Das hätte vor keinem Richter Bestand."

„Herr Korn, sie waren doch früher einmal Schauspieler."

„Wieso früher? Bin ich immer noch. Ein guter sogar!"

Der Stationsarzt stutzte. „Soll das heißen, dass sie uns alle hier zum Narren halten wie in ihren legendären Fernsehen-Sketchen?"

„Ich weiß nicht, was sie meinen... Wer ist denn uns alle? Hier ist doch gar kein Publikum. Ach doch! Da stehen ja noch zwei bezaubernde Damen. Die eine sieht wie eine Fee aus Tausendundeiner Nacht." Er zeigt mit seinem zitternden Finger auf Frau Fatimi, die sofort errötete. Sie dachte, er ist einfach nur noch plump ohne auch nur noch ein Fünkchen Charme.

Dr. Rausch drehte sich zu den beiden Frauen um. Er zuckte mit den Schultern. „Ich glaube nicht, dass er heute schon in der Lage ist, die vernünftigen Auskünfte zu geben, die sie benötigen. Aber vielleicht hat eine von Ihnen mehr Glück mit einer Befragung."

„Hm, ich habe es schon vor einigen Tagen ohne Erfolg versucht. Aber ich bin natürlich sehr daran interessiert, herauszubekommen, ob er wirklich der gesuchte „Superspreader" von Lichtenberg und vielleicht sogar auch vom Wedding ist. Dort gibt es große Häufungen von COVID 19-Fällen. Das muss unbedingt geklärt werden," sagte Frau Fatimi.

„Sie können gern anfangen, auch ich jage nur einem vagen Verdacht nach. Wir hatten überlegt, ob er etwas mit den Todesfällen in der Landhaus Wohnresidenz zu tun haben könnte, die sie nach Ostern in der Landhaus Wohnresidenz gefunden haben," sagte Frau Rasch-Sucher.

„Herr Korn, können sie sich noch an mich erinnern. Ich…"

„Aber natürlich schöne Frau. Wie könnte ich sie jemals vergessen!"

„Wann haben wir uns denn – hm, das letzte Mal gesehen?"

„Natürlich hier, als sie mich besucht haben…"

Frau Fatimi war völlig verunsichert. Spielte er mit ihr? Oder war alles nur Fassade? Also gut gelernte Floskeln? Sie überlegte. Jetzt musste sie ihm eine klare Frage stellen, aus deren Antwort sie schließen konnte, ob er wirklich auf die Frage einging. „Worüber haben wir denn gesprochen?"

„Na, über dies und das."

Verflixt. Der klopft nur Sprüche. „Wie geht es ihnen denn heute?"

„Könnte besser sein, ich habe so ein taubes Gefühl in den Beinen."

„Alkohol-Polyneuropathie," murmelte Dr. Rausch.

„Hatten sie das früher nicht?"

„Kann ich mich nicht so genau daran erinnern..."

Frau Fatimi wollte auch schon mit dem Fragen aufhören. Da fiel ihr ein, dass Herr Korn noch gar nicht nach dem Landhaus gefragt worden war. Vielleicht war dies doch noch eine Chance, klare Auskünfte zu erhalten. „Können sie sich noch an ihre Zeit in der Landhaus Wohnresidenz erinnern?"

„Klar doch, ich hatte dort ein schönes Zimmer mit Blick ins Wuhletal." Frau Fatimi gab den anderen ein Zeichen, in dem sie ihren Daumen hob.

„Was war das denn für eine Wohnresidenz. Wer hat da noch gewohnt?"

„Eigentlich ist es ein Altenheim, aber Wohnresidenz klingt vornehmer..."

„Dann erzählen sie doch bitte mal, was sie über die anderen Bewohner wissen. Wie viele waren es?"

„Also zuallererst ist da die Elsa Todt. Komischer Name, da kommen einem immer so grausige Assoziationen. Aber die ist unheimlich nett. Die war schon immer ein Fan von mir. Sie hat dafür gesorgt, dass ich in das Landhaus einziehen durfte. Die kannte den Besitzer- irgend so einen Russen. Den kannte sie, weil sie auch lange in Immobilien gemacht hat. Die haben, glaube ich, auch zusammen Geschäfte gemacht. Wohl vor allem mit Russen. Die haben viele Häuser in Berlin gekauft. Jedenfalls hat Elsa das mal erzählt."

„Dann ist da noch die Theodora. Nachnamen habe ich vergessen. Wir reden uns immer mit Vornamen an. Das ist vielleicht eine Klatschtante. Die sabbelt unentwegt und lästert über alles und jenes. Die sorgt aber bei den Kaffeekränzchen ordentlich für Stimmung. Theodora und Elsa sind meine Liebsten." Seine Augen strahlten, aber sein Blick ging ins Leere. „Wo sind die beiden denn jetzt?" fragte er plötzlich sehr weinerlich.

„Affektlabilität, häufig beim Wernicke-Korsakoff Syndrom. Machen sie ruhig weiter, Frau Fatimi," murmelte Dr. Rausch kaum hörbar.

„Ja, wer ist da noch in dem Landhaus?"

„Ja, wer ist denn da noch? Verflixt. Da sind noch mehr. Aber mir fallen die Namen nicht ein. Einfach weg. Vergessen. Ah, doch, dann ist da noch der Heinrich. Der kannte die Elsa von früher, noch aus Ostberlin. Patenter Kerl mit zwei geschickten Händen. Kleinere Reparaturen im Landhaus hat immer der gemacht. Was der früher gemacht hat, habe ich vergessen."

„Ist da noch jemand im Landhaus gewesen?"

„Ja, aber wir sind doch hier gar nicht im Landhaus. Hier ist alles so fremd." Er schluchzte. „Vorne das Zimmer, das hat Elfriede. Die besteht fast nur noch aus Haut und Knochen, ein Klappergestell. Die sieht aus wie der Tod auf Latschen. Die könnte in jedem Horrorfilm mitspielen…Die zittert immer und schlurft den Flur entlang. Langsam, aber furchterregend. Die ist schon oft hingefallen."

„Ach, und dann ist da noch Hildburgia- komischer Name! Die ist genau das Gegenteil von Elfriede, dick und fett. Die kann aber auch kaum noch laufen. Die braucht einen Rollator. Da kann sie dann ihren dicken Bauch drauf abstützen…Auch die Olga ist so dick. Ich mag keine fetten Frauen, sondern eher den Gazellentyp. So wie sie, schöne Frau." Er strahlte Frau Fatimi an.

„Sind das jetzt alle, die in dem Landhaus wohnen?"

„Ja, da kommen aber immer noch die Krankenschwestern von der Moldau…Die haben meist woanders geschlafen. Mit denen habe ich kaum gesprochen. Die sprechen fast nur Russisch."

„Wo sind die anderen Bewohner aus dem Landhaus jetzt?"

„Weiß ich nicht. Jedenfalls nicht hier." Er sah sich noch einmal ganz langsam in dem Überwachungszimmer um. Dann versuchte er völlig unerwartet für die Umstehenden, unter sein Bett zu sehen. Dabei fiel er fast kopfüber auf den Boden. Frau Fatimi und Dr. Rausch konnten ihn gerade noch vor dem Aufprall auf dem Fußboden festhalten. Herr Korn klammerte sich an die Amtsärztin. Sie drohte mit Herrn Korn am Hals umzufallen.

Mit Schrecken merkte sie, dass bei dieser Aktion ihr Mundschutz abgerissen war. Jetzt standen sie zu dritt- dicht an dicht. Da war nichts mehr mit Abstand. Ihr fiel plötzlich das deutsche Wort: Annäherungsversuch ein. Im Deutschen gab es für Vieles sehr treffende Worte.

Ein Pfleger, der alarmiert worden war, fasste Herr Korn kräftig bei den Schultern und setzte ihn auf die Bettkante. Nachdem es ihm gelungen war, sich mit beiden Händen selbst sicher abzustützen, überlegten die anderen, was zu tun sei. Seine EKG-Elektroden waren abgerissen. Die Kabel hingen ihm über die Schulter. Die Infusion mit einer gelblichen Lösung hing nur noch an einem Pflaster und tropfte ins Bett. Der Pfleger fragte: „Wenn schon alles abgerissen ist, soll ich ihn wieder hinlegen und ihn neu verkabeln? Oder wollen wir mal sehen, ob er schon wieder ein paar Schritte gehen kann?"

„Das wäre gut für seinen Kreislauf und auch als Thromboseprophylaxe sinnvoll," sagte Dr. Rausch. Von dem kräftigen Pfleger gehalten, stakste Herr Korn breitbeinig und unsicher durch das Überwachungszimmer und setzte sich auf den einzigen Stuhl. Er schwitzte. Das Flügelhemdchen, das er vom Krankenhaus bekommen hatte, hing an seiner linken Körperseite herunter und bedeckte kaum noch etwas. Ihn schien es nicht zu stören.

„Dann machen sie mal weiter mit dem Interview. Von welcher Zeitung sind sie noch einmal?" sagte er großspurig.

„Ich bin eine Amtsärztin aus Marzahn..."

„Ach, Marzahn, das ist doch da irgendwo im Osten. Sozialistisches Neubaugebiet!"

„Herr Korn, wissen sie denn in welchem Stadtteil das Landhaus steht?"

„Na selbstverständlich! In Wannsee!"

„Kennen sie die genaue Adresse des Landhauses?"

„Hm?" Er überlegte angestrengt.

„Ganz einfach: Landhausring."

„Sag ich doch! Sie stellen vielleicht blöde Fragen. Was hat das denn mit meinem letzten Film zu tun? Dazu wollten sie mich doch interviewen!"

„Wurde der Film in der Landhaus Wohnresidenz gedreht?"

„Nö, in Babelsberg natürlich. Sie haben aber wirklich keine Ahnung."

„Gut, mal eine ganz andere Frage: Kennen sie eine Frau Richter?"

„Klar, die Lisa hat mich immer nur ganz kurz besucht und mir Taschengeld gegeben. Die war sooo knauserig! Nur 20 Mark oder so. Die hat immer gesagt, das ist gut für dich, damit du nicht auf dumme Gedanken kommst und wieder anfängst, Alkohol zu trinken. Hab ich doch gar nicht. Bei dem Landhaus gab es weit und breit keinen Laden. Und die Tankstelle war ziemlich weit weg." Er schaute versonnen aus dem Fenster. Nach einer Weile sagte er: „Ich hab keine dummen Gedanken. Ich vergesse doch alles."

„Wenn alles so weit weg war, wie haben sie das Landhaus dann verlassen?"

„Mit dem Taxi natürlich. Die stehen immer an der U-Bahnstation."

„Hm, und wo sind sie dann hingefahren?"

„In die Stadt natürlich…"

„Was haben sie da gewollt?"

„Ich habe mich mit ein paar alten Kumpels getroffen. Wir haben dann ordentlich einen drauf gemacht. In einer Art Laube im Humboldtpark. Die Kneipen hatten ja alle zu. Komisch. Egal, ich hab mich jedenfalls gefreut über das Wiedersehen. Das haben wir gebührend begossen."

„Wo hatten sie denn das Geld für das Taxi her?"

„Gespart, ich hab schon sehr lange nichts mehr getrunken und alles gespart, was mir die geizige Tussi an Taschengeld gegeben hat. Wir haben im Landhaus ja Vollpension!"

„Herr Korn, warum haben sie denn das Landhaus verlassen?"

„Weiß ich nicht mehr so genau. Aber irgendwie war da gar nichts mehr los. Es wirkte alles wie tot."

„Wirkte oder waren die Anderen wirklich tot?"

Der ehemalige Schauspieler sah die Amtsärztin traurig ratlos an, als ob er seinen Text vergessen hätte. Nach einer ganzen Weile sagte er: „Ich glaube, die waren wirklich schon tot. Ich habe doch noch bei einigen versucht, sie wiederzubeleben."

Frau Fatimi und auch Frau Rasch-Sucher wurden ganz hellhörig. „Wie wiederzubeleben?"

„Na, ganz einfach, wie man das bei der Erste Hilfe lernt! Das müssten sie als Ärztin doch kennen! Mund zu Mund-Beatmung!"

„Haben sie hier irgendwo, einen Übungs-Puppe oder Dummy oder so, Herr Dr. Rausch? Dann könnte Herr Korn uns mal vormachen, wie er das gemacht hat", sagte Frau Rasch-Sucher eilig.

Der Pfleger nickte. „Unten in dem Fortbildungsraum. Ich hol mal den Dummy!"

Frau Rasch-Sucher, Frau Fatimi und auch Herr Dr. Rausch hingen während des Wartens schweigend ihren Gedanken nach. Vor allem die Kripobeamtin war darauf sehr gespannt, was sie gleich vorgeführt bekamen. Nach wenigen Minuten kam der Pfleger mit dem „Dummy" zurück.

„Herr Korn, können sie uns bitte mal zeigen, wie sie bei den anderen Bewohnern die Wiederbelebungsversuche durchgeführt haben?"

„An dem Dummie da? Mit Vergnügen." Er setzte sich umständlich auf die Übungspuppe und rutschte etwas hoch, so dass er auf ihrem Brustkorb saß. „Kann die Vorführung beginnen?" fragte er ganz eifrig.

„Action!" rief Dr. Rausch scherzend. Die Frauen sahen ihn missbilligend an.

Herr Korn sagte: „So, ich saß also auf dem Brustkorb und habe die Nase zugehalten, damit ich sie besser durch Mund beatmen konnte. Halt, hier fehlt noch etwas. Ich brauche noch ein Seidentaschentuch."

„Wozu brauchen sie das denn?"

„Na, ganz einfach als Schutz vor Infektionen für mich und den Dummie! Ich hab immer das Seidentuch von dem Nachttisch benutzt."

„Nehmen sie das hier!" sagte der Pfleger und gab ihm ein Vliestuch.

„Na, gut, also wie weiter?"

„Zeigen sie uns doch bitte endlich, wie Sie Ihre Mitbewohner wiederbelebt haben..."

„Hab ich doch gar nicht. Die sind trotzdem alle gestorben."

„Action" rief Dr. Rausch noch einmal und klatschte in die Hände.

Herr Korn legte das Tuch auf den Mund des Dummy, hielt dessen Nase zu und versuchte Luft in die Puppe zu blasen. Das schaffte er kaum. Das Tuch rutschte dabei immer tiefer in den Mund. An den Lungenflügeln der Reanimation-Puppenattrappe war keine Veränderung zu sehen...

"Und jetzt kommt die entscheidende Szene" sagte er sichtlich erregt. „The kiss of death" sagte er mit Pathos. „Meine allerbeste Szene!" sagte er von sich selbst begeistert. „Das war das Letzte, was ich für die Anderen noch tun konnte." Er sah sich um, als ob er Beifall oder Klatschen erwartete.

Kein Applaus, nur betretendes Schweigen. „Das ist wie Burking!!" dachte die Kripobeamtin.

Da eine Weile nichts passierte, sah Herr Korn sich fragend um und wandte sich an den Stationsarzt: „Oder habe ich noch etwas bei der Wiederbelebung vergessen?"

Dr. Rausch fragte daraufhin: „Haben sie denn, wenn das mit der Mund zu Mund-Beatmung nicht so gut klappte, noch etwas Anderes zur Wiederbelebung versucht?"

„Natürlich, hab ich doch im Erste Hilfe Kurs gelernt." Er rutschte von dem Thorax der Puppe herunter und begann mit großer Kraft auf das Brustbein zu drücken...

„Rippenserienfraktur" dachten der Stationsarzt und die Kripobeamtin fast gleichzeitig.

Nachdem Herr Korn sich wieder hingesetzt hatte, fragte Frau Rasch-Sucher noch: „Kennen sie eine Frau Kerstin Fenn?"

„Klar doch. Ist ein Fan von mir. Da hab ich ein paar Tage gewohnt. Die ist jetzt wohl auch tot. Was da genau war, hab ich vergessen."

Abends schrieben Frau Rasch-Sucher und Frau Fatimi die Berichte zum Abschluss ihrer Untersuchungen.

Di 12.5.20

Nachdem sie den Bericht der Kriminalkommissarin gelesen hatte, beschloss die Staatsanwältin den Landhaus-Fall erst einmal ruhen zu lassen, solange bis klar war, ob Herr Korn sich gesundheitlich erholte und was dann aus ihm weiter würde.

Diese Zeit wollte sie nutzen, um sich darüber klar zu werden, wer wirklich, das heißt letztendlich für den Tod der sieben Landhausbewohner rechtlich verantwortlich war. Die ermittelnde Kriminalbeamtin waren zu keinem eindeutigen Ergebnis gekommen, sondern hatte mehrere Gesichtspunkte betont. Diese hatte die Staatsanwältin sich auf einem Zettel notiert und versucht juristisch zu bewerten:
- Eine Corona-Infektion: nicht sicher nachgewiesen, und überdies ein Naturereignis- also ein natürlicher Tod

- Fehlende Hilfe, weil kein Pflegepersonal vor Ort war - nur Corona-bedingte Grenzschließungen? oder Organisationsverschulden? (ZWK oder vielleicht doch Richter?)
- Nachhilfe durch Medikamentengabe bei schon schwer Kranken (Richter??) – also Mord. Aber nur Verdacht, keine hinreichenden Beweise. Außerdem wollten die Bewohner in Ruhe sterben (s. Patientenverfügung) -Sterbehilfe? Beihilfe zum Suizid?
- Unsachgemäße Wiederbelebungsversuche durch Herrn Korn. Der hatte ein Wernicke-Korsakoff-Syndrom - also wegen geistiger Einschränkungen wohl nicht schuldfähig.

Zu viele Fragezeichen, dachte die Staatsanwältin resigniert.

#

Die Nachtwache der Überwachungsstation stellte gegen 22 Uhr fest, dass Herr Korn nicht seinem Zimmer und auch nicht auf der Station zu finden war. Er hatte sich unerlaubt entfernt. Er wurde zur Fahndung ausgeschrieben. Grund: Hilf- und Orientierungslosigkeit.

Mi 13.5.20

Der letzte Auftritt von Herrn Harry Schaumann alias Heribert Korn: Ein Fehltritt. Er stolperte und stürzte sichtlich alkoholisiert die über 40 Stufen der Treppe zur U-Bahnstation Rathaus Steglitz hinunter. Aber wegen der Corona-Beschränkungen gab es fast keine Passanten als Zuschauer.

Der alarmierte Notarzt konnte gegen 15:30 nur noch seinen Tod feststellen.

Do 14.5.20

An diesem Tag stellte die Staatsanwältin Statthalter die Ermittlungen in dem Fall Landhaus Wohnresidenz ein.

Die Berliner Zeitungen waren aber voll von Berichten über den Fall. In den Berliner Nachrichten stand:
5 Morde, 2 Todesfälle und Harry Schaumann.
Nach einer gestrigen Mitteilung geht die Staatsanwaltschaft Berlin davon aus, dass der bekannte Schauspieler und Entertainer Harry Schaumann an der Serie von Todesfällen in der Landhaus Wohnresidenz (wir berichteten) beteiligt war. Er war der einzige Überlebende der Bewohner und somit verdächtig. Das Motiv bleibt unklar. Eifersucht? Aus dem Scheidungsprozess vor über 20 Jahren ist bekannt, dass Harry Schaumann gelegentlich gewalttätig war. Eine Mordanklage wird aber nicht mehr erhoben, da er gestern bei einem tragischen Sturz (wohl unter Alkoholeinfluss) auf der Treppe einer U-Bahnstation zu Tode kam.

Berliner allgemeines Tageblatt:
Harry Schaumann- ein Serienmörder?
Der bekannte und beliebte Entertainer und Schauspieler Harry Schaumann ist gestern durch einen tragischen Sturz zu Tode gekommen. In seinem bewegten Leben gab es immer wieder Skandale. Seine Frau Cornelia hat sich wegen massiver Gewalttätigkeiten von ihm scheiden lassen. Er selbst hat sich schon vor langer Zeit als Alkoholiker geoutet. In den letzten Jahren war es nach einem Alkoholexzess sehr ruhig um ihn

geworden. Gerüchteweise sollte er an einer Alkoholdemenz gelitten haben.

Im Lockdown ist er plötzlich wieder aufgetaucht. Er hat in der Landhaus Wohnresidenz an der Wuhle gelebt. Seine sieben Mitbewohner wurden- wie berichtet- alle tot aufgefunden. Die genauen Todesumstände sind laut Staatsanwaltschaft immer noch nicht abschließend geklärt.

Die Kriminalpolizei verdächtigt Harry Schaumann für deren Tod verantwortlich zu sein und hatte wegen Mordverdacht ermittelt. Auch eine frühere Freundin soll er getötet haben.

Aus Kreisen der Gesundheitsverwaltung war zu erfahren, dass er wahrscheinlich in den letzten Wochen als Superspreader für die Ausbreitung des Corona-Virus in einem Hochhauskomplex an der Landsberger Allee mit bisher 6 Toten und in einem Männerwohnheim im Wedding mit 12 Opfern verantwortlich war. Jetzt hat sein unstetes Leben ein unrühmliches Ende gefunden.

Hauptstadt Zeitung:
Mindestens 7 Tote und keiner ist verantwortlich?
Die Staatsanwaltschaft Berlin hat gestern bekanntgegeben, dass sie die Ermittlungsverfahren wegen der 7 Toten in der Landhaus Wohnresidenz an der Wuhle eingestellt hat. In der Begründung heißt es, dass es keinen unmittelbar Verantwortlichen gibt. Das Pflegepersonal aus den GUS-Staaten (Transnistrien) hätte wegen der Corona Pandemie bedingten Grenzschließungen nicht zum 1. April einreisen können. Die Generalbevollmächtigte der Bewohner, eine Rechtsanwältin, sei wegen der Corona Pandemie in Quarantäne in Neuseeland

festgehalten worden. Daher habe sie sich nicht um ihre Schützlinge kümmern können.

Aber die Corona-Pandemie wird viel zu oft für alles Mögliche verantwortlich gemacht. Sie ist es nicht, sondern es ist vor allem der Umgang der Menschen (z.B. Lockdown) mit dem Corona-Virus. Wir sollten diese einfache Ausrede daher vergessen.

Auch sollten die Politiker, v.a. aber wir selbst nicht vergessen, dass es andere wichtige Probleme auf Welt gibt. So sterben in den sogenannten Entwicklungsländern jährlich mehr Menschen an Malaria, Tuberkulose und Unterernährung als bisher weltweit an COVID-19 gestorben sind. Und die Zahl der Menschen, die an den Folgen der Klimakatastrophe leiden und letztendlich sterben werden, ist noch größer. Aber das haben wir in der Corona-Krise fast vergessen. Dass wir selbst tagtäglich für die Klimakatastrophe und die Umweltverschmutzung, v.a. mit Plastikmüll mitverantwortlich sind, haben wir augenscheinlich auch vergessen.

Fr 15.5.20

Hauptstadt Zeitung:
Endlich eine gute Nachricht: In Berlin dürfen Gaststätten wieder öffnen.

Anhang

Üblicherweise steht im Anhang die Danksagung an die Personen, die bei der Erstellung des Manuskripts geholfen haben. Wegen der Beschränkungen in der Corona-Pandemie wurde vor allem auf aktuelle Nachrichten und im Internet zugängliche Quellen zurückgegriffen.

Berliner Polizei: www.berlin.de/polizei/
-Datenbanken der Berliner Polizei:
www.heise.de/news/Berliner-Polizei-Ein-Login-oeffnet-Tuer-zu-bis-zu-130-Datenbanken-4847279.html

Burking/ William Burke:
www.watson.ch/wissen/history/542734922-die-west-post-morde-der-moerder-der-dieb-und-der-leichenkaeufer

Digitalisierung Gesundheitsämter:
https://www.faz.net/aktuell/politik/inland/spahn-digitales-update-fuer-gesundheitsaemter-foerdern-16733493.html

Gerichtsmedizin: Bernd Brinkmann (2004) Ersticken. In: Bernd Brinkmann, Burkhard Madea (Hrsg.) Handbuch gerichtliche Medizin. Band 1. Springer, Berlin, S. 699-794, ISBN 3-540-00259-6

Gesundheitsämter Berlin:
https://www.berlin.de/sen/gesundheit/themen/gesundheitsaemter/

Griesinger-Krankenhaus:
https://de.wikipedia.org/wiki/Wilhelm-Griesinger-Krankenhaus

Grippe-Epidemie 2017/2018:
https://www.tagesspiegel.de/politik/25-100-tote-bei-grippewelle-2017-18-die-ignorierte-katastrophe/25798658.html

Hongkong-Grippe: https://www.abendzeitung-muenchen.de/inhalt.die-vergessene-seuche-betroffene-erinnern-sich-an-die-hongkong-grippe.e3ee9f96-6fa4-4a35-ab15-a1f4818c4031.html
https://www.merkur.de/welt/corona-deutschland-hongkong-grippe-pandemie-epidemie-tote-zr-13699108.html
https://www.mopo.de/hamburg/50-000-tote--jeder-zweite-hamburger-krank-die-vergessene-epidemie-vor-50-jahren-36586228

ICD-10: www.dimdi.de/static/de/klassifikationen/icd/icd-10-who/kode-suche/htmlamtl2019/block-f00-f09.htm

Neuseeland: https://www.faz.net/aktuell/wissen/erde-klima/neuseeland-oekofrevel-im-auenland-16744377.html

Pandemieplan: https://www.berliner-zeitung.de/zeitenwende/warum-die-ddr-lange-vor-der-bundesrepublik-und-der-who-einen-pandemieplan-hatte-li.81307
www.rki.de/DE/Content/InfAZ/I/Influenza/Pandemieplanung/Downloads/Pandemieplan_Teil_II_gesamt.pdf?__blob=publicationFile

Patiententötungen: BGH, Beschluss vom 1.9.2020 – 3 StR 624/19 www.juris.bundesgerichtshof.de/cgi-bin/rechtsprechung/document.py?Gericht=bgh&Art=en&Datum=Aktuell&Sort=12288&nr=110093&linked=pm&Blank=1
www.anstageslicht.de/themen/misswirtschaft-machtmissbrauch/berliner-charite-stationsschwester-tod/chronologie-wie-es-zu-den-morden-kommen-konnte/

Pflegemafia: www.focus.de/finanzen/versicherungen/prozess-gegen-pflegedienste-harte-strafe-fuer-russische-pflegemafia-stopften-sich-die-taschen-durch-korruption-voll_id_8420319.html www.morgenpost.de/berlin/article211483275/So-skrupellos-arbeitet-die-Pflege-Mafia-in-Berlin.html

Russische Grippe: www.riffreporter.de/immun/russische-grippe-corona-pandemie

Spanische Grippe: Harald Salfellner (2020) Die spanische Grippe. 2.Aufl. Vitalis, Prag, ISBN 978-3-89919-794-5
Laura Spinney (2018) 1918-Die Welt im Fieber. 6. Aufl. C. Hanser, München, ISBN 978-3-446-25848-8

Beihilfe zum Suizid:
https://www.bundesverfassungsgericht.de/SharedDocs/Pressemitteilungen/DE/2020/bvg20-012.html

Transnistrien: www.geo.de/reisen/reiseziele/8799-rtkl-transnistrien-besuch-einem-moechtegern-staat

Wernicke-Korsakoff-Syndrom: www.thieme-connect.de/products/ejournals/abstract/10.1055/s-0043-103052

Erwähnte Bücher:
Agatha Christie (2013) Mord im Orientexpress, S. Fischer, Frankfurt, ISBN 978-3-5969-0525-6
Simon Beckett (2009) Leichenblässe, rororo, Hamburg, ISBN 978-3-4992-4859-7
Zweistein (1968) 99 Logeleien. Hoffmann & Campe, Hamburg (nur antiquarisch zu erhalten)